Die Frau von gegenüber

1.

Es versprach wieder ein sonniger Tag zu werden. Doch das freute ihn nicht. Im Gegenteil, die triumphalen Auftritte dieses Frühlings, der sich schon wie der Sommer aufführte, erhöhten seinen Lebensüberdruss. Sybille hätte diese Formulierung amüsiert belächelt – wie gut, dass dem Frühling deine schlechte Laune egal ist! Sie hatte es verstanden, ihn freundlich zurechtzustupsen, seine Übellaunigkeit an ein paar ironischen Bemerkungen zerplatzen zu lassen. Ohne ihr Korrektiv steigerte er sich manchmal in miese Stimmungen hinein. Er verrannte sich in Düsternis, verbiss sich in der Negation, genoss sogar das Selbstzerstörerische daran.

Es war neun Uhr früh, und wahrscheinlich fühlte er sich vor allem deswegen schlecht, weil er in der vergangenen Nacht nicht besonders gut geschlafen hatte. Er blinzelte in die Sonne, als er die Jalousie nur zur Hälfte hochzog, bevor er sich mit dem Frühstückstablett am kleinen Tisch beim Fenster niederließ.

Zu viel Sonne, wirklich, zu viel Sonne!, hörte er sich Sybille gegenüber klagen.

Freu dich doch, dass die kalten Tage vorüber sind, mit ihrem ewigen Grau. Für mich kann es nicht genug Sonne geben.

Sybille war längst jenseits allen Wetters, und dass Grau zurzeit seiner Lebensstimmung besser entsprach, hätte auch sie eingeräumt.

Seit Wolters allein war, nahm er fast alle Mahlzeiten am

Fenster ein. Anfangs hatte er sein Tablett noch wie gewohnt zum Esstisch im Wohnzimmer getragen, doch er hielt den Blick auf den leeren Stuhl gegenüber nicht aus, erst recht nicht, seit auch Lili, die Airdale-Terrier-Hündin, auf ihrem Stammplatz fehlte. Am Küchentisch zu essen fühlte sich leicht verwahrlost an. Jetzt aß er schon lange in seinem Arbeitszimmer – dem Studierzimmer, wie Sybille es genannt hatte. Das wäre früher undenkbar gewesen. Die Bezeichnung »Studierzimmer« behielt er in seinem Kopf bei, obwohl sie ihm schon immer etwas pompös erschienen war, heute mehr denn je. Er hatte den kleinen Bistrotisch, der ihm früher als Zeitschriftenablage diente, direkt vor das Doppelfenster des Studierzimmers gerückt, das bis zum Fußboden hinunterreichte. Keine Vorhänge. Wenn man die Fensterflügel öffnete, was er nur selten tat, konnte man auf einen winzigen, etwa einen halben Meter tiefen vergitterten Mauervorsprung hinaustreten, eher Zierrat als Balkon. Zu Sybilles Zeit hatten hier Blumenkästen gestanden. Wolters fand Blumen lästig. Doch am Tisch beim Fenster verbrachte er viele Stunden des Tages damit, durch das filigrane schmiedeeiserne Geländer hindurch die gegenüberliegenden Häuser zu beobachten, anfangs noch mit einem Buch auf dem Schoß oder einer Zeitschrift in Reichweite, gewissermaßen als Rechtfertigung vor sich selber, die er jetzt nicht mehr brauchte. Neuerdings benutzte er sogar häufig das Fernglas.

Bodentiefe Fenster ermöglichen grenzenlose Ausblicke. Woher war ihm dieser alberne Werbespruch zugeflogen?

Rushhour vorüber. Wenn er auf die Straße hinuntersehen wollte, musste er aufstehen und dicht an das Fenster herantreten. Die Sonne stand schon hoch über dem Wertherplatz und leuchtete ihn bis in den kleinsten Winkel aus, eine grelle unbarmherzige Frühjahrssonne. Während der Spitzen des Berufsverkehrs schob sich da unten Auto an Auto vorüber, obwohl dies eigentlich keine Durchgangsstraße war. Früher, als die schönen Jugendstilfassaden noch rechts und links von Kastanien gesäumt wurden, hatte sie als gehobene, ruhige Wohnlage gegolten. In jüngster Vergangenheit waren einige der alten Häuser abgerissen worden, seit einem Jahr klaffte schräg weiter unten, in Richtung Friedrichring, eine hässliche Lücke, auch direkt gegenüber waren die imposanten Bauten vom Ende des 19. Jahrhunderts zwei seelenlosen Neubauten gewichen, und die Straße war zu jeder Tages- und Nachtzeit von parkenden Autos verstopft. Er selber hatte schon länger einen Stellplatz im Parkhaus gemietet. Heute fiel ihm gleich die autofreie Stelle auf der anderen Straßenseite auf. Vor dem Haus Nr. 15 baumelte an einer zwischen zwei Küchenstühlen gespannten Kordel ein Blatt Papier, offenbar ein improvisiertes Parkverbot.

Im Bürohaus an der Ecke waren die Räume der mittleren Etagen in ihr übliches blässlich bläuliches Licht getaucht, das dort winters wie sommers den Arbeitsalltag regierte. Ein überdimensioniertes Aquarium mit illuminierten Einzelbecken für die tagsüber darin herumschwimmenden Lebewesen. Baustellenlärm vom anderen Ende der Straße. Zwei Schulkinder trotteten hintereinander mit ihren Ranzen auf den Rücken, kaum zwanzig Meter voneinander getrennt, in Richtung Wertherplatz. Sie müssten sich doch kennen, besuchten womöglich dieselbe Grundschulklasse, warum gingen sie nicht zusammen? Wolters sah seinen eigenen Sohn den gleichen Weg ziehen, vor mehr als drei Jahrzehnten, damals unter den noch dünnen Stämmchen der jungen Kastanien, die inzwischen den Blechkisten hatten weichen müssen. Verschwunden, gefällt, tot. Mit den Bäumen rechts und links war die Straße wesentlich attraktiver gewesen. Er konnte sich nicht daran erinnern, seinem Sohn jemals nachgeschaut zu haben. Entweder war er um diese Tageszeit schon auf dem Weg ins Institut gewesen – oder er saß in seine Papiere vertieft am Schreibtisch. Wann war er eigentlich zum letzten Mal mit Michael essen gegangen? Warum musste immer er seinen Sohn anrufen, warum meldete der sich so selten von sich aus? Heute wurden offenbar die Restmülltonnen geleert; sie blockierten vor jedem Hauseingang den schmalen Gehweg. Er sollte seinen überquellenden Küchenabfalleimer hinuntertragen, doch er konnte sich nicht aufraffen. Der Bus der Linie 17 bog um die Ecke und hielt vor dem Baustellenzaun. Ein Fahrradfahrer, der unbedingt vorüberpreschen musste, umfuhr ihn in riskantem Bogen, mitten auf der Gegenfahrbahn. Ungeduldiges Hupen eines großen Lieferwagens hinter dem Bus, obwohl der schon wieder blinkte und anfuhr.

Besser als Fernsehen. Als er noch täglich zur Universität ging, hatte er sich kaum je die Zeit genommen, auf die Straße zu schauen. Sein Schreibtisch, ein gewaltiges antikes Ungetüm, stand seit fast vierzig Jahren, seit sie hier eingezogen waren, mit gutem Grund in der fensterlosen Ecke des

Raums, mit dem Blick zur Wand – er hatte während der Arbeit nicht abgelenkt werden wollen.

Ein großer Lastwagen der Firma Umzüge Schulz & Co. KG hielt vor dem Haus gegenüber. Der Fahrer, im blauen ärmellosen Shirt, stieg aus, lief um sein Fahrzeug herum auf den Gehsteig, schien zu fluchen. Offenbar war die mit der Kordel und dem Papierwisch reservierte Parklücke vor dem Haus zu schmal. Also blieb der Umzugswagen einfach mitten auf der Straße stehen und blockierte damit die eine Fahrbahn vollständig.

Da war Ärger vorprogrammiert, dachte Wolters mit einer gewissen Befriedigung.

Vor seiner Emeritierung hatte ihn nicht interessiert, was da draußen geschah. Sobald er sein Zimmer betrat, hatte er sich am Schreibtisch niedergelassen und war in seine Arbeit abgetaucht. Er sah kaum auf, wenn Sybille hereinkam, was sie nur selten tat; sie respektierte seinen Wunsch nach Konzentration. Seine Welt war die Universität gewesen, mit ihrer Routine und ihren Intrigen, Forschung und Lehre, die eingespielten Vorlesungen, die lästigen, aber notwendigen Verwaltungsgremien, Bücher und Zeitschriften, vor allem sein eigenes Institut mit seinen Forschungsprojekten und den Studenten, die betreut werden wollten – und ja, natürlich auch seine kleine Familie, deren Leben sich überwiegend in diesen vier Wänden abspielte. Nur manchmal, wenn das Schreiben eines Aufsatzes ihm schwerfiel, wenn es um die schwierige Abwägung eines Gedankens, um knifflige Nuancen einer Formulierung ging, war er aufgestanden. War im Zimmer auf und ab gelaufen, irgendwann auch an die hohen Doppelfenster getreten, die nur rechts und links durch eine Andeutung von Gardine gerahmt wurden – er verabscheute jegliches Tüllgedöns –, und hatte über die Kronen der Kastanien und durch sie hindurchgestarrt, allerdings, ohne draußen wirklich etwas zu sehen, um dann zum Schreibtisch zurückzukehren und erneut auf seine Schreibmaschine einzuhacken, jahrzehntelang mit viel Kraft auf eine mechanische, später auf eine elektrische und elektronische. Zuletzt war es nur noch das zarte Antippen der Tastatur des PCs.

Seit Wolters allein lebte, war der Blick nach draußen immer mehr zu seiner zentralen Beschäftigung geworden. Inzwischen war es Wochen, Monate her, dass er zuletzt am Schreibtisch gearbeitet oder auch nur zu arbeiten versucht hatte. Er hielt sich dort bloß vorübergehend auf, um Mails abzurufen oder zu beantworten, Bankgeschäfte, Versicherungs- oder Steuerkram zu erledigen. Doch bald zog es ihn wieder zum Fenster. Das zwanghafte Beobachten der Straße schützte ihn vor dem schmerzhaften Grübeln, half ihm, die schlimmsten Gedanken fernzuhalten.

Der Fahrer des Umzugswagens auf der anderen Straßenseite öffnete die Hecktüren und begann, unterstützt von einem zweiten, scheinbar aus dem Nichts aufgetauchten Mann, Möbel und Kartons auszuladen, die sie zunächst einfach auf dem Bürgersteig auftürmten. Zwischendurch hielten die beiden wiederholt inne und wischten sich den Schweiß von der Stirn. Auch ohne körperliche Anstrengung war es warm für die Jahreszeit.

Im Fenster der Alten gegenüber, eine Etage unter der seinen, bewegte sich der Vorhang. Er sah sie, doch es war höchst unwahrscheinlich, dass sie ihn sehen konnte. Das war beruhigend.

2.

Sie fand es wunderbar, dass sie keinen Wecker mehr stellen musste, aufstehen konnte, wann sie wollte, meistens ausgeruht und guter Dinge. Zwar gab es auch Nächte, in denen sie stundenweise wach lag, und das war weniger erfreulich. Doch dann stand sie einfach auf, machte sich eine heiße Milch mit Honig und las weiter in ihrem Krimi, bis sie müde wurde. Der Vorteil am Alter: Ich muss ja am nächsten Tag nichts Großes leisten, sagte sie sich, und: Schlafe ich eben in den Vormittag hinein! Oder mittags länger. Wie es sich so ergibt. Leben, wie es sich ergibt. Das war jetzt ihre Devise.

Heute war sie sehr früh aufgewacht, im Morgendämmern, die Vögel tirilierten um die Wette. Fünf Uhr? Sechs Uhr? Welcher Luxus, sich genüsslich zwischen den Kissen umzudrehen, vielleicht würde sie noch einmal einschlafen, vielleicht auch nicht. Die Augen kurz öffnen, gleich wieder schließen, ein bisschen vor sich hindösen und sich erst ganz allmählich der Frage annähern, was für ein Tag heute war. Welcher Wochentag. Auf was an diesem Tag sie sich besonders freuen konnte. Ihr rechter Fuß war eingeschlafen, weil schwer der Kater darauflag, der leise vor sich hin schnarchte. Es brauchte ein bisschen Kraft, ihn beiseitezuschieben. Das Schnarchen verstummte, an seiner statt ertönte ein gutwilliges Schnurren, bis er erneut einnickte. Heute war ein erfreulicher Tag. Zwar war erst Ende April, doch die Frostgefahr schien vorüber. Sie würde ihre Balkonkästen bepflanzen. Nicht nur Geranien. Vielleicht gar keine Geranien diesmal, sondern verschiedene bunte …

Als sie zum zweiten Mal aufwachte, kitzelten Sonnenstrahlen, die durch die Ritzen des Rollos drangen, ihr Gesicht. Aus dem Radio neben dem Bett dudelte leise Musik. Sie hatte es vorhin eingeschaltet, immer ihr erster Handgriff beim Erwachen, offenbar die Art von Musik, bei der es sich prächtig wieder einschlafen ließ. Jetzt konnte man sich auf das Frühstück freuen.

Nachrichten. Im Mittelmeer war schon wieder ein Flüchtlingsboot gesunken, mit hundertsoundso viel Menschen an Bord. Hundert oder zweihundert? Sie hörte nicht genau hin, weil polternde Geräusche aus dem Treppenhaus sich in den Vordergrund schoben. Auf dem Weg zur Kaffeemaschine, barfuß und im Nachthemd, blinzelte sie durch den Spion an der Eingangstür, konnte aber nichts erkennen, obwohl es immer noch polterte. Der Kater umstrich nachdrücklich ihre Beine, bis sie eine Futterdose für ihn öffnete. Erst als sie am Küchentisch beim Fenster ihr Honigbrot strich, fiel ihr der Umzugswagen vor dem Haus auf. Die neuen Mieter also, die in die Wohnung unter ihr zogen, die sechs Wochen leer gestanden hatte.

Das Telefon klingelte, kaum dass sie die erste Tasse Kaffee getrunken hatte. »Dora, Liebes, nein, heute geht es wirklich nicht. Nicht böse sein, ich bin verabredet.« Ein gewisser Nachteil des späten Aufstehens, dass die Welt manchmal schon auf einen einstürmte, während man noch in Ruhe frühstücken wollte. »Vielleicht nächste Woche?« Sie war nicht wirklich verabredet, außer mit ihren Balkonblumen; sie wollte einfach nur einen ruhigen Tag ohne Programm, alles Weitere sollte sich von selbst ergeben. Doch Dora nahm so leicht übel. »Was machen die Kinder? Hoffentlich gesund. Ich rufe dich an.« Diese Tochter hätte es am liebsten gesehen, wenn sie sich zwei-, dreimal die Woche mit den Enkeln befasste. »Andere Großmütter wären froh …« Andere Großeltern waren ihr egal. Sie kämpfte listig um ihren so spät im Leben gewonnenen kostbaren Freiraum und ließ sich nicht gern verplanen. Doch Dora schaffte es immer wieder, ihr ein schlechtes Gewissen zu machen, schon dadurch, dass sie dauernd anrief.

Flüchtlingsboote. Der Wetterbericht versprach weitere sonnige Tage. Zeit für die Balkonblumen. »Nein, mein Dickerchen, keine Butter, du hattest dein Frühstück, hör auf zu betteln!« Der Kater verzog sich beleidigt in ihren Fernsehsessel. Dass er pikiert war, erkannte sie an den kleinen ruckartigen Bewegungen seines hocherhobenen Schwanzes und daran, dass er steifbeinig ging wie ein Mensch, der sich in die Hose gemacht hat. Sah von hinten urkomisch aus. Ihr Radio lief von morgens bis abends, sie war so daran gewöhnt, dass sie die meiste Zeit nicht mehr hinhörte und manchmal sogar vergaß, es abzuschalten, wenn sie die Wohnung verließ oder zu Bett ging. Gelegentlich erwachte sie mitten in der Nacht von heulenden Sirenen oder lautem Geschrei, einigermaßen verstört, bis ihr klar wurde, dass da ein spätes Hörspiel im Programm lief.

Sie dachte an Dora und die Enkel, an Flüchtlingsboote und Kreuzfahrtschiffe, an ihr eigenes gutes Leben, während sie im Radio zum Wunschkonzert Klassik übergingen. Wie sehr doch alles vom Zufall der Geburt abhing! Wie grundverschieden das Schicksal der Menschen, die zur selben Zeit über das Mittelmeer fuhren. Das Nebeneinander von luxuriösen Wellness-Hotels und der Tafel, die die Obdachlosen verköstigte. War es etwa ein Verdienst, in Mitteleuropa geboren worden zu sein? Doch es ging niemandem auf der Welt besser, wenn sie ein schlechtes Gewissen hatte. Deswegen wollte sie jetzt einfach nur an Balkonblumen denken. Zerstreut machte sie sich ausgehfertig. »Tschüss, mein Faultier!« Der Kater schnarchte im Fernsehsessel, als habe er nicht schon die ganze Nacht verschlafen. Von Katzen konnte man Lebensart lernen. Keine Geranien, Bernhard hatte immer nur Geranien gewollt, lachsrot, hängend, sie mochte die aufrecht stehenden tiefdunkelroten, von denen sie immer nur ein paar zwischendrin hatte durchsetzen können. Diesmal würde sie eine bunte Vielfalt verschiedener Sommerblumen pflanzen, auch solche, die man gewöhnlich nicht in Balkonkästen sah, eine wilde Mischung.

Im Treppenhaus lief ein Kind auf und ab, es kam von oben angedüst, blieb abrupt vor ihr stehen und beäugte sie, während sie hinter sich die Tür ins Schloss zog, ein etwa sechsjähriger Junge, den sie hier noch nie gesehen hatte, vielleicht auch jünger, sie waren heute so schwer einzuschätzen, wuchsen viel zu schnell. Vermutlich zu viel tierisches Eiweiß, Fleisch und Eier, wie oft hatte sie Dora schon gesagt, es sei nicht richtig, den Mädchen jeden Tag ein Frühstücksei zu geben.

»Zieht ihr da unten ein?«, fragte sie.

Er starrte sie an.

»Keine Zähne«, sagte er und starrte weiter. »Keine Zähne.«

»Unsinn!«, erwiderte sie ungehalten. »Und wie wäre es, wenn du erst mal Guten Tag sagtest?« Er rannte grußlos weiter, diesmal treppab. Sie hörte eine Frauenstimme von unten »Jurek!« rufen und schloss seufzend ihre Wohnungstür wieder auf, da sie offenbar vergessen hatte, den provisorischen Zahnersatz unten rechts einzusetzen. »Du musst aufpassen, dass du dich nicht vernachlässigst, Mutter«, hörte sie Dora sagen, »manchmal mache ich mir wirklich Sorgen.« Nur nicht jetzt auch noch das Portemonnaie liegen lassen. Es dauerte jedes Mal länger, bis man loskam. Aber sie hatte ja alle Zeit der Welt. Sie wand sich an zwei Möbelpackern vorbei, die die Stufen zum Hochparterre mit einem Sofa blockierten, und trat hinaus in die ungewöhnliche Hitze dieses Frühlingstags.

Es war früher Nachmittag, als sie zurückkehrte. Denn beim Blumenkauf hatte sie spontan beschlossen, Biba anzurufen und sie zu fragen, ob sie Lust habe, mit ihr Mittag zu essen? Man musste es doch feiern, dass man nun wieder draußen sitzen konnte. Biba war spontan, anders als Lore, die es verwerflich fand, sich schon am Vormittag zu vergnügen, und Gundi kam nicht in Frage, weil sie bis zwei Uhr arbeitete. Auf der Terrasse vom Café Hecker bestellten sie zuerst Salat, Biba mit Schafskäse und Irene mit Hähnchenbrust, und anschließend verzehrte jede ein großes Eis. Der Frühling machte übermütig. Als Bernhard noch lebte, hatte sie jeden Mittag gekocht, er erwartete das von ihr, und es irritierte ihn ungemein, wenn ungeplante Ereignisse seinen geregelten Tagesablauf durcheinanderbrachten. Vermutlich genoss sie es deswegen jetzt so, in den Tag hinein zu leben. Die Gärtnerei Hasenau würde ihr die Blumen am späten Nachmittag bringen; es war ohnehin nicht ratsam, sie in der prallen Mittagssonne zu pflanzen.

Der Umzugswagen war fort, doch im Eingangsbereich standen noch ein paar sperrige Utensilien und mehrere große Blumenkübel herum. Aus der weit geöffneten Tür der neu bezogenen Wohnung drang Musik, stampfende Rhythmen. Sie riskierte einen raschen Blick auf das chaotische Möbellager in der Diele, wo eine zierliche rothaarige Frau herumwirbelte, mit einer Hand einen Karton auspackte und gleichzeitig zu telefonieren versuchte. Der Junge war nirgends zu sehen.

»Irene Voigt«, stellte sie sich vor. »Ich wohne über Ihnen. Alles Gute zum Einzug.«

Die Frau warf ihr Handy irritiert auf einen Umzugskarton. »Ist der Empfang bei Ihnen auch so mies? Muss ich etwa den Anbieter wechseln?«

»Ich telefoniere nur vom Festnetz aus«, erklärte sie achselzuckend und stieg weiter die Treppen hoch.

»Ich bin Thyra Hamann«, rief die junge Frau ihr nach. »Danke für die guten Wünsche.«

Gegen fünf Uhr wurden die Blumen und ein großer Sack Erde geliefert, und Irene machte sich, erholt vom Mittagsschlaf, gleich an die Arbeit, pflanzte vergnügt alle vier Kästen voll mit weißen Margeriten, blauen und rosafarbenen Petunien, roten Salvien, Ringelblumen. Sie beglückwünschte sich zu ihrem Werk. Ein schöner Tag. Jetzt Abendbrot, sie hatte sich aus der Stadt kleine Salate mitgebracht, dazu ein Glas Rotwein auf dem Balkon. Von unten war noch immer fetzige Musik zu hören. Sie träumte zufrieden zwischen den Frühlingsblumen, bis sie einer plötzlichen Eingebung folgend über die Balkonbrüstung zur anderen Straßenseite schaute. Tatsächlich: Der alte Mann aus dem Haus gegenüber stand wieder hinter dem Fenster und beobachtete sie.

3.

Immer saß sie da auf ihrem Balkon, die Alte von Gegenüber, fast jeden Nachmittag und manchen Abend, seit es warm geworden war. Meist allein. Gelegentlich kam eine jüngere Frau zu Besuch, die hatte er aber in diesem Frühjahr erst einmal beobachtet, manchmal hockte sie mit zwei oder drei anderen älteren Frauen zusammen. Im Winter sah sie schon am Nachmittag fern; dann registrierte er das bläuliche Flackerlicht des Bildschirms in ihrem Wohnzimmer und konnte ihre Silhouette im Profil ausmachen, in einem Sessel oder Stuhl mit hoher Rückenlehne beim Fenster, bis sie, meistens sehr spät, die Jalousien herunterließ.

Was für eine kümmerliche Existenz. Wahrscheinlich schaute sie im Fernsehen so etwas wie den Musikantenstadl, die Große Gala der Volksmusik oder diese unsäglichen Vorabendserien, eine platter als die andere. Eine wie die las sicherlich nicht.

Ihn selber interessierte das Fernsehprogramm kaum noch, er sah nur die Nachrichten, gelegentlich mal ein politisches oder wirtschaftspolitisches Magazin, mit abnehmender Häufigkeit und zunehmendem Widerwillen hin und wieder eine Talkshow. Er las allerdings auch nicht mehr so viel wie früher, doch immerhin hielt er neben den Wochenblättern »Spiegel« und »Zeit« zwei überregionale Tageszeitungen.

Wann hatte er zuletzt einen Band aus dem Bücherschrank genommen, und sei es nur, um darin zu blättern? Hatte er noch mal in ein einziges sexualwissenschaftliches Standardwerk geschaut, seit er keine Vorlesungen mehr hielt und nicht mehr publizierte? Sicher, er bezog weiter seine Fachzeitschriften und informierte sich, wer von seinen Kollegen zu welchem Thema forschte, doch er überflog sie nur aus Gewohnheit, fast immer gelangweilt.

Hallwig hatte ihm in der vergangenen Woche geschrieben und angefragt, sehr höflich, sehr respektvoll, was ihm zugegeben guttat, ob er nicht den Vorsitz der Gesellschaft der Freunde und Förderer seines ehemaligen Instituts übernehmen wolle, des Instituts für empirische Sexualwissenschaft. Doch er hatte sich geschworen, keinen Fuß mehr über die Schwelle zu setzen, nach der Geschichte mit Maurer. Sollten sie doch sehen, wo sie einen anderen Dummen herkriegten.

Draußen dämmerte es, die angenehme Wärme des Sonnentags hing noch in der Straße. In den Büroetagen des Eckhauses waren nur mehr zwei, drei Räume erleuchtet – die Putzkolonne vielleicht, doch eigentlich kamen die morgens. Da saßen jetzt wohl eher die wirklich Motivierten, die in Ruhe eine Arbeit zu Ende bringen wollten. Er, Wolters, hatte nicht selten weitergemacht oder erst richtig losgelegt, wenn seine Mitarbeiter schon gegangen waren, und dabei die himmlische Stille ringsum genossen. Seine Arbeit hatte ihm viel bedeutet. Er hatte sich auf die Zeit nach der Emeritierung gefreut, weil er noch ein wichtiges Buch schreiben wollte, für das vorher neben dem Alltagsgeschäft nicht genug Zeit geblieben war. Er hatte im Laufe der letzten Jahre umfängliches Material dafür gesammelt.

Doch nun, drei Jahre nach seinem Abschied, war er mit

dieser Arbeit nicht viel weiter gekommen. Er wusste, dass er sich herausredete, wenn er nur Sybilles Krankheit und Tod dafür verantwortlich machte.

All diese Bücher um ihn herum. Er besaß viel zu viele Bücher. Der Schrank mit den philosophischen Schriften, die beachtliche Abteilung Religionswissenschaft, seine stattliche historische Bibliothek, einiges Soziologische – keine solide Sexualwissenschaft ohne Soziologie, die Psychologie dagegen nahm nur drei, vier Regalbretter ein, Klassiker aus dem 19. und frühen 20. Jahrhundert, das meiste, was nach Freud gekommen war, konnte man getrost vergessen. Die ebenfalls nicht sehr umfangreiche, aber substantielle Belletristik-Sammlung, den bildungsbürgerlichen Kanon seiner frühen und mittleren Jahre, hatte er längst ins Wohnzimmer ausgelagert, wo sie neben Sybilles Romanen nur wenig Platz beanspruchte; ihn hatte, anders als sie, nichts Modisches interessiert. Gegenwartsliteratur las er seit Dekaden nicht mehr.

Seine private sexualwissenschaftliche Sammlung, über Jahrzehnte parallel zur Institutsbibliothek aufgebaut, nahm eine ganze Wand des Arbeitszimmers ein. Sie war sein ganzer Stolz gewesen, in sieben Abteilungen gegliedert, innerhalb der Abteilungen alphabetisch nach Autoren geordnet: 1. Geschichte der Sexualwissenschaft, 2. Sexuelle Perversionen, 3. Pornographie, 4. Gleichgeschlechtliche Liebe, 5. Sexualität im interkulturellen Vergleich, 6. Die Sexuelle Revolution, 7. Sonstiges.

Seit wann ödete ihn das alles an?

Manche Bände verstaubten, seit vierzig Jahren unbewegt,

am selben Platz in den Regalen. Nein, das war ungerecht: Noch bis vor fünf oder zehn Jahren war es eine lebendige, eine genutzte Bibliothek gewesen. Es war neu, dass ihn die vielen Bücher, mit denen er alt geworden war, irritierten. Früher war eine solche Bibliothek doch der Ausweis eines Geistesmenschen gewesen; man sammelte lebenslang Solides, Bewährtes, Gültiges. Früher waren gehaltvolle Bücher eine zeitlose Investition, heute durfte er gar nicht daran denken, wie viel Geld er über Jahrzehnte in wissenschaftliche Werke gesteckt hatte, die heute kaum eine Bibliothek, geschweige denn eine Privatperson, geschenkt nehmen würde. Michael würde nach seinem Tod mit Sicherheit nichts davon behalten wollen. Ab in den Container! Hopp und ex! Wisch und weg! Im Zeitalter des Internets, der Informations-Müllhalden waren Bücher, in denen Jahre zäher, minutiöser, selbstvergessener Arbeit steckten, nichts mehr wert, kaum erschienen, schon verramscht, man musste sie gar nicht erst kaufen und bestimmt nicht auf Dauer besitzen.

Es erschreckte ihn, dass er sich neuerdings von seinen Büchern manchmal geradezu bedrängt fühlte. Die abgestorbene, tote Bibliothek lastete auf ihm. Leere im Überfluss, Überdruss allenthalben. Manchmal spielte er mit dem Gedanken an einen reinigenden Minimalismus: wie ein Frühlingssturm durch die Schränke wüten, alles weg, was nicht wirklich wichtig war. Wie viel würde übrig bleiben? Ein Viertel? Ein Fünftel?

Das Telefon meldete sich, als er sich in der Küche im Stehen ein Leberwurstbrot schmierte. Er mochte diesen pathetischen Klingelton nicht, ärgerte sich seit mehr als zwei Jahren jedes Mal, wenn er ihn hörte, war aber bisher zu bequem gewesen, ihn zu ändern. Ode an die Freude, alle Menschen werden Brüder – himmelschreiende Sentimentalität, und das ihm! Doch er hätte die Gebrauchsanweisung studieren müssen, um herauszufinden, wie man das abstellte. Der bloße Gedanke daran war ihm lästig.

Sein Sohn Michael. Ob er Zeit und Lust habe, am Sonntag zu ihnen zum Mittagessen zu kommen.

»Danke, gern. Aber ich vermisse unsere monatlichen Zweiertreffs hier bei mir oder im Restaurant«, setzte er zögernd hinzu, »sind die jetzt ganz gestorben?« Er fühlte sich immer ein bisschen steif, wenn er seinen Sohn im gediegenen Einfamilienhaus besuchte und mit ihm, der Schwiegertochter und dem Enkel um den Esstisch saß, der stets perfekt gedeckt war, mit einem weißen Tischtuch und Leinenservietten. Als säßen sie Modell für die Zeitschrift »Schöner Wohnen«.

»Das eine muss das andere ja nicht ausschließen«, gab Michael ein bisschen zu rasch, zu schuldbewusst zurück, »der Sonntag war Gittes Idee.«

Wolters behielt seine Zweifel für sich, bedankte sich artig und richtete Grüße aus. Dann kehrte er mit Leberwurstbrot und Weinglas auf seinen Beobachtungsposten zurück. Wenn Michael zu ihm gekommen wäre, hätte er ihn bitten können, endlich einen anderen Klingelton für das Telefon zu programmieren, für ihn wäre das eine Angelegenheit von zwei Minuten. Das Verhältnis zu seinem Sohn war in jüngster Zeit sehr förmlich geworden.

Gegenüber, vor dem Haus Nr. 15, verabschiedete die zierliche Rothaarige, die vor kurzem in die Erdgeschosswohnung gezogen war, ihren kleinen Sohn, der von einem Mann – ihrem Ex?, dem Vater? – abgeholt wurde. Wohl zur Übernachtung, allerdings reichlich spät für ein Kind, der Kleine trug einen knallbunten Mini-Rucksack. Die Frau war offensichtlich alleinerziehende Mutter, er hatte sie mit diesem Jungen und mit einem Baby auf dem Arm oder im Kinderwagen gesehen. Wie übertrieben sie jetzt hinter ihrem Sohn herwinkte, eine äffische Demonstration hingebungsvoller Mutterliebe. Sie winkte so verrückt, als ginge der Kleine für immer, der drehte sich jedoch kaum nach ihr um, vielleicht war er schon in dem Alter, in dem ihm dergleichen peinlich vorkam, jedenfalls schien er nicht recht zu wissen, wie er reagieren sollte. Schließlich hob er zögernd die Hand zu einem schlaffen Gruß, während der Papa ihm die Autotür öffnete und die Mama albern vor der Haustür herumhüpfte, mit dem ganzen Körper zappelnd und winkend. Das war wohl eine der Mütter, die ihr Kind jahrelang zur Schule begleiteten, ihm womöglich noch den Schulranzen bis ins Klassenzimmer trugen, dachte er. So albern, Mütter heute. Er und Sybille hatten, als Michael klein war, eine gesundere Einstellung gehabt.

Misanthrop, hatte sie ihn manchmal genannt. Gut, war er eben ein miesepeteriger Menschenfeind. Das war seit ihrem Tod nicht besser geworden.

Sybille war im Sommer drei Jahre tot. Lili, die Terrierhündin, erst drei Monate. Wolters schämte sich für das Eingeständnis, dass er manchmal nicht zu entscheiden vermochte, was schwerer wog, der Verlust seiner Frau oder der des Hundes. Beides schien auf schwer verständliche, kaum erträgliche Weise miteinander verwoben. Vielleicht weil Lilis Ende die Erinnerung an Sybilles Sterben wieder hatte aufleben lassen.

Wie lange seine Arbeitskrise nun schon andauerte. Vielleicht war es an der Zeit, sich einzugestehen, dass es sich nicht um eine Schreibblockade handelte, sondern um das endgültige Aus. Sein Ende als Wissenschaftler. Er würde dieses Buch nicht schreiben, auch kein anderes mehr, er würde nie wieder schreiben und niemals mehr veröffentlichen.

Das Licht in den Straßenlaternen setzte flimmernd ein, erst zaghaft, stabilisierte sich nach und nach und erreichte seine volle Kraft. Keine Autos mehr; nur von fern hörte man den Verkehr auf der Hauptstraße. Es war noch immer warm, ungewöhnlich warm für einen Aprilabend. Die Alte gegenüber hockte unbeweglich auf ihrem Balkon im ersten Stock; eine träge formlose Gestalt, vor sich auf dem Tischchen Flasche und Glas, eine Kerze im Windlicht. Sie trank Roten; das konnte er zuverlässig mit dem Fernglas ausmachen. Er selber hatte sich schon vor einer Stunde den gut temperierten Cabernet Sauvignon aus dem Kühlschrank geholt. Um diese Stunde benutzte er gern das Fernglas, niemand konnte ihn sehen im dunklen Zimmer. Früher, nach dem Abendessen, nachdem sie sich über ihren Tag ausgetauscht hatten, saßen er und Sybille um diese Zeit meist bei einem gemeinsamen Glas Wein im Wohnzimmer, jeder in seinem Sessel, in Buch oder Zeitung vertieft, doch dazwischen immer wieder aufschauend – hast du das schon gelesen? Diesen Abschnitt muss ich dir unbedingt vorlesen!

Draußen überquerte ein eng umschlungenes Paar die verlassene Straße, unter ihm schlug eine Autotür zu. Eine Katze schlich über den Baustellenzaun. Auf dem gegenüberliegenden Bürgersteig hinkte eine markante, etwas unheimlich wirkende Gestalt mit langen, zotteligen Haaren heran. Vielleicht ein Musiker. Denn er trug etwas wie einen länglichen Instrumentenkasten an breitem Riemen über der Schulter. Der hagere Mann führte einen ebenso mageren, hässlich gescheckten Hund an der Leine und zog kaum merklich ein Bein nach. Vielleicht ein Straßenmusikant, überlegte Wolters, einer, der tagsüber auf einer belebten Straße im Zentrum spielt, seinen Hund auf dem schmuddeligen Parka neben sich, den Bettelhut davor, einer, der jetzt nach Einbruch der Dämmerung ein Nachtquartier brauchte – und es offenbar bei der jungen Frau gegenüber fand, und nicht nur das. Denn die Rothaarige war auf den Balkon getreten und rief ihm einen Willkommensgruß zu. Augenblicke später öffnete sich die Haustür, und er verschwand samt scheckigem Köter dahinter. Da konnte man sich eins und eins zusammenreimen. Deswegen also hatte die Frau ihren Sohn für die Nacht beim Vater ausgelagert.

Wolters wartete eine Zeit lang auf Licht in ihrem Wohnzimmer, vergeblich; die beiden erschienen auch nicht auf dem Balkon. Vielleicht hatte ihre Wohnung Zugang zu einem Garten, nach hinten hinaus. Die Alte im ersten Stock gegenüber hatte inzwischen ihr Windlicht gelöscht und war in die Wohnung verschwunden; ihr Fernseher flackerte.

Zeit für das heute journal.

Die Veränderungen, die die so genannte Sexuelle Revolution mit sich gebracht hatte, waren sein Spezialgebiet gewesen. Vielleicht sollte er doch den Vorsitz der Gesellschaft der Freunde und Förderer des Instituts für empirische Sexualwissenschaft annehmen. Es würde ihm etwas zu tun geben, ein wenig Abwechslung, vielleicht sogar Anregung in sein Leben bringen, auch wenn die Aufgaben des Vorsitzenden eher läppisch, bloß repräsentativer Natur waren.

4.

»Gib Ruhe, Knie!«, sagte sie. Heute war es das rechte, untypisch, das linke meldete sich öfter. Mal links, mal rechts, mal schmerzten beide gleichzeitig. Immerhin gab es noch längere Zeiträume, in denen sie ihre Knie vergessen konnte, darüber sollte sie froh sein. Übergewicht abbauen, hatten der Orthopäde und die Krankengymnastin übereinstimmend geraten und öfter spazieren gehen; bei Gelenkarthrose dürfe man sich gerade nicht schonen, sondern müsse sich regelmäßig bewegen, täglich ein bisschen.

Sie bewegte sich nicht übertrieben gern. Zwar hatte sie nichts dagegen, hin und wieder durch die Stadt zu bummeln, doch Spaziergängen um des Spazierengehens willen konnte sie nichts abgewinnen. Ein paar Mal hatte sie sich zum Gehen mit Lore verabredet, die dreimal in der Woche mit Stöcken durch den Park lief. Doch die war viel zu schnell für sie. Wie lästig, dass man heute von allen Seiten mit dem Diktat des gesunden Lebenswandels konfrontiert wurde. Sie meinte, ihren Bernhard zu hören, der ein Mäßigkeitsapostel gewesen war: Nicht rauchen, kein Alkohol, nicht zu fett, nicht zu süß, vor allem nicht zu viel essen, täglich zwei Liter Wasser trinken, acht Stunden schlafen und zwei Portionen Obst essen. Sport treiben. Am liebsten hätte sie das alles ignoriert.

Doch weil ihre Knie sich zunehmend bösartig aufführten und weil sie tatsächlich die Erfahrung gemacht hatte, dass die Schmerzen sich mit einem zwanzigminütigen oder besser noch halbstündigen Gang vertreiben ließen, setzte sie sich gelegentlich in Bewegung. Heute musste es sein. Besser jetzt gleich nach dem Frühstück, dann hatte sie es hinter sich, und noch war es nicht zu warm.

Seufzend zog sie sich, auf dem Stuhl in der Diele sitzend, die bequemen Schuhe an. Kurzatmig, weil ihr der Bauch dabei in die Quere kam. Kein Zufall, dass sie bei dieser Prozedur neuerdings öfter an diesen albernen Witz denken musste: Allmählich komme ich in die Jahre, wo ich mich beim Schuhe-Zubinden frage, was man sonst noch hier unten erledigen könnte, wenn man einmal da ist?

Der Kater blinzelte, er döste zusammengerollt auf der Fensterbank in der Sonne. Auch er hielt nicht viel von Sport, hatte aber anscheinend bessere Gelenke als sie. Das Telefon klingelte. Doras Zeit. Es war Dora.

»Mama, könntest du dich vielleicht heute Mittag um Emma und Luise kümmern, ich habe Konferenz. Kochen und ein bisschen Schulaufgabenbetreuung – sonst müsste ich die Putzfrau bitten, zwei Stunden länger zu bleiben.«

»Das geht leider nicht, Dora, Liebes, ich bin auf dem Weg zur Krankengymnastin und danach muss ich zum Orthopäden. Du weißt ja, wie lange man da sitzt.« Wie leicht ihr die Ausreden fielen, obwohl sie diesmal nicht weit von der Wahrheit entfernt waren.

»Nie hast du Zeit! Frau Brett macht immer nur Nudeln mit Tomatensoße.«

Wieder kroch das schlechte Gewissen in Irene hoch, kaum dass sie das Gespräch beendete. Sie war eine lausige Großmutter. Auch wenn sie davon überzeugt war, dass ein bis zwei vitaminarme Mahlzeiten pro Woche keine bleibenden

Schäden bei Emma und Luise hinterlassen würden. Schließlich waren die Kinder versorgt. Wenn es sich um einen wirklichen Notfall gehandelt hätte, wäre sie selbstverständlich eingesprungen. Sie würde sich durchaus auch, wenn Dora sie darum gebeten hätte, regelmäßig an einem festen Wochentag um ihre Enkelinnen kümmern; was sie hasste, waren diese Überfälle, war die Unterstellung, sie müsse beliebig verfügbar sein.

Sie zog die Walkingstöcke aus dem Schirmständer, die wirkten bei ihrem Gehtempo zwar etwas lächerlich, würden aber Gewicht von den Knien nehmen.

Es schellte. Vor der Wohnungstür stand Thyra Hamann, die neue junge Mieterin – bei genauerem Hinsehen übrigens nicht mehr ganz so jung, eher Ende als Mitte dreißig. Für Irene waren inzwischen alle Frauen unter fünfzig jung.

»Ich habe eine Bitte«, sagte Thyra Hamann. Sie war eine ebenso auffällige wie ansehnliche Erscheinung mit ihrem flammend roten Kraushaar, in eierschalenfarbenem T-Shirt, zart geblümtem Sommerblazer, engen olivgrünen Hosen und kleinen hochhackigen Stiefeletten, die bis über die Knöchel reichten.

»Ich wollte gerade weggehen.«

Thyra strahlte sie an. »Bitte! Es dauert nicht lang. Könnten Sie nur ein paar Minuten auf meinen Sohn aufpassen? Sein Vater müsste schon lange hier sein. Ich bin unter Druck, weil ich einen dringenden Arzttermin habe.«

Irene zögerte.

»Nur fünf Minuten! Wenn Sie einfach mit Jurek in meiner Wohnung warten, bis Henning kommt. Ich lasse den

Rabauken nicht gern allein. Das Baby ist bei der Tagesmutter.«

Sie zögerte immer noch, doch was blieb ihr, so überrumpelt, anderes übrig, als Ja zu sagen. Obwohl sie den Jungen tatsächlich für eine Nervensäge hielt, einige Begegnungen im Treppenhaus hatten ihn nicht sympathischer gemacht.

Von wegen: paar Minuten, der Vater müsste längst da sein! Sie hockte in der unaufgeräumten Hamann'schen Küche, auf einem unbequemen Stuhl, Jurek baute sich vor ihr auf und fragte ihr Löcher in den Bauch. Ob sie Kinder habe? Große oder kleine? Wo die denn seien? Warum die nicht hier wohnten? Auf dem verklebten Tisch stapelte sich gebrauchtes Geschirr, kein Platz, ihre Tasche abzulegen. Es roch säuerlich und ungelüftet. Nach drei Minuten langweilte Jurek sein Verhör, und er begann, mit einem Fußball im Flur herumzukicken. »Vorsicht!«, mahnte sie hilflos, als ihre Walkingstöcke zu Boden gingen. Gleich würde er die Vase auf der Kommode zerdeppern, und sie wäre schuld, weil sie die Verantwortung für den Bengel übernommen hatte.

»Pass bitte auf!«, rief sie mit ängstlich erhobener Stimme. Emma und Luise zu hüten war Zuckerschlecken dagegen. Jurek pfefferte den Ball haarscharf an einer Stehlampe im Flur vorbei und brüllte vor Begeisterung, als er mit Wucht auf die Eingangstür traf. »Tor! Tor!« Sie hielt sich die Ohren zu.

»He, Jurek, kennst du Schere-Stein-Papier?«

Zu ihrer Überraschung erfüllte das simple Ablenkungsmanöver seine Funktion. »Schere schneidet Papier.« »Papier wickelt Stein ein.« »Stein schleift die Schere.« »Hände auf den Rücken – eins, zwei, bei drei zeigen!« Eine gute Weile war er konzentriert, schien mit der Suche nach einer gewinnträchtigen Strategie beschäftigt. Sie forderte ihn auf, Papier und Schreibgerät für eine Strichliste zu holen, um das Spiel zu verlängern. Als der Vater endlich klingelte, lag Jurek 13:11 in Führung und war noch immer bei der Sache. Sie beglückwünschte sich zu ihrer Dompteuseleistung.

Henning, Thyras Verflossener – Irene redete ihn mit »Herr Hamann« an, ohne zu wissen, ob er wirklich so hieß –, war ein athletischer, etwas alternativ wirkender Bärtiger mit blässlichen kleinen Augen und kräftigem Bartwuchs, der das bereits stark gelichtete Haupthaar noch stärker betonte, in Jeans und einer abgetragenen Cordjacke. Er bedankte sich überschwänglich. Ein Stau. Aber warum Thyra nicht habe warten können! Von einem Arzttermin sei gestern am Telefon noch keine Rede gewesen.

Sie winkte Jurek vor der Haustür nach, obwohl der ihr, kaum dass sein Vater aufgetaucht war, die kalte Schulter zeigte und nicht einmal Auf Wiedersehen sagte. Dann begann sie ihren mühsamen Gang Richtung Schumann-Park. Während des Knobelns hatte sie das Knie vergessen, doch prompt meldete sich der Schmerz wieder.

Die Vegetation ringsum erschien ihr überwältigend schön nach dem nächtlichen Regen. Bisher war das Frühjahr zu trocken gewesen, das Gewitter vom Vortag hatte endlich den ersehnten Niederschlag gebracht, erst einen heftigen Schauer, dann einen sanften, lang anhaltenden Regen, bis in die frühen Morgenstunden. Das Gras der Grünanlage, die jungen Blätter der Bäume wirkten frisch und erholt, es war, als ob die Pflanzen hörbar aufatmeten. Der erste kräftige Guss hatte einen Teil der Magnolienblüte zerschlagen, doch den rosaroten Schleiern der japanischen Pflaumenbäume, die rechts und links die Allee säumten, hatte er nichts anhaben können.

»Jetzt gib endlich Ruhe, Knie!« In dem kleinen Café am Eingang zum Park würde sie sich nach ihrem Gang mit einem Stück Kuchen belohnen. Sie streifte die Terrasse, die bereits in der Sonne lag, mit einem sehnsüchtigen Blick. Wie nett wäre es, sich jetzt gleich dort niederzulassen, unter den fröhlichen rot gestreiften Sonnenschirmen, und den blühenden Park wohlwollend aus der Distanz zu betrachten; es gab da einen grandiosen Apfelkuchen. Doch vor der Kür stand das Pflichtprogramm.

Das Wasser des Bachs hüpfte über die Steine und glitzerte in der Sonne. Diese Leichtigkeit, diese Lebendigkeit! Der Anblick ließ sie ihre Schwerfälligkeit vergessen. Es war eine Freude, am Leben zu sein. Die gesamte Böschung entlang erstreckte sich ein Anemonenteppich in sattem Dunkelgrün, mit weißen Blüten übersät, dazwischen Placken von gelbem Scharbockskraut. Früher waren hier auch Sumpfdotterblumen gewesen, verschwunden, wie so vieles. Ein paar Minuten schaute sie fast neidisch zwei kleinen Mädchen dabei zu, wie sie vor Vergnügen quiekend über eine riesige schwarze Baumwurzel balancierten, die bis ins Wasser ragte. Was die wohl sagen würden, wenn ich plötzlich mit ihnen dort herumkletterte? Sie beschloss, an einem der nächsten Tage, jedenfalls in dieser Woche noch, bei Dora und den Kindern vorbeizuschauen. Ihre Enkelinnen waren um so vieles liebenswürdiger als Jurek, dieser kleine Rowdy.

Nach knapp zwei Kilometern ging der gepflegte Park in eine weitgehend natürliche Landschaft über. An dieser Stelle kehrte sie immer um. Genug für heute, sie fand sich sehr tüchtig. Ein älterer Mann kam ihr zügig entgegen, den Blick vor sich auf den Weg gerichtet. Er kam ihr vage bekannt vor. Natürlich: der Alte von gegenüber! Am liebsten hätte sie gefragt: »Warum belauern Sie mich ständig?« Stattdessen fixierte sie ihn scharf, so dass er kurz aufblickte, ein mürrisches Gesicht, sein Blick glitt flüchtig über sie hinweg. Er hatte sie nicht erkannt, lief weiter am Wasser entlang, aus dem Park hinaus, als werde er gejagt, durch die öde flache Weidelandschaft, auf die Silhouette der neuen Satellitenstadt am Horizont zu. Sie starrte ihm nach. Ein Mensch, dem man seine Unzufriedenheit ansah.

Natürlich war der begehrte Ecktisch auf der Terrasse des Cafés, mit dem sie vorhin geliebäugelt hatte, inzwischen besetzt. Doch während sie sich suchend umsah, schickte sich das junge Paar, das dort saß, zum Gehen an, und Irene hielt eilig auf den frei werdenden Platz zu. Der Mann wirkte wie ein Büroangestellter in Mittagspause; er himmelte seine hübsche Begleiterin an. Am roten Kraushaar erkannte Irene sogleich Thyra Hamann, die über etwas belustigt schien, das er gesagt hatte, jedenfalls lachte sie hell auf. Dann bemerkte sie Irene und hielt einen winzigen Augenblick inne, schuldbewusst, es sah aus, als ob sie ihr etwas sagen wollte. Schließlich nickte sie ihr nur vergnügt im Vorübergehen zu, verschwörerisch.

Das also war dein dringender Arztbesuch, dachte Irene, während sie sich auf den bequemen Stuhl mit dem Parkblick sinken ließ. Offenbar war sie nicht die Einzige, der kreative Ausreden einfielen. Sie sah den beiden nach, wie sie in die Allee am Bach einbogen, ein schönes Paar, das allmählich zwischen den rosa blühenden Bäumen verschwand.

5.

Wolters absolvierte täglich seine Runde, eineinhalb bis zwei Stunden, bei jedem Wetter. Die Gewohnheit war ihm aus den vergangenen Jahren geblieben, in denen er morgens und abends den Hund ausgeführt hatte. Als er noch berufstätig war, hatte unter der Woche Sybille den Morgengang mit Lili übernommen und er den Abendgang, manchmal noch spät in der Nacht, wenn er vom Institut zurückkam, sehnsüchtig von der Hündin erwartet. Bewegung war ihm so wichtig, dass er das Auto, selbst wenn Sybille es nicht brauchte, häufig im Parkhaus stehen ließ und das erste Stück zur Universität mit der Straßenbahn fuhr, um dann, statt in den Bus umzusteigen, die letzten drei Haltestellen zu Fuß zu gehen. Laufen beförderte seine Gedanken.

Heute war die Luft angenehm frisch, nach dem Gewitter der vergangenen Nacht und dem bis in die frühen Morgenstunden anhaltenden Regen. Leider schienen auch andere das zu empfinden, denn der Park wimmelte von Menschen, die gemächlich kreuz und quer dahinschlenderten und es ihm schwer machten, ordentlich auszuschreiten. Doch Wolters wusste aus Erfahrung, dass die meisten sich mit ein paar Trippelschrittchen in der Grünanlage begnügten; sobald er hinaus ins freie Land kam, würde er die Wege für sich haben.

Lili fehlte ihm so sehr. Sie war ein schöner Hund gewesen, eine Hündin mit Charakter, eine treue, anspruchslose, einfühlsame Gefährtin, Trost in seinen dunkelsten Stunden, obwohl es ihm peinlich gewesen wäre, das anderen gegenüber einzugestehen. Vor drei Monaten an Krebs verreckt wie Sybille vor drei Jahren – nur dass er bei Lili den quälenden Prozess hatte abkürzen können. Sie war ihm dankbar dafür, dessen war er sich sicher.

In diesen Tagen gab nur die regelmäßige Bewegung seinem Alltag eine gewisse Struktur. Die tägliche Disziplin half ihm, Selbstrespekt zu wahren, obwohl er nicht mehr arbeitete. Er konnte sich allerdings nur noch selten aufraffen, früh am Morgen zu gehen, meist wurde es später Vormittag, nach dem durch das Straßenbeobachtungsritual verlängerten Frühstück.

Unangenehm viele Menschen unterwegs, fast wie an einem Sonntagmorgen. Sonntag war der einzige Tag, an dem er in der Regel nicht ausging. Er hasste die dahinzockelnden Kleinfamilien und die poussierenden Paare. Paare überhaupt. Auch heute musste er ständig dahinschleichende Spaziergänger überholen oder Fahrradfahrern und Skatern ausweichen, die auf dem Fußweg nichts zu suchen hatten.

Mit Lili an seiner Seite war er sich weniger fehl am Platz und so viel vitaler vorgekommen. Wie sehr man sich an ein Tier gewöhnen konnte! Sie war zwölf Jahre geworden, als Welpe zu ihnen gekommen. Er erinnerte sich mit Rührung an das verspielte anhängliche kleine Bündel. Dabei war er ein rational denkender und handelnder Mensch, in dessen Leben es nur wenig Raum für Sentimentalität gab. Fast könnte man eifersüchtig werden, wenn man dich mit dem Hund beobachtet, hatte Sybille manchmal gespöttelt. Dabei hatte auch sie sehr an Lili gehangen. Allerdings war die

Terrierhündin auf ihn fixiert, Sybille war Luft für sie, sobald Wolters auf den Plan trat.

Er musste über Hallwigs Anfrage nachdenken und eine Entscheidung treffen. Die Gesellschaft der Freunde und Förderer des Instituts für Sexualwissenschaft war gegründet worden, um ehemaligen Studenten und Doktoranden ein Forum zu geben, ihre Projekte, sofern sie der Wissenschaft treu blieben, zu vernetzen. Fast noch wichtiger war es, zu denen Kontakt zu halten, die in die Industrie oder die Politik abwanderten, weil sie dabei nützlich sein konnten, Drittmittel einzuwerben. Networking hieß das heute. In erster Linie ging es um Sponsoren. Hallwig, vor Wolters Institutsleiter und seit seiner Emeritierung Vorsitzender der Gesellschaft, wollte diese Aufgabe im Sommer abgeben, weil er plante, nach Australien auszuwandern, wo seine einzige Tochter mit ihrer Familie lebte. Da war es naheliegend, ihn, Wolters, zu fragen, ob er den ehrenamtlichen Posten übernehmen wolle.

Die Aufgaben des Vorsitzenden waren repräsentativ. Es ging um Beziehungspflege, er würde wieder mehr über den aktuellen Stand der Forschung erfahren. Das könnte ganz interessant werden; er würde sich wieder mehr auf dem Laufenden halten müssen. Wollte er das?

Er hatte sich geschworen, nie wieder einen Fuß über die Schwelle seines ehemaligen Arbeitsplatzes zu setzen, wegen der Sache mit Maurer. Maurer war sein Nachfolger als leitender Direktor des Instituts, und Wolters hatte ihn seit dem Tag seiner pompösen offiziellen Verabschiedung nicht wieder gesehen. Das stimmte nicht ganz: Maurer war unpassenderweise bei Sybilles Beerdigung aufgetaucht, doch da hatte er sich zumindest im Hintergrund gehalten und war gleich nach der Trauerfeier verschwunden. In der ersten Zeit nach ihrem Tod hegte Wolters den Verdacht, dass Maurer regelmäßig Sybilles Grab besuchte, weil er dort wiederholt fremde üppige Blumengebinde vorfand. Allerdings hatte sich, nachdem Wolters anfangs die verdächtigen Blumen regelmäßig wütend in den Mülleimer stopfte, irgendwann herausgestellt, dass zumindest das eine oder andere Gesteck von Michael stammte. Der hatte sich bitter bei seinem Vater über den Vandalismus auf dem Friedhof beklagt – »die klauen anscheinend alles, was nicht niet- und nagelfest ist, Töpfe und Vasen mit Inhalt!« Von da an hatte Wolters zugunsten seines Seelenfriedens beschlossen, sämtliche dekorativen Fremdkörper auf Sybilles Grab für Gaben seines Sohns zu halten. Er konnte ihn doch nicht alle paar Tage fragen: »Warst du bei Mama? Was für Blumen hast du ihr gebracht?«

Entschieden zu viele Menschen heute in der schmalen Allee längs des Bachs. Sie hinderten ihn, sich auf seine Gedanken zu konzentrieren, vor allem das durchdringende Kreischen kleiner Kinder, die am Wasser spielten und von närrischen Aufsichtspersonen noch angefeuert wurden. Wolters war drauf und dran, einen Jungen bei den Schultern zu packen, der seine leere Limoflasche einfach die Böschung hinunterschleuderte. Er beherrschte sich, als eine Frau hinter ihm pflichtschuldig vernehmen ließ: »Wirst du wohl die Flasche wieder aufsammeln?« Offenbar war die Ermahnung der sozialen Kontrolle geschuldet, wegen des missbilligenden Publikums rundum. Der Junge maulte: »Aber da liegt doch jede Menge Müll!«

Widerwillig musste Wolters ihm Recht geben. Das Bachufer, auch wenn es sich um diese Jahreszeit mit weiß und gelb blühenden Bodendeckern tarnte, wurde immer mehr zur Müllkippe. Gab es denn keine Parkwächter mehr, die für Sauberkeit und Ordnung sorgten? Am schlimmsten waren die Hundebesitzer; die erkannte er schon auf hundert Meter Entfernung an der Art, wie sie sich verstohlen umsahen, bevor sie ihren Vierbeinern gestatteten, sich niederzulassen, wo es ihnen beliebte, und wie sie sie dann rasch an der Leine davonzogen, als hätten sie nichts mit dem Geschäft zu tun. Dabei gab es inzwischen an jedem vierten Baum Automaten für Doggie Bags. Er hatte damals mit Lili stets eine kleine Schaufel und seine eigenen Plastiktüten mit sich geführt.

Er würde die anstehende Entscheidung sachlich angehen. Die Argumente pro und contra unbestechlich in seinem Kopf auflisten. Dafür sprach, dass die Tätigkeit des Vorsitzenden, so unbedeutend das Amt auch war, seinem Leben wieder ein bisschen Inhalt geben würde. Er könnte den Kontakt mit seinen früheren Mitarbeitern aufleben lassen, ohne das Gesicht zu verlieren, einige hatte er durchaus geschätzt. Vielleicht würde sogar etwas von dem alten Interesse an seinen Themen wieder erwachen und ihn dazu bewegen, die Arbeit an dem Buch noch einmal aufzunehmen.

So weit das Pro. Gegen die Annahme des Postens sprachen sein abrupter Abgang, von heute aus betrachtet eher peinlich, sowie die Tatsache, dass er unvermeidlich Maurer häufiger begegnen müsste. Er hatte alles Knall auf Fall hinter sich gelassen, kurz nach Sybilles Tod, hatte alle Versuche früherer Mitarbeiter, ihn an diesem und jenem noch zu beteiligen, brüsk zurückgewiesen. So tief gekränkt war er. Maurer war einmal sein Doktorand gewesen, er, Wolters, hatte ihn aufgebaut; Maurer hatte ihm seine Karriere zu verdanken! Verletzter Stolz, er hatte bei seinem Abgang beschlossen, sämtlichen ehemaligen Kollegen die kalte Schulter zu zeigen, in der Stille für sich an seinem Buch zu arbeiten, um zu gegebener Zeit, wenn niemand mehr mit ihm rechnete, groß mit seinem Opus magnum der Sexualwissenschaft herauszukommen. Das würde Maurer beschämen. Doch inzwischen war die Phantasie vom gewaltigen Triumph, der auch seine Rache sein sollte, ziemlich verblasst. Er war sich ja nicht einmal sicher, ob dieses Buch je geschrieben würde.

Wo der Park in die offene Landschaft überging, karg und eintönig, spazierten nur noch wenige Menschen am Bach entlang. Er konnte jetzt zügig ausschreiten und seine Gedanken klären. Mehr und mehr schien ihm dafür zu sprechen, Hallwigs Vorschlag anzunehmen. Immerhin waren drei Jahre vergangen seit seinem Rückzug.

Eine voluminöse ältere Frau kam ihm schnaufend entgegen. Sie nahm mit ihren ausladenden Stöcken fast die ganze Breite des Wegs ein. Sakra, das war ja die Alte von gegenüber! Sich jetzt nur keine Blöße geben. Pokerface war seine Spezialität. Es gelang ihm, abwesend an ihr vorüberzueilen. Sie musterte ihn skeptisch von der Seite. Was wollen Sie, gute Frau, ich kenne Sie nicht. Aus der Nähe war sie noch dicker, als durch sein Fernrohr betrachtet. Sie war offenbar am Ende des Parks umgedreht und schlich jetzt schwerfällig wieder stadteinwärts. Sie ging wohl selten spazieren; er hatte sie noch nie hier gesehen.

Aus irgendeinem Grund hob die Begegnung seine Stimmung. Vielleicht, weil er sein Inkognito genoss, vielleicht, weil sie ihm so beklagenswert alt erschien und er sich im Vergleich mit ihr jung, dynamisch und beweglich, auf jeden Fall überlegen, fühlte. Keine sehr ehrenwerten Beweggründe, aber das konnte ihm egal sein.

Nach einer weiteren halben Stunde strammen Gehens stand sein Entschluss fest: er würde akzeptieren. Vielleicht noch zwei, drei Tage warten, bevor er es Hallwig mit ein paar wohlgesetzten Worten wissen ließe, damit es lässiger wirkte. Er würde Maurer in seiner neuen Position so gut es eben ging ignorieren. Die Wahl zum Vorsitzenden selbst war reine Formsache: Es wurde immer derjenige gewählt, den der noch amtierende Vorsitzende vorschlug, genau genommen waren alle froh, wenn jemand vorgeschlagen wurde. Seit Bestehen der Gesellschaft hatte es noch nie einen Gegenkandidaten gegeben.

Erst als er den neuen Stadtteil, diese abstoßende Hochhaussiedlung, erreicht hatte, kehrte er um und marschierte zurück, immer am Bach entlang, zwischen Feldern, auf denen es wild durcheinander wucherte, weil sie längst nicht mehr bestellt wurden, durch brachliegendes Weideland, auf dem schon lange keine Kühe und Schafe mehr grasten, an armseligen Gehölzgruppen vorbei. Verwahrlostes Ödland, das ihm aber mehr zusagte als die städtische Parkniedlichkeit. Zukünftiges Bauland, nach dem die Stadt schon bald ihre Krakenarme ausstrecken würde.

Auf der Promenade im Park ergingen sich noch immer Scharen sonnenhungriger Menschen. Da wollte er jetzt nur möglichst rasch hindurch, nach Hause, im Kopf den Entwurf des Schreibens an Hallwig, das er gleich zu Papier bringen wollte.

Alte Leute, vor allem alte Frauen, oft zu zweit. Seltener alte Männer, meist allein. Mütter mit Eis essenden Kindern. Flanierende Paare. In der jungen Frau mit dem krausen flammend roten Schopf erkannte er schon von weitem die neue Mieterin aus dem Haus gegenüber. Den Mann an ihrer Seite, einen farblosen Anzugträger, hatte er zuvor nicht bei ihr gesehen. »Nummer drei«, stellte er zynisch bei sich fest; sie hatte offenbar einen hohen Männerverbrauch. Vermutlich hatten ihre Kinder auch verschiedene Väter, denn der Blonde mit dem Vollbart holte immer nur den Jungen im Vorschulalter ab, nie das Baby, das er dem zugeordnet hatte, den er den Musiker nannte. Jetzt schäkerte die Rothaarige also mit einem Bilanzbuchhalter, das heißt, eigentlich schäkerte er mit ihr, während sie lachte, ein bisschen herablassend, wie Wolters schien, wohl über etwas, das der Anzugträger gesagt hatte.

Hier musste er nicht betont wegschauen wie bei der Alten eben; die junge Frau war so intensiv mit ihrem eigenen Leben befasst, dass ihr seine Studien mit dem Fernglas mit Sicherheit nicht aufgefallen waren. Doch als er auf einer Höhe mit den beiden war, wäre er beinahe mit einem Ausruf stehen geblieben, fassungslos. Er starrte sie an und quittierte dafür einen scharfen Blick ihres Begleiters, während sie ihn im Vorübergehen nicht einmal wahrzunehmen schien.

Das war doch …! Wie hieß sie noch? Er holte tief Luft, als er sich langsam wieder in Bewegung setzte. Ja, kein Zweifel, das war die Frau mit dem ausgefallenen Namen, die frühere Freundin von Michael. Die Studentin, mit der er in seiner Zeit an der Uni zusammen war, die ihn so schnöde hatte fallenlassen. Eiskalt, von heute auf morgen, übrigens zur großen Erleichterung von Sybille und ihm, da sie die Frau beide nicht gemocht hatten, während Michael Monate, vielleicht sogar Jahre gebraucht hatte, um über sie hinwegzukommen.

6.

Als Dora am Telefon fragte, ob sie schon etwas für ihren Geburtstag geplant habe, wusste Irene, die dieses Datum am liebsten ignoriert hätte, dass ihre Tochter sich für sie Gedanken gemacht hatte. Sogar ihr Sohn Markus wollte kommen. Rieke, seiner Frau, war es nicht gelungen, ihren Wochenenddienst zu tauschen, aber er würde Jessica mitbringen.

»Wir kommen dann alle zum Kaffee zu dir«, verkündete Dora.

Also gut. Irene hatte ihre siebzehnjährige Enkelin Jessica seit Weihnachten nicht gesehen und freute sich auf sie und Markus, freute sich natürlich auch auf Dora, Emma und Luise. Am Samstag Kaffee und ein kleines Abendbrot bei dir, schlug Dora vor. Am Sonntag würde dann sie, weil Markus und Jessica ohnehin bei ihr übernachteten, einen Brunch im Garten ausrichten. Andreas wolle grillen. Laut Wetterbericht sollte das Hoch noch mindestens zwei Wochen andauern, keine Spur von den Eisheiligen. Stattdessen wurde im Radio über die »Schweißheiligen« gewitzelt.

»Eine schöne Idee, Dora, und lieb, dass du dir so viel Arbeit für mich machst.«

Weniger Aufhebens um diesen Tag wäre ihr lieber gewesen, achtundsechzig war nicht viel anders als siebenundsechzig, doch ein Beisammensein mit Kindern und Enkeln sollte ihr auch recht sein. Sie nahm sich vor, es zu genießen. Die Freundinnen, die sonst spontan bei den Geburtstagen der anderen vorbeikamen, wollte sie irgendwann in der nächsten Woche zu lockerer Runde einladen. Dora war wirklich eine gute Tochter. Der Umgang mit ihr wäre allerdings einfacher, wenn sie nicht ganz so vorbildlich wäre. Dann müsste man nicht ständig ein schlechtes Gewissen haben.

Dora, das wusste Irene, nahm ihr im tiefsten Inneren übel, dass sie fünf Jahre nach dem Tod von Bernhard so unbekümmert, geradezu vergnügt, allein lebte. Dora betrachtete das als Verrat an ihrem Vater, den sie bewundert und geliebt hatte.

»Vermisst du ihn nicht schrecklich, Mama?«, hatte sie anfangs wiederholt gefragt; da hatte es noch ›Mama‹ geheißen. »Mir fehlt er so sehr, wie schlimm muss das erst für dich sein!«

Ihr Verhältnis zu ihrem Sohn war um vieles unkomplizierter. Markus gab sich meist wurstig, er meldete sich nur alle paar Wochen, in der Regel musste sie ihn anrufen. »Was, so lange habe ich nichts von mir hören lassen? Schande über mein Haupt. Gibt nichts Neues. Mir geht es gut, wie immer. Rieke geht es ebenfalls wie immer, nur arbeitet sie zu viel, auch nichts Neues. Jessica geht es, wie es einem mit siebzehn geht, nämlich am besten von uns allen, und trotzdem leidet sie unsäglich an uns und am Rest der Welt, du solltest mal hören, über was alles sie sich beschwert.« Wenn Jessica in der Nähe war, rief sie »Du Mistkerl!« dazwischen, und Markus erkundigte sich in lockerem Ton bei seiner Mutter: »Habe ich meinen Vater eigentlich je als Mistkerl apostrophiert?«, und sie lachten alle drei.

Im Allgemeinen mochte sie seinen lockeren Ton, die humorvolle Distanz, die er in fast allen Situationen bewahrte, allerdings schien ihr, als ob er die Dinge des Lebens manchmal zu sehr auf die leichte Schulter nähme. Dora dagegen tat sich schwer. Sie kam nach Bernhard. Markus kam nach ihr.

»Natürlich vermisse ich deinen Vater«, hätte sie Dora manchmal gern zugerufen, wenn sie den stummern Vorwurf in ihrem Gesicht las.

Es war nur in den letzten Jahren manchmal nicht leicht mit ihm, weil er so erdrückend tüchtig war und weil er immer genau zu wissen schien, was für sie, Irene, gut war. »An deiner Stelle würde ich keinen Kaffee mehr trinken, letzte Nacht konntest du wieder nicht schlafen.« »Den ›Tatort‹ heute Abend können wir uns eigentlich sparen.« »Warte, ich bringe dir eine Decke, du frierst bestimmt.« Nein, ich friere nicht, ich bin auch nicht müde und ich will den ›Tatort‹ sehen!, hatte sie anfangs noch laut gerufen, später nur bei sich gedacht, weil Proteste nichts nützten. »Nimm die Decke, sei vernünftig, du wirst dich sonst erkälten.« Es kostete immens viel Kraft, sich gegen seine liebevolle Vormundschaft zu behaupten, und da er es gut meinte und überdies häufig genug Recht behielt, hatte sie sich nach und nach darein gefügt. Dabei war sie sich selber fast abhanden gekommen.

Bernhard war ein knappes Jahrzehnt älter als sie. Neben ihm hatte sie sich immer ein bisschen schwächlich gefühlt. Seine Dominanz beruhte auf einer ungewöhnlichen Vitalität, seine bloße physische Präsenz verschaffte ihm eine natürliche Autorität. Er arbeitete gern und selbstverständlich noch über das Rentenalter hinaus, wenn auch ein wenig reduzierter; häufig betonte er, er sei an keinem Arbeitstag seines Lebens seiner Rechtsanwaltskanzlei ferngeblieben. Das entsprach zwar nicht ganz den Tatsachen, doch weil er an diesem Mythos hing, hütete Irene sich, ihm zu widersprechen. Sie dagegen kränkelte viel und galt in der Kanzlei als nicht besonders belastbar. Vielleicht war es ein Fehler, dass sie ausgerechnet dort eingestiegen war, als sie nach der ausgedehnten Kinderpause wieder zu arbeiten begann; sie hatte gar nicht erst nach Alternativen gesucht, weil es sich so angeboten hatte. Aus gesundheitlichen Gründen ließ sie sich dann schon mit sechzig verrenten. Magenprobleme – »du isst zu viel Süßes«, sagte Bernhard. Bandscheibenprobleme, Arthrose in den Hüften, den Knien, Bluthochdruck – »du bewegst dich zu wenig«, sagte Bernhard. Er hatte noch bis kurz vor seinem Tod Tennis gespielt und war in jedem Frühjahr zum Skilaufen in die Schweiz gefahren. Da hatte Irene schon beidseitig künstliche Hüftgelenke.

Flucht in die Krankheit. Diese Erklärung war ihr manchmal nach seinem Tod gekommen. Denn seit sie allein lebte, fühlte sie sich gesunder und vitaler, obwohl es objektiv kaum Verbesserungen gab, vermutlich eher das Gegenteil, sie wurde schließlich älter. Vielleicht hatte sie sich durch Flucht in die Krankheit dem Vergleich mit ihm und seinem Reglement entziehen wollen. Solange sie schwächelte, äußerte sich seine Dominanz nur als Fürsorge, die sie zum einen leichter unterlaufen konnte, sich zum anderen auch lieber gefallen ließ als sein sonstiges Diktat.

Als wir uns kennenlernten und in den ersten Jahren unserer Ehe habe ich ihn ebenso rückhaltlos bewundert wie du, würde sie Dora gern erzählen. Dein Vater war wirklich ein beeindruckender Mann, gut aussehend, das war er ja noch im Alter, groß, athletisch, sportlich, dichtes blondes Haar; er strahlte Selbstsicherheit aus. Während ich meine kaufmännische Lehre machte, war er schon ein gefragter Rechtsanwalt, meine Freundinnen beneideten mich um ihn. Wenn er mit mir ausging, fühlte ich mich umsorgt, beschützt, verwöhnt; er besaß so viel mehr Weltläufigkeit als ich. In der Zeit, als ihr klein wart, habe ich das Kräfteverhältnis zwischen uns nicht als störend empfunden. Er war klug, belesen, argumentierte glänzend; ich hörte ihn gern erzählen, wenn wir Gäste hatten. Er arbeitete zehn Stunden am Tag, respektierte deswegen meine Entscheidungen, was das Familienleben betraf. Ich kümmerte mich um Haushalt und Kinder, die klassische Rollenverteilung. Ich habe das Ungleichgewicht erst allmählich empfunden, als ihr größer wurdet, als ihr aus dem Haus wart. Da habe ich mich nach und nach gefühlt, als würde mir die Luft zum Atmen genommen.

Sie sah Dora vor sich, verständnislos, ungläubig. Sie spürte ihre Missbilligung. Vielleicht würde sie es ihr nie erklären können.

Seufzend kramte sie das Rezept für den Käsekuchen heraus; das für den Apfelkuchen kannte sie auswendig. Waren nicht die meisten Ehen in ihrer Generation so oder so ähnlich? Biba tat ihren geschiedenen Mann gern als Luftnummer ab, »ein beruflicher Versager, nach außen Renommiergehabe, nichts dahinter«. Da war sie mit Bernhard deutlich besser gefahren. Lore dagegen, verwitwet wie sie selber, war sehr glücklich verheiratet gewesen; wenn sie von früher erzählte, wurde man fast ein bisschen neidisch.

Eigentlich war es viel zu warm zum Backen, doch Dora würde es als lieblos auffassen, wenn sie zum Kaffee nur Eis aus dem Tiefkühlschrank anbot, während es beim Brunch am Sonntagmittag bestimmt fünf verschiedene Salate zum Grillfleisch geben würde. Andreas schien Dora für ihre häusliche und berufliche Tüchtigkeit zu bewundern. Doch war Dora zufrieden mit Andreas? In letzter Zeit krittelte sie ständig an ihm herum, was er, anders als Irene, kaum zu bemerken schien. Würde das auf Dauer gut gehen? Wie die Dinge bei Markus und Rieke standen, war schwerer einzuschätzen; sie erlebte die beiden nicht oft zusammen. Um Markus machte sie sich aber weniger Sorgen.

Mehl, Backpulver, Zucker, Vanillezucker, Eier und Butter zu einem festen Teig verkneten.

Wäre Bernhard nicht gestorben, wären sie mit Sicherheit jetzt noch zusammen, und sie wäre bestimmt keine unglückliche alte Frau geworden. Sein Tod aber hatte sie ohne eigenes Dazutun in ein gänzlich anderes Leben katapultiert, in dem sie bislang unbekannte Seiten an sich selbst entdeckte, die ihr gefielen. Eine neue unbeschwerte Art des Daseins hatte sich eröffnet, die sie nie kennengelernt hätte, wenn sie an seiner Seite alt geworden wäre.

Für die Füllung alle Zutaten von Quark bis Puddingpulver im Mixer verrühren.

Sein Tod kam plötzlich, ohne Vorzeichen. »Papa war so fit, so gesund. Er hatte etwas so strahlend Jugendliches«, hatte Dora geschluchzt. Für sie, für alle, die ihn kannten, unfassbar. »Ich dachte, ich hätte ihn noch für lange Zeit. Nun wachsen Emma und Luise mit nichts als einem vagen Bild von ihm auf.«

»Wir müssen ihnen eben viel von ihrem Opa erzählen«, versuchte Irene sie zu trösten. Doch Dora wollte nicht getröstet sein, sie klagte weiter: »Warum bloß? Warum er?«, und Irene hörte heraus »Warum nicht du?« »Er hat doch immer so gesund gelebt!«

»Vielleicht hat er diese Grippe nicht richtig auskuriert.« Der Kater, der ihre Beine umstrich, in der Hoffnung auf etwas zu naschen, verließ beleidigt die Küche, als sie den Mixer einschaltete.

Bernhard war eines Morgens auf dem Weg zur Arbeit tot umgefallen, einfach so, in Sichtweite des Bürohauses, in dem sich seine Kanzlei befand. Eine Herzmuskelentzündung, weil er die schwere Erkältung nicht ernst genommen hatte? Ein angeborener, unerkannter Herzfehler? Sie würden es nie genau wissen.

»Auch wenn du mir vielleicht nicht glaubst«, sagte Irene laut zum Käsekuchenteig, mit dem sie die Springform auslegte. Sie meinte ihre Tochter, die vierjährige Dora, die ihr vom Foto über der Arbeitsplatte aus zusah, über das ganze Gesicht strahlend saß sie auf Papas Schoß. »Ich habe ihn wirklich geliebt, nicht nur am Anfang, und die erste Zeit ohne ihn war schrecklich. Auch jetzt vermisse ich ihn manchmal noch, zum Beispiel, wenn …« Ja, wann eigentlich? Sie hielt inne, richtete sich auf, dachte nach und bückte sich dann erneut über die Form, um mit beiden Daumen den zwei Zentimeter hohen Teigrand zu formen.

»Anfangs habe ich geglaubt, ich käme nie ohne ihn zurecht, ganz praktisch, im Alltag: der Papierkram, Handwerker, die Heizung, das Auto. Er hatte so vieles für uns, für mich geregelt, von dem ich bisher nicht mal wusste, dass man sich darum kümmern muss. Ich fühlte mich maßlos überfordert. Aber inzwischen, da hast du völlig Recht, inzwischen genieße ich es, so unbekümmert vor mich hin zu leben. Ein Auto brauche ich nicht. Es ist mir völlig egal, wenn ich die Erklärungen des Steuerberaters nicht verstehe und dass mich die Versicherungen übers Ohr hauen. Ich will einfach nur leben, wie es sich gerade ergibt, ohne Anspruch, ohne Ziel. Gönn es mir doch, auch wenn es auf dich ein bisschen asozial wirkt. Zumal wir beide wissen, dass die Zeit, die mir dafür bleibt, begrenzt ist. Früher habe ich immer nur die Erwartungen anderer erfüllt, erst als Tochter, dann als Ehefrau. Jetzt habe ich nicht mal mehr Erwartungen an mich selber. Versteh mich, ich mache deinem Vater keine Vorwürfe! Ich war es, die sich in dem bequemen Leben an seiner Seite einrichtete, ohne erwachsen zu werden.«

Irene gab die Käsemasse in die mit dem Teig ausgekleidete Springform. Sie hörte Dora sagen: »Bist du etwa jetzt erwachsen? Deine Art zu leben erscheint mir reichlich kindisch.«

»Das denkst du, weil du selber so angepasst bist. Eines Tages wirst du mich vielleicht besser verstehen.«

»Findest du es gut, mit siebzig nachzuholen, was man in der Jugend verpasst zu haben glaubt?«, fragte Dora weiter. »Wäre es nicht reifer, das gar nicht mehr nötig zu haben?«

»Besser im Alter aus der Spur hüpfen als in den mittleren Jahren. Auch wenn die Möglichkeiten dann deutlich begrenzter sind. Dafür ist der Flurschaden, den man in seinem Umfeld anrichtet, geringer.«

Sie schob die Springform in den vorgewärmten Backofen und schloss mit Nachdruck die Klappe.

Der Kater hatte sich wieder in der Küche eingefunden und schlich hinter ihrem Rücken über die Arbeitsplatte, um die Teigschüssel auszuschlecken. »Sehr ungesund!«, tadelte Irene, doch sie ließ ihn gewähren. Den Apfelkuchen würde sie morgen Vormittag machen, Kinder und Enkel kamen ja erst um vier Uhr.

7.

»Im Wohnzimmer riecht es immer noch nach Hund«, stellte Michael schnüffelnd fest. Er lehnte in der Küchentür und schaute seinem Vater zu, wie der die beiden benutzten Teller erst unter den Wasserstrahl hielt, dann in die Spülmaschine räumte. Wolters ignorierte die Bemerkung, froh darüber, dass sein Sohn nach der Arbeit bei ihm vorbeigekommen war, seit Wochen zum ersten Mal. Sie hatten gegessen, er hatte endlich mal wieder richtig gekocht, nicht nur ein Tiefkühlgericht in die Mikrowelle geschoben. Nun ja, es waren tiefgekühlte grüne Bohnen, doch die Lammlachse hatte er beim Metzger gekauft, gut mariniert, auf den Punkt gebraten, innen noch rosa, und er hatte eigenhändig Kartoffeln geschält. Beim Essen, im Wohnzimmer, hatte er Michael ausführlich von seiner bevorstehenden Wahl zum Vorsitzenden der Gesellschaft der Freunde und Förderer des Instituts für Sexualwissenschaft berichtet und der hatte ihn beglückwünscht. »Wird allmählich auch Zeit, dass du wieder aus dem Schneckenhaus kommst.« Bisher hatte Michael noch nicht gefragt, doch natürlich wusste Wolters, weswegen sein Sohn eigentlich hier war. Warum sonst hätte er so kurzfristig seinen Vater besuchen sollen, nachdem sie erst am vergangenen Sonntag mit der ganzen Familie gegessen hatten?

Bei diesem Anlass hatte Wolters beiläufig seine Begegnung mit Thyra erwähnt. Der Name war ihm auf dem Weg vom Park nach Hause wieder eingefallen. »Th. Hamann« stand an der Klingel unten links, die er eilig inspizierte, bevor er in seine Wohnung zurückkehrte, er wusste ja, dass sie noch mit ihrem Galan unterwegs war. Als sie mit Michael ging, hatte sie einen anderen Nachnamen gehabt, irgendetwas Banales, das ihm entfallen war, Müller, Meier, Schmidt, in der Art. Und wenn er sich recht erinnerte, waren ihre Haare damals nicht ganz so flammend rot gewesen, eher rotblond, weniger auffällig.

»Übrigens habe ich vor kurzem zufällig deine ehemalige Freundin Thyra getroffen.«

Er hatte es leise gesagt, während Gitte in der Küche hantierte, mit einem vorsichtigen Seitenblick zu Paulchen, der anscheinend ganz von seinem Smartphone absorbiert war.

Michael war zusammengezuckt. »Was? Wirklich?«

»Sie wohnt neuerdings bei mir in der Nähe.«

Da kehrte Gitte mit dem Dessert zurück, und Michael richtete eilig das Wort an seinen Sohn: »Du weißt, dass das Handy bei den Mahlzeiten tabu ist, Paul!« Stattdessen solle er doch lieber dem Opa seinen Deutschaufsatz zeigen, den die Klassenlehrerin so gelobt hatte. Der Aufsatz und die Klassenlehrerin lieferten über das Dessert und den anschließenden Kaffee hinaus bis zu Wolters' Aufbruch hinreichend Gesprächsstoff.

»Lass uns die Flasche im Studierzimmer leeren«, schlug er jetzt vor.

Ihm war schmerzlich bewusst, wie trostlos es für Michael sein musste, mit ihm allein am Esstisch im Wohnzimmer zu sitzen, Hundegeruch hin oder her, vermutlich empfand er hier das Fehlen seiner Mutter besonders intensiv. Michael hatte nicht nur als kleiner Junge sehr an Sybille gehangen; noch während seines Studiums war die Beziehung zwischen den beiden so eng gewesen, dass Wolters sich oft ausgeschlossen fühlte. Sie ließen sich am kleinen Tisch mit dem Blick nach draußen nieder, beide Fensterflügel waren weit geöffnet, der Abend war sommerlich warm. Seinen Feldstecher hatte Wolters wohlweislich in der untersten Schreibtischschublade verschwinden lassen.

»Die beiden erleuchteten Fenster gegenüber«, er wies mit der Hand, »Nr. 15, im Hochparterre. Da ist sie eingezogen. Zwei kleine Kinder, ein Baby und ein Junge, etwas jünger als Paul, ich glaube, der geht noch nicht zur Schule.«

Michael senkte die Stimme, völlig überflüssig. »Wann und wo bist du ihr begegnet? Was hat sie gesagt?«

»Im Park. Ich habe nicht mit ihr geredet. Sie hat mich nicht mal erkannt. Dass sie jetzt Thyra Hamann heißt, weiß ich vom Klingelschild. Eigentlich gibt es gar nichts zu erzählen.« Trotzdem teilte Wolters seinen bescheidenen Kenntnisstand gewissenhaft mit seinem Sohn, es vermittelte ihm ein angenehmes Gefühl von Komplizenschaft. Dass sie vor ein paar Wochen drüben eingezogen sei. Allein beziehungsweise ohne Partner. Dass er annehme, ihre beiden Kinder hätten verschiedene Väter, weil dort zwei Männer ein und aus gingen, ein verlotterter Straßenmusikant und ein bärtiger Alternativer.

»Der Bärtige könnte Henning sein!«, rief Michael. »Henning Hamann. Gesamtschullehrer. Mit ihm ist sie zusammengezogen, nachdem sie damals von mir wegging. So viel ich weiß, gab es aber drei Kinder. Ich hatte keine Ahnung, dass sie sich auch von ihm getrennt hat.« Er habe vor Jahren eine gemeinsame Bekannte getroffen, eine ehemalige Kommilitonin, die ihm von Thyra berichtete. »Demnach scheint die Gute immer noch ein ziemlicher Feger zu sein. Zu komisch, dass sie jetzt in deiner Nachbarschaft lebt.«

Sie öffneten eine zweite Flasche Sauvignon Blanc, während Michael, angeregt und lebhafter als sonst, erzählte, was er noch über Thyra und Henning Hamann wusste. Sie hatten auf dem Land gelebt, auf einem alten Bauernhof, mit Hühnern und Schafen. »Du weißt schon, eigenes Gemüse, biologisch angebaut, das ganze alternative Programm, die grüne Idylle auf dem Land.«

»Sei froh, dass sie damals abgesprungen ist. Sie passte nicht zu dir, schon gar nicht zu deinem Leben heute.«

Michael war Immobilienmakler, eine Berufswahl, mit der Wolters selbst sich nie wirklich hatte anfreunden können. Doch jetzt genoss er die Tatsache, dass mit Thyras Auftauchen ein kleines Stück gemeinsamer Vergangenheit wieder lebendig wurde, die Michael und ihn verband. Sein Verhältnis zu seinem Sohn war über große Strecken schwierig gewesen, vor allem, nachdem der sein Studium hingeworfen hatte. Sybilles Krankheit und Tod hatten sie einander wieder angenähert. In dieser schweren Zeit gewöhnten sie es sich an, einmal in der Woche gemeinsam in der Stadt zu Mittag zu essen, nur sie beide, das war Wolters ein großer Trost gewesen. Irgendwann war unmerklich ein Vierzehntagerhythmus daraus geworden, und nun vollzogen sich die Treffen schon länger nur noch unregelmäßig in immer größeren Abständen. Stattdessen erhielt er einmal im Monat die förmliche Einladung zum sonntäglichen Mittagessen mit der Familie. Kein Zweifel, sie drifteten erneut auseinander. Lag es an ihm, dass sein Sohn ihm wie einem bloßen Bekannten begegnete, zwar stets freundlich, aber immer ein bisschen steif, mit belangloser Konversation? Trug Michael ihm den alten Streit noch nach? Lag es daran, dass er mit seiner Schwiegertochter nicht recht warm wurde?

Gitte war eine gut aussehende, gut erzogene, etwas spröde Person, stets mit dezentem Chic gekleidet, eine formvollendete Gastgeberin. Auf ihn wirkte sie etwas manieriert, zu sehr auf Äußerlichkeiten und Sozialstatus bedacht. Sybille dagegen war gut mit ihr zurechtgekommen, hatte sie zu seinem Erstaunen intelligent, geistreich und in einem positiven Sinn eigenwillig gefunden. Jetzt rächte es sich, dass er die Kontaktpflege zwischen den Familien weitgehend den Frauen überlassen hatte.

»Du und Mutter, ihr habt Thyra damals sehr von oben herab behandelt«, sagte Michael, »und regelrecht feindselig, als wir auseinandergingen.«

»Meinst du wirklich? Daran kann ich mich gar nicht erinnern.« Im Gegenteil, Thyra hatte ihm durchaus Eindruck gemacht. Er hatte sich darüber gewundert, dass sein Sohn, den er in dieser Zeit blass und konturenlos fand, unmännlich, ohne Ehrgeiz und wirkliche Interessen, eine so rassige Frau für sich gewinnen konnte. Allerdings hatte sie sich schließlich doch von ihm getrennt. Michael war darüber erwachsen geworden, er hatte Format gewonnen.

Warum hatte sein einziger Sohn ausgerechnet Makler werden müssen? In Wolters Augen war das nicht viel besser als Gebrauchtwagenverkäufer. Dabei hätte ihm jeder akademische Beruf offengestanden. Er hatte seinen Vater erst damit brüskiert, dass er nach zwei Semestern Germanistik, Geschichte und Philosophie zur Betriebswirtschaftslehre überwechselte. Er wolle sich mit der realen Welt befassen. Darauf hatte Wolters mit Naserümpfen reagiert, was Sybille ihm verübelte. Gar kein Verständnis mehr konnte er aufbringen, als Michael auch das BWL-Studium nach sechs Semestern hinwarf. Man hatte ihm einen Job in der Immobilienfirma angeboten, wo er ein Praktikum gemacht hatte.

Sein Sohn ein Studienabbrecher! Ein Versager, der kurzsichtig seine Chancen vertat, weil es ihm an Disziplin fehlte. »Mach doch erst mal Examen, danach kannst du immer noch sehen, ob du wirklich Makler werden willst.«

Die Sache mit den Immobilien sei für ihn genau richtig, hatte Michael trotzig erklärt, in dieser Branche brauche man kein Diplom, sondern gesunden Menschenverstand und Praxis. Sybille hatte damals, statt mit ihm an einem Strang zu ziehen, zu seinem Zorn die Partei des Sohns ergriffen. Gemeinsam hätten sie Michael vielleicht überzeugen können, erst seinen Abschluss zu machen. Er hätte sich doch nur noch ein, zwei Jahre zusammenreißen müssen. »Merkst du nicht, wie depressiv er seit der Trennung von Thyra ist?«, sagte Sybille. »Wir können froh sein, dass er einen Platz für sich gefunden hat. Handfeste Arbeit wird ihm guttun.«

»Was für einen Platz? In einer Welt, in der es nur um Mammon geht? Er wird diesen Schritt bereuen.« Türenknallen. Wolters und Michael hatten Wochen, Monate nicht miteinander geredet. Doch Sybille behielt Recht. Michael machte zügig Karriere, war in wenigen Jahren Teilhaber. Vor kurzem hatte er die Firma sogar ganz übernommen. Sein Einkommen betrug heute ein Vielfaches vom Professorengehalt seines Vaters. Das Einfamilienhaus in bester Wohnlage, Pauls Privatschule, Gittes Garderobe, die Urlaubsziele sprachen für sich.

Als Michael sich nach knapp zwei Stunden verabschiedete, war noch früher Abend. Er müsse zeitig zu Hause sein, er habe Paul versprochen, mit ihm »Star Wars 2« anzusehen. »Deine Lammsteaks sind gar nicht schlecht. Das machen wir bald wieder.« Statt des Händeschüttelns gab es diesmal einen freundlichen Schlag auf die Schulter. »Hast du Lust, am nächsten Sonntag mit Paulchen und mir ins Stadion zu gehen, auch wenn es wahrscheinlich ein grottenschlechtes Spiel wird?«

»Gern, unbedingt!« Er blieb in gehobener Stimmung zurück, stand mit dem Weinglas in der Hand am Fenster und sah Michael nach. Eine gute Begegnung. Er würde die angebrochene Flasche in aller Ruhe leeren, das würde ihm die nötige Bettschwere verschaffen. Er hatte es sich verboten, von Sybille zu reden, obwohl sein Bedürfnis danach groß war, wenn wie heute die Vergangenheit wieder lebendig wurde, besonders abends, besonders mit steigendem Alkoholkonsum.

Auch wenn Michaels Erfolg ihm längst Respekt abnötigte, war es, als ob das Zerwürfnis von damals noch immer ihre Beziehung überschattete. Seit Sybille nicht mehr da war, fehlte das vermittelnde Element zwischen ihnen, und erst jetzt nahm Wolters schmerzlich wahr, wie reserviert

Michael ihm gewöhnlich begegnete. Er hätte sich gern öfter mit ihm ausgetauscht. »Denkst du noch manchmal an Mama? Weißt du noch, wie wir dies und das gemacht haben?« Vielleicht war Michael schon über seine Trauer hinweg. Das musste er jetzt mit sich allein ausmachen. Aber er konnte versuchen, auf anderen Ebenen eine neue Beziehung zu ihm aufzubauen. Er sollte sich auch mehr um Paulchen bemühen. Das fiel ihm schwer. Paul las die Bücher nicht, die er ihm schenkte, obwohl er sie mit viel Zeitaufwand aussuchte. Neulich war er auf die Idee gekommen, sich ein Computerspiel von ihm erklären zu lassen, da hatte Paul Funken von Enthusiasmus gezeigt, aber dann hatte Wolters alles wieder verdorben, weil er beim besten Willen nicht verstehen konnte, wie ein intelligentes Kind Stunden mit solchem Schnickschnack verbringen konnte.

Die Alte von gegenüber hockte wie üblich mit ihrem Windlicht auf dem Balkon, ein Stockwerk über den erleuchteten Wohnzimmerfenstern von Thyra Hamann – er nahm an, dass es Thyras Wohnzimmer war, das zur Straße ging. Sie hatte schon wieder Besuch. Keine Vorhänge, man konnte auch ohne Fernglas die Silhouetten zweier Personen hin und her zappeln sehen; es sah aus, als ob sie tanzten.

Michael überquerte die Straße, zögerte kurz vor dem Haus Nr. 15 – sah er zu Thyras Balkon hoch? – und lief dann am Baustellenzaun entlang bis zu der Stelle, wo er den auffälligen roten BMW geparkt hatte, ohne sich nach seinem Vater umzudrehen. Wolters hob vergebens winkend die Hand.

8.

Markus hatte angeboten, sie zum Sonntagsbrunch abzuholen. Irene stieg in den hellblauen Hosenanzug, obwohl der in der Taille spannte – wieder zugenommen, sie würde den Knopf versetzen müssen. Sie schwitzte schon am frühen Morgen. Als es klingelte, ungewohnt pünktlich für Markus, fiel ihr im letzten Augenblick der breitkrempige Strohhut ein. In Doras und Andreas Garten gab es außer der Markise, unter der es oft besonders drückend war, keinen Sonnenschutz.

Vor der Wohnungstür stand Thyra mit einer Packung Pralinen. »Hut steht Ihnen! Herzlichen Glückwunsch zum Geburtstag!«

»Vielen Dank. Aber wer hat Ihnen …?«

»Ihre Freundin, die vorhin hier war.«

Lore hatte es sich nicht nehmen lassen, früh am Morgen Blumen vorbeizubringen, obwohl der Geburtstagskaffeeklatsch mit den Freundinnen erst Mitte der Woche stattfinden würde.

Es schellte wieder. »Ich würde Sie hereinbitten, aber da kommt mein Sohn, um mich zur Gartenparty abzuholen. Vielleicht ein anderes Mal?« Sagten die jungen Leute heute überhaupt noch ›Party‹? Sie gingen gemeinsam die Treppe hinunter, Markus lehnte lässig in der geöffneten Haustür, man grüßte freundlich hin und her, und Thyra verschwand in ihrer Wohnung.

»Appetitliche Frau«, kommentierte Markus, als sie im Auto saßen.

»Meine neue Nachbarin«, erklärte Irene, »eine interessante Person, Graphikerin. Sie ist geschieden und arbeitet von zu Hause aus, weil sie noch keinen Krippenplatz für ihren kleinen Sohn hat.«

»So, so.« Markus wirkte abwesend.

»Junge, wo willst du hin, du musst doch hier rechts, zur Autobahn!«

»Mist!«, rief Markus. Er wendete auf der Stelle, in einem gewagten Bogen über den durchgezogenen Mittelstreifen. Sonntagvormittag, wenig Verkehr. »Apropos geschieden«, sagte er wie beiläufig, sobald er wieder in der Spur war, »ich möchte dich schonend darauf vorbereiten, dass Rieke und ich uns trennen werden.«

»Nein! Markus!«

»Das muss vorerst unter uns bleiben, also bitte nicht vor den anderen darüber reden. Rieke und ich haben abgemacht, dass wir warten wollen, bis Jessica das Abi hat, nächstes Jahr.«

»Aber wieso, Markus?« Er hatte ihr diese gewichtige Neuigkeit in einem Ton verkündet, als hätte er gesagt: »Im Übrigen werden wir diesen Sommer nicht nach Italien, sondern nach Spanien reisen.« »Hast du jemand anderes?«, fragte sie scharf. Es war die nächstliegende Vermutung.

Er zuckte die Achseln. »Nicht wirklich. Rieke will die Scheidung.«

»Aber warum? Und was soll das heißen: nicht wirklich?«

»Na, ich hatte schon ein, zwei Affären im Laufe der Zeit, aber nichts wirklich Gravierendes, und Rieke wusste nichts davon. Doch jetzt hat sie sich offenbar in einen Kollegen verliebt.«

»Du meine Güte!« Irene war schockiert.

»So was passiert. Wir sind schließlich zwanzig Jahre zusammen. Vielleicht versuchen wir es noch mit einer Paartherapie. Doch wenn sie gehen will, bitte sehr. Aber jetzt kein Wort mehr davon.« Sie fand es erschreckend, wie gleichmütig er sich gab, während er den Wagen vor der Garage des Einfamilienhauses parkte, es klang nicht einmal bitter, als habe er schon mit seine Ehe abgeschlossen. Als sie ausstieg, zog ihr der Duft von gegrilltem Fleisch in die Nase. Sie hatte heute früh nur einen Kaffee getrunken, da sie Doras opulente Buffets kannte. Jetzt fragte sie sich, ob sie überhaupt etwas hinunterbringen würde. Übertrieben munter begrüßte sie Emma und Luise, die ihnen aus dem Gartentor entgegensprangen: »Happy Birthday, Oma!«

Konnte das überhaupt noch ein glücklicher Geburtstag werden? So tun als ob.

Dora machte sich auf der Terrasse am gedeckten Tisch zu schaffen. »Alles Gute, Mutter.« Sie schloss sie vorsichtig in die Arme. Andreas, am Grill, legte den Schürhaken beiseite und deutete eine Umarmung an. Er war blass und wirkte müde. »Der ganz normale Wahnsinn im Job«, antwortete er auf ihre Frage. Jessica, im Selbstbewusstsein ihrer siebzehn Jahre, winkte gönnerhaft mit dem Handy von der Schaukel herüber: »Hi, Oma, ich bin gleich bei dir!«

Dora hatte das Buffet im Haus aufgebaut, weil es draußen bereits zu sonnig war für Aufschnitt und Salate. »Meine Güte, wer soll das alles essen!«, rief Irene. »Da musst du ja heute Morgen schon um fünf aufgestanden sein!« Dora lächelte geschmeichelt und schenkte Kaffee ein. Es wurde, wie immer in diesen Tagen, über das Wetter geredet: dass es endlich wieder regnen müsse, sehr problematisch für die Landwirtschaft, für die Natur überhaupt, diese anhaltende Trockenheit im Frühjahr. Andreas sprach von der Krise in der Firma, die Aufträge seien in den ersten Monaten des Jahres drastisch zurückgegangen, der Chef verständlicherweise nervös, lasse seine schlechte Laune an ihnen allen aus. Markus, scheinbar ganz entspannt, fragte nach und verwickelte ihn in eine Diskussion über die Exportbedingungen im Maschinenbau allgemein. Dora klagte über die wachsende Kriminalität im Viertel, es werde zunehmend eingebrochen und gestohlen, seit in der ehemaligen Schule Flüchtlinge wohnten, Fahrräder und Spielzeug aus den Vorgärten. Es sei auch vorher schon geklaut worden, wandte Andreas ein. »Aber nicht annähernd so wie jetzt!«, gab Dora scharf zurück. »Früher war das hier ein angenehmes, ruhiges Viertel, und jetzt sprechen die Hälfte der Kinder in Luises Klasse kein Deutsch.« Andreas murmelte, es sei unverantwortlich, vor den Mädchen so zu reden. Doch nur noch Jessica saß am Tisch, die ohnehin nicht zuhörte, weil sie ununterbrochen daddelte. Luise und Emma tobten am aufgeblasenen Plastikpool.

Dora rief alle herbei, sie sollten für die Großmutter »Viel Glück und viel Segen« singen, sie gab den Ton an, die beiden Männer summten und brummten irgendwie mit, und Jessica filmte die Szene mit dem Handy. »Dass mir das nicht auf Facebook landet!«, spaßte Markus. Irene wunderte sich darüber, wie locker er wirkte, nach dem, was er ihr im Auto erzählt hatte, er blödelte mit den Kindern herum und lachte über seine eigenen Albernheiten am lautesten.

»Jetzt Omis Geschenk!«, ordnete Dora an, und Luise lief ins Haus und kehrte mit einem Paket zurück, das nur ein Buch sein konnte, großformatig, wohl ein Kunstband? »Kinder, ihr sollt doch nicht, das Feiern mit euch ist Geschenk genug!«, protestierte Irene und fragte sich schuldbewusst, ob sie die beiden letzten Bücher von Dora überhaupt gelesen hatte. Während sie am Geschenkpapier herumfingerte, legte Markus einen Briefumschlag vor sie hin. Von ihm bekam sie immer Gutscheine; nicht alle wurden eingelöst, weil er sie manchmal im Laufe des Jahres vergaß. »Oh, wie schön, Dora!« Ein Bildband über die Gärten Südenglands. »Wir haben uns nicht abgesprochen«, lachte Markus. Sein Gutschein war auf einen Tagesausflug zur Blumeninsel Mainau ausgestellt. »Die passende Reise zu Doras Buch bekommst du dann zum Siebzigsten«, versprach er launig, »für die englischen Gärten müssen wir wohl etwas tiefer ins Portemonnaie greifen.«

Anschließend spielten sie Quoits, ein neues Spiel, das er den beiden kleinen Nichten mitgebracht hatte. Zwei überkreuz geschraubte Holzlatten, in die fünf aufrecht stehende hölzerne Stäbe eingelassen waren, einer in der Mitte, vier außen. Es galt, fünf Wurfringe aus dickem Schiffstau über jeweils einen Stab zu werfen, keineswegs so einfach, wie es zunächst aussah. Irene gab sich bald geschlagen. So konnte sie sich, während die anderen noch eine Weile eifrig weitermachten, in den Gartenstuhl fallen lassen, die Lehne nach hinten geklappt, den Sonnenhut ins Gesicht gezogen, um ihren düsteren Gedanken ungestört freien Lauf zu lassen.

Markus und Rieke. Aus heiterem Himmel. Wie gut, dass ich alt bin, dachte sie, nur noch am Rand des Geschehens. Da erwartet zum Glück niemand, dass ich Einfluss zu nehmen versuche. Wenn man nur nicht hilflos zusehen müsste, wie das Leben der eigenen Kinder zerbricht. Ich kann nichts verhindern. Wahrscheinlich zerbricht alles irgendwann. Kein Zustand lässt sich halten. Alles fließt.

Die andern lachten scheinbar unbekümmert, stritten um nicht eingehaltene Abstände und ungültige Würfe. Irene blinzelte aus halb geschlossenen Augen, sah sie im Kreis auf dem Rasen herumhüpfen und empfand auf einmal so etwas wie Klaustrophobie. Am liebsten wäre sie jetzt allein zu Hause, auf ihrem Balkon. Oder beim Geburtstagskaffee mit den Freundinnen. Früher war ihr Doras und Andreas' Garten großzügig erschienen. So breit wie die Rückseite des Hauses, dafür etwa dreimal so lang. Doch auf einmal wirkte er wie ein enger Schlauch auf sie, irgendwie bedrückend. In den Anfängen hatten ihn nur Blumenrabatten und niedrige Sträucher von den angrenzenden Gärten getrennt, so dass der Blick nach allen Seiten weit ins Grüne fiel. Neuerdings gab es auf der linken Seite eine hohe dunkle Thujahecke und am Fußende eine Mauer, kahl und hässlich. Hatten Dora und Andreas sich mit den Nachbarn überworfen? Aus der weiten grünen Wiese von einst war ein abgezirkeltes Rechteck geworden.

Die Sonne brannte durch ihren Strohhut hindurch Löcher in ihren Verstand. Sie wollte nicht über Rieke und Markus nachdenken – obwohl, die arme Jessica! Ohnehin schon so altklug und verwöhnt, typisch Einzelkind. Letztlich war das Leben der Kinder deren Sache. Markus würde wieder heiraten, er fiel immer auf die Füße. Sie hörte, wie er Jessica »Prinzessin« rief, »komm doch mal hier rüber, Prinzessin!« Es gefiel ihr nicht, wie er sich bei seiner Tochter anbiederte, wie er sie wegen ihrer Chats im Internet aufzog, fast als flirte er mit ihr. So sollte ein Vater nicht mit seiner Tochter …

»Ich glaube, Mutter hält Mittagsschlaf«, hörte sie Dora flüstern, doch sie schlief nicht, sie wollte bloß eine Weile mit niemandem reden müssen.

Luise jammerte laut darüber, dass Jessica die ganze Zeit die Schaukel blockiere, obwohl sie gar nicht schaukele. »Sie sitzt nur da und macht an ihrem Handy rum.« Emma und Luise besaßen noch keine Smartphones, Teufelszeug, da war Dora vor. »Ich werfe noch mal eine Runde auf den Grill, Würstchen und Lammspieße«, hörte sie Andreas sagen, »wer möchte was?« Anscheinend hatte das Wurfspiel ein Ende gefunden.

Wasser platschte. Die Kleinen kreischten, sprangen wohl wieder breitbeinig in das Planschbecken. Es war heiß, sehr heiß. »Nicht so laut, die Oma will schlafen.« »Tobt nicht so wild!« Andreas' Stimme. »Wir wollen aber toben!« Emma, dreist.

Dann ein Schrei. Irene fuhr hoch. Andreas wand sich, umklammerte mit der linken Hand den rechten Unterarm, mit schmerzverzerrtem Gesicht. Er fuhr Emma an, die vorbeugend zu heulen begann.

»Was ist los?« Dora kam aus dem Haus gelaufen.

»Emma ist in den Pool gesprungen, da ist Wasser auf den Grill und auf Andys Arm gespritzt«, erläuterte Jessica bereitwillig.

»Schrei bitte das Kind nicht so an!«, fauchte Dora ihren Mann an. Emma intensivierte ihr demonstratives Weinen.

»Ich hatte sie mehrmals ermahnt.«

»Sei nicht albern, Andreas. Sie hat es schließlich nicht absichtlich gemacht.«

Andreas drehte sich zornig auf dem Absatz um und verschwand im Haus.

»Wie wär's, wenn du dich mal um seine Brandwunde kümmertest, statt das kleine Krawallmonster in Schutz zu nehmen?«, fragte Markus. Immer dasselbe, dachte Irene. Dora war streng mit ihren Töchtern, achtete peinlich auf gutes Benehmen – doch sobald Andreas die beiden ermahnte, fiel sie ihm in den Rücken, indem sie Partei für die Kinder ergriff.

Irene seufzte. War ich so ein schlechtes Vorbild? Als Mutter war sie wohl nicht viel anders gewesen als Dora, sie war nur nicht in dieser Weise mit ihrem Mann umgesprungen. Der hätte sich dergleichen auch nicht bieten lassen. Andreas war zu gutmütig, kein Alphatier wie Bernhard, kein Charmeur wie Markus, vermutlich nicht so ehrgeizig, wie Dora sich ihn wünschte, aber zuverlässig und belastungsfähig, ihre Tochter wusste offenbar überhaupt nicht zu schätzen, was sie an ihm hatte. Sie hätte ihm gern zugerufen:

Gib ihr mal Paroli! Sie braucht das! Aber so eine Bemerkung, zu allem Überfluss von der Schwiegermutter, hätte ihn nur noch mehr gedemütigt.

Auf dem Grill verbrutzelte das Fleisch; schwarze Würstchen, Kohlefinger, Markus rettete im letzten Augenblick zwei Nackenkoteletts. Als Andreas nach geraumer Zeit mit verschlossener Miene zurückkehrte, ein großes Mullpflaster um den Unterarm, deckte Dora den Tisch für Kaffee und Kuchen, als sei nichts gewesen. »Unmöglich, deine Frau!«, frotzelte Markus, bemüht, die Stimmung aufzulockern. »Sag nicht, ich hätte dich nicht vor ihr gewarnt, als es noch Zeit war.« Andreas lächelte gequält. Irene erklärte, sie sei pappsatt, sie könne jetzt wirklich nichts mehr essen, und fühle sich inzwischen recht müde.

»Okay, wir fahren dich heim.« Markus sprang auf. »Für uns wird es auch Zeit. Jessica, hol deine Tasche. Wir werfen die Oma ab und zischen von da aus durch nach Hause.«

»Ihr habt alles so schön gemacht«, sagte Irene lahm und bedankte sich erst bei Andreas, dann bei Dora, die ihrem Blick auswich, während sie Reste vom Geburtstagskuchen für Mutter und Bruder einpackte. Ich muss dringend mit ihr reden, dachte Irene, sobald ich mal mit ihr allein bin.

9.

Es war ein großer Tag für Wolters. Er war zum Vorsitzenden der Gesellschaft gewählt und seine Ausführungen über die sexuelle Revolution waren mehr als nur pflichtschuldig beklatscht worden. Zwar hatte er nichts grundsätzlich Neues zum »Wandel der westlichen Sexualmoral in der zweiten Hälfte des 20. Jahrhunderts« – so der Untertitel – geäußert. Doch es war nicht Aufgabe eines Festvortrags, von der vordersten Front der wissenschaftlichen Forschung zu berichten, sondern in einer auch für interessierte Laien verständlichen Form einen anschaulichen Überblick über die gesicherten Ergebnisse der letzten Jahrzehnte zu bieten. So etwas konnte er. Er hatte sogar wieder die alte Freude am Dozieren gespürt.

Nun stand er mit breitem Lächeln am Fuß des Podiums, umringt von ehemaligen Studentinnen und Doktoranden, die bemüht waren, sich bei ihm in Erinnerung zu bringen. Er fühlte sich jung und dynamisch, überzeugt, dass er eine gute Figur abgab in der dezenten Kombination seines englischen Herrenausstatters, graue Hose, das Hemd im Regimental Style, zart grau-hellblau gestreift, dazu das Charles-Robertson-Leinensakko, tabak-braun, lassig, aber professionell. Natürlich keine Krawatte, das war etwas für Vertreter und überangepasste Jungmanager. Beim Ankleiden am Nachmittag war ihm durch den Kopf gegangen, wie sehr er seit Sybilles Tod seine äußere Erscheinung und Garderobe vernachlässigt hatte und dass das nun ein Ende haben müsse. Eigentlich war es ihm doch immer wichtig gewesen, nicht nur korrekt, sondern auch sportlich-elegant auszusehen.

»Professor Wolters, Sie haben vom Rollback der Sexualmoral gesprochen – wie beurteilen Sie auf diesem Hintergrund den Erfolg der Twilight-Serie?,« fragte eine junge Frau, die ihm vage bekannt vorkam. Er runzelte die Stirn. »Was für eine Serie?« »Die Twilight-Serie von Stephenie Meyer. Sigrid Berger«, stellte sie sich vor, und da fiel es ihm zu seiner großen Genugtuung wieder ein »Natürlich! Haben Sie nicht damals bei mir über Studentensexualität promoviert?« Eine ziemlich dürftige Arbeit, eine nur mäßig begabte Studentin. Während sie weit ausholte, ließ er seine Blicke über das Publikum schweifen und nickte seiner ehemaligen Sekretärin Rosa Wagner zu, die ihn anstrahlte. Eine treue Seele, schon lange im Ruhestand, sichtbar gealtert. Sie habe für ihn geschwärmt, hatte Sybille immer behauptet.

»Und was machen Sie derzeit beruflich?«, fragte er die attraktive, aber etwas strapaziöse Frau Berger, die nicht von seiner Seite wich und ihn mit ihrer Vampir-Autorin zutextete. »Ich glaube, ich brauche jetzt ein Glas Wein.« Sie arbeitete als freie Journalistin, es war also nicht verkehrt, sie bei Laune zu halten. »Werden Sie über die Veranstaltung berichten?«

Er hätte sich noch besser gefühlt, wenn er nicht aus den Augenwinkeln Maurer wahrgenommen hätte, Maurer, seinen Rivalen und Nachfolger, im konspirativen Gespräch mit Lisa Winkeler. Maurer war erst zehn Minuten nach Beginn der Veranstaltung gekommen und betont unauffällig auf den für ihn reservierten Stuhl am äußersten Rand der ersten Reihe gehuscht, neben Hallwig. Am Ende von Wolters' Ausführungen hatte er übertrieben lang geklatscht.

Für die vorangegangene Mitgliederversammlung hatte sich Maurer zu Wolters' Erleichterung entschuldigen lassen. Er bedauere außerordentlich, aber er stecke noch in einer Dekanatssitzung, ließ er durch Hallwig mitteilen. Die Mitgliederversammlung der Gesellschaft der Freunde und Förderer des Instituts für empirische Sexualwissenschaft hatte nur eine knappe Stunde gedauert und war entspannt verlaufen. Hallwig, offiziell noch Vorsitzender, hatte Wolters wortreich begrüßt, routiniert die bescheidene Tagesordnung abgespult, zuletzt das Wahlverfahren eingeleitet. Knapp dreißig stimmberechtigte Anwesende, keine Gegenstimme, zwei Enthaltungen – geradezu sozialistische Verhältnisse. Natürlich fragte sich Wolters leicht irritiert, wer außer ihm sich enthalten hatte. Hätte er das geahnt, dann hätte er natürlich für sich selbst gestimmt und man hätte die eine Enthaltung ihm zugeschrieben.

Zum anschließenden Festvortrag mit Umtrunk und Häppchen war auch die interessierte Öffentlichkeit geladen, die vorwiegend aus Familienangehörigen und Bekannten der Institutsmitarbeiter beziehungsweise der Gesellschaftsmitglieder bestand. Zu seiner großen Freude waren auch Michael und Gitte gekommen, und es tat ihm sehr gut, als sein Sohn ihm vom Buffet her anerkennend zunickte. Früher hätte Sybille ihn bei einem solchen Anlass begleitet, dachte er, ein kurzes schmerzliches Erinnern.

Der Weißwein taugte nichts, ein ziemlich flach schmeckender Riesling, offenbar hatte die Gesellschaft am Imbiss gespart, dazu gab es Laugenbrezeln und ein paar nur mäßig appetitliche belegte Brote. Vermutlich tauschte Maurer mit der Winkeler abschätzige Bemerkungen über seinen Vortrag aus – oder bildete er sich die Seitenblicke der beiden bloß ein? Lisa Winkeler war schon unter ihm Akademische Rätin gewesen, hatte diese Position genau genommen nur ihm, Wolters, zu verdanken, doch jetzt flüsterte sie ungeniert mit Maurer. Keiner der beiden hatte sich bisher nach vorn bemüht, um ihn zu begrüßen, was einer Brüskierung gleichkam.

Stattdessen trat Siborski mit seinem Glas in der Hand zu ihm, es war mindestens das zweite, und er schwitzte wie immer. »Nun, was machen Ihre Schwulen?«, fragte Wolters jovial. Siborski arbeitete seit Jahren an einer Habilitation über die Situation Homosexueller in der arabischen Welt. »Komplexe Materie. Deprimierende Quellenlage.« Siborski wirkte unglücklich, Wolters hatte diesen leicht verdreht wirkenden Menschen kaum je anders erlebt.

Sybille hatte manchmal gespöttelt: »Für einen Sexualwissenschaftler bist du erstaunlich bieder ... Wenn ich an manche deiner schrägen Kollegen denke ...«. Die Bemerkung hatte ihn gekränkt. Denn war »bieder« nicht dasselbe wie langweilig? Sie war allerdings nicht ganz unzutreffend, denn er hatte Jahre, wenn nicht Jahrzehnte monogam gelebt, und seine sexuellen Vorlieben lagen sämtlich im Mittelfeld der statistischen Normalverteilung. Bei seinen Mitarbeitern, auch wenn er sich nicht besonders für ihr Intimleben interessierte, sah das seines Wissens anders aus: dem verklemmten Siborski sagte man SM-Neigungen nach. Imken hatte mit einer Feldstudie über Swingerclubs promoviert und arbeitete seitdem über die Veränderungen im Rotlichtmilieu durch die osteuropäische Zwangsprostitution. Mücke hatte sich wegen sexueller Belästigung von Studentinnen verantworten müssen, die Winkeler hatte sich als lesbisch geoutet, allerdings erst, nachdem ihr die unbefristete A13-Stelle sicher war, und Hallwigs langjähriges Verhältnis mit einer verheirateten Anglistik-Dozentin war ein offenes Geheimnis.

Natürlich hatte es bei Wolters während seiner vier Jahrzehnte dauernden Ehe hier und da einen Seitensprung gegeben. Alles andere hätte ja auch nicht der Normalverteilung entsprochen. Doch da waren, wenn man mal von der Sandmann absah, nur zwei unbedeutende kleine Begebenheiten auf Kongressen gewesen, weit entfernt vom persönlichen Alltagsumfeld. Und für den einzigen wirklich nennenswerten Ausrutscher mit seiner damaligen Assistentin Sandmann hatte er wahrhaftig Lehrgeld gezahlt! Keines dieser Techtelmechtel hatte an der Beziehung zu Sybille rütteln können. Seine Ehe, seine Frau standen für ihn über allem. Umso mehr hatte ihn ihre Geschichte mit Maurer getroffen.

Sie hatte ihm kurz vor ihrem Tod davon erzählt. »Damit du es nicht irgendwann von Dritten erfährst und posthum schlechter von mir denkst als nötig.« Sie war schon bettlägerig, hielt seine Hand und lächelte, als sei das bloß amüsant. Seine untadelige Sybille. Er musste schlucken, hätte es aber für völlig unangemessen gehalten, ihr auf dem Krankenbett eine Szene zu machen, zumal sie so locker über ihrem kleinen Fehltritt zu schweben schien.

Diese Affäre, erfuhr er, hatte sich vor Jahren abgespielt, als Maurer noch Doktorand bei ihm war. »In der Zeit, als du so viel unterwegs warst, mit deinen Vorträgen quer durch die Republik«, sagte Sybille. Maurer hatte bei ihm promoviert, sich dann aber auswärts – war es Bremen? oder Hamburg? – habilitiert und anschließend ein paar Jahre in den USA geforscht, bevor er Wolters' Nachfolge als Leiter des Instituts für empirische Sexualwissenschaft antrat. Es habe nicht lang gedauert, meinte Sybille, vielleicht ein knappes Jahr, dann habe sie die Sache beendet. »Ich habe mich halt ein bisschen gelangweilt, damals.«

Ein ganzes Jahr! Unter seinen Augen, und er hatte nichts davon bemerkt! Und obwohl es schon so lange her war und seiner Frau nichts mehr zu bedeuten schien, wurmte es ihn mächtig. Jede andere Geschichte von Sybille hätte er, ebenfalls lächelnd, beiseitegewischt – »Du auch? Mach dir keinen Kopf. Wir sind doch keine Spießer!« Aber hier, an seinem eigenen Institut, mit einem seiner Assistenten! Es lag doch auf der Hand, dass Maurer, die Ratte, ihm nur eins hatte auswischen wollen. Klar, Sybille war sehr attraktiv, damals erst recht – doch für Maurer hatte mit Sicherheit nur gezählt, dass er die Frau seines Doktorvaters flachlegte. So einer war das nämlich. Dem Platzhirsch ans Bein pinkeln. Den Chef der allgemeinen Lächerlichkeit preisgeben.

»Wer hat davon gewusst?«

»Ich glaube niemand. Niemand außer uns. Nun lach doch einfach darüber«, bat sie und drückte seine Hand. Wolters hatte geschluckt und geschluckt. »Wo habt ihr euch getroffen?«, wollte er weiter fragen, »wie oft? In welchem Zeitabstand? Doch hoffentlich nicht hier zu Hause?« Doch er fragte nicht, weil er seiner todkranken Frau das Leben – den Rest ihres Lebens – nicht noch schwerer machen wollte. Sein Groll, ja Hass – er hatte gar nicht geahnt, das er so hassen konnte! – auf Maurer aber wuchs mit jedem Gedanken, den er hinunterschluckte, mit jeder Frage, die er ihr gegenüber unterdrückte.

Er hätte es einfach vergessen sollen. Sie waren schließlich vierzig Jahre verheiratet, sie führten eine gute Ehe, fanden sie beide, doch es wäre mehr als verwunderlich gewesen, wenn sie während dieser langen Zeit nicht mal ein bisschen herumgespielt hätte. Das gestand er ihr ebenso zu wie sich selbst – auch wenn ihm seine ehemalige Assistentin Sandmann, diese Emanze, vorgehalten hatte, in Sachen Gender sei seine Sexualmoral finsterstes 19. Jahrhundert! Aber warum hatte Sybille sich ausgerechnet auf Maurer eingelassen? Sie hätte ihm nicht so in den Rücken fallen dürfen, sie hätte durchschauen müssen, dass dieser Geck nur darauf aus war, ihn zu demütigen.

Er hätte die Angelegenheit, nachdem er davon erfahren hatte, auf sich beruhen lassen sollen. Doch Maurer selbst brachte das Fass zum Überlaufen, als er ein paar Monate vor Sybilles Tod fragte, ob er Frau Wolters noch mal besuchen dürfe? Sie hatten sich zufällig auf dem Flur getroffen. Ausgerechnet vor den Toiletten war Maurer ihm zögerlich entgegengetreten und hatte seine Bitte geflüstert, mit gesenktem Kopf und spürbar schlechtem Gewissen. Wolters war ausgerastet. Was fiel dem ein! Seine schwerkranke Frau zu belästigen! Kannte der denn gar keine Pietät, keinen Respekt vor der Intimsphäre anderer? »Unterstehen Sie sich!«, hatte er gezischt. »Wie kommen Sie auf die impertinente Idee, dass sie Sie sehen will?« Und er hatte den konsternierten Maurer ohne weitere Erklärung stehen lassen. »Dann bestellen Sie ihr Grüße«, hatte Maurer ihm nachgerufen, »sagen Sie ihr doch bitte, wie sehr ich ihr Gutes wünsche!«

Natürlich hatte er die Grüße nicht ausgerichtet – wäre ja noch schöner, wenn er zulassen würde, dass so einer sich im letzten Augenblick zwischen sie drängte!

Nachträglich war ihm sein Auftritt ein wenig peinlich. Vielleicht wäre es besser gewesen, wenn er Maurer im Unklaren darüber gelassen hätte, dass Sybille ihm alles erzählt hatte (aber hatte sie ihm wirklich ALLES erzählt?). Dann hätte er ihn aus überlegener Position im Auge behalten können. Dass er Maurer gegenüber die Selbstkontrolle verloren hatte, war eindeutig ein Zeichen von Schwäche.

Was wäre das heute für ein schöner Tag, ohne Maurer, dachte Wolters. Er war ihm seit seinem letzten Arbeitstag im Institut nicht mehr begegnet, wenn man einmal von der Trauerfeier für Sybille absah, doch da hatte Maurer sich dezent im Hintergrund gehalten und war gleich nach der Beerdigung wieder verschwunden.

Während er noch halbherzig mit Siborski plauderte – »die Aufwertung homosexueller Lebensgemeinschaften in den westlichen Gesellschaften ist ein Fanal!« (konnte der Mann denn gar nichts gegen sein penetrantes Schwitzen unternehmen?) –, näherten sich Maurer und Winkeler. Also doch. Wolters atmete tief durch.

Maurer gratulierte ihm zur Wahl, etwas steif, und entschuldigte sich noch einmal für sein Zuspätkommen. »Wie schön, dass wir Sie nun wieder öfter hier zu sehen bekommen«, sagte die Winkeler, und es klang fast ehrlich. Anschließend entstand eine unbehagliche kleine Pause. Dann fingen sie alle drei gleichzeitig zu reden an.

»Hallwig wird fehlen«, konstatierte Wolters.

»Woran arbeiten Sie momentan?«, fragte Lisa Winkeler.

»Ich habe in Ihrem Vortrag das Stichwort ›Neosexualitäten‹ vermisst«, bemerkte Maurer. Natürlich musste er etwas zu meckern finden. »Aber gut, dass Sie in Sachen Pädophilie noch mal auf die Kindheit Ludwigs XIII. hingewiesen haben.« Genau genommen sagte er: »die alte Geschichte von der Kindheit Ludwigs XIII.«, was wiederum abschätzig klang.

Nun mühten sie sich alle gleichzeitig zu antworten – sehr bedauerlich, Hallwig, ein so herausragender Wissenschaftler, und äußerst bedenklich, geradezu alarmierend, die neue moralistische Rigidität im öffentlichen Umgang mit der kindlichen Sexualität, und ja, sagte Wolters, er befasse sich noch immer mit der Darstellung der Entwicklung der Sexualwissenschaft nach 1945, eine sehr umfangreich angelegte Gesamtschau. Bevor sie sich entschieden hatten, über was sie nun eigentlich reden wollten, traten Michael und Gitte heran, um sich zu verabschieden. Der Raum hatte sich merklich geleert, es standen nur noch wenige Grüppchen herum. Blitzartig erkannte Wolters seine

Chance für einen eleganten Abgang. Er bat seinen Sohn, ihn mitzunehmen, er habe sein Auto zu Hause stehen lassen.

Anschließend, erleichtert und großzügig gestimmt, lud er Sohn und Schwiegertochter zum Essen beim Italiener ein, die Häppchen auf dem Empfang seien ja eine Zumutung gewesen. Doch sie lehnten ab; ihnen sei nicht wohl bei dem Gedanken, Paulchen zu lange allein zu lassen, der sich vermutlich Verbotenes im Fernsehen anschaue. Auch gut, dachte Wolters aufgeräumt. Er hatte den Kopf ohnehin voller Gedanken, die für das Gespräch mit den beiden nicht taugten und die Konversation eher anstrengend gemacht hätten. So bat er sie, ihn schon am Hofgartenring abzusetzen, er wollte noch ein paar Schritte zu Fuß gehen, um den Kopf auszulüften.

Was für ein Tag! Um kurz nach 22 Uhr war es immer noch nicht wesentlich abgekühlt. Hier und da saßen hemdsärmelige Gestalten auf den Balkons und genossen den Frühsommerabend. Nur das lästige Jackett, das er mit sich herumschleppte, hinderte Wolters daran, ein paar weitere Stunden durch die abendlichen Straßen zu laufen, in dieser gehobenen Stimmung.

Ein guter Tag, ein markanter Einschnitt in seinem zuletzt doch recht zurückgezogenen Leben! Lag das Tal der Trauer hinter ihm? Konnte er noch einmal zu neuen Ufern aufbrechen? Schon von weitem bemerkte er unter der Straßenlaterne, vor dem Haus Nr. 15, eine Art Handgemenge. Thyra Hamann stand da mit einem Mann, der wütend auf sie einredete und sich im Näherkommen als ihr Begleiter aus dem Park entpuppte. »Nein!«, rief Thyra energisch, »nein!«, und trommelte dem Mann mit beiden Fäusten gegen die Brust, während er sie zu umarmen versuchte.

Wolters wurde klar, dass jetzt ein Ritter gefragt war. Er richtete sich zu voller Größe auf und befreite räuspernd seine Stimmbänder. Doch bevor er rufen konnte: »Was fällt Ihnen ein, die Dame zu belästigen!«, hatte sie sich schon losgerissen und war im Hauseingang verschwunden. Offenbar konnte sie, klein und zierlich wie sie war, ganz gut auf sich selber aufpassen. Der Buchhalter-Typ stand wie erstarrt, Wolters desgleichen, denn er bildete sich ein, die junge Frau habe ihm im Abgang einen bedeutsamen Blick zugeworfen. Hatte sie ihn etwa als Michaels Vater erkannt? Der Gedanke berührte ihn äußerst unangenehm.

»Blöde Zicke«, murmelte der Mann und lief an Wolters vorbei die Straße hinunter.

10.

Da stand er wieder. Manchmal, wenn sie ihn, bewegungslos wie eine Echse, hinter seinem Fenster lauern sah, verspürte sie das Bedürfnis, auf den Balkon zu treten, ihm die Zunge herauszustrecken oder eine lange Nase zu drehen. Manchmal, besonders in den späten Abendstunden, war er ihr so unheimlich, dass sie die Gardinen vorzog. Gut, dass ihr Schlafzimmer nicht in seinem Blickfeld lag, sondern zum Hinterhof hinausging. Natürlich galt sein Interesse weniger ihr als der jungen Nachbarin ein Stockwerk tiefer, allerdings hatte er die Straße schon lange vor deren Einzug beobachtet. Das Fernglas war neu, und es ging entschieden zu weit. War so etwas nicht strafbar? Sie überlegte, ob sie Thyra Hamann nicht vor dem Mann warnen, sie zumindest auf ihn aufmerksam machen müsste. Vielleicht hatte sie seine Nachstellungen noch gar nicht bemerkt.

Sie würde erst einmal den Freundinnen von ihm erzählen, beim nachgeholten Geburtstagskaffee. Beim Kuchenbacken am Vormittag kam ihr der Gedanke, auch Thyra Hamann einzuladen. Zwar war zu befürchten, dass sie sich langweilen würde zwischen lauter alten Frauen. Doch wenn ihr der Sinn nicht danach stand, könnte sie ja ablehnen. Um Ausreden war sie offenbar nicht verlegen.

Nachmittags war es noch zu heiß, um auf dem Balkon zu sitzen, und so bat sie Gundi, Biba und Lore zum Kaffee an den Wohnzimmertisch. Sie war ein bisschen enttäuscht, als Thyra nicht aufkreuzte. Umso besser, dass sie sie den Freundinnen gar nicht erst angekündigt hatte. Thyra hatte nur vage zugesagt. »Grundsätzlich gern, ich will es versuchen, aber ich muss vorher noch … bin etwas im Druck …«

Die Hitze setzte ihnen allen gewaltig zu, am meisten Gundi, die ein Rekordgewicht mit sich herumschleppte. Verglichen mit ihr empfand sich Irene geradezu als schlank. Gundi ließ sich schnaufend in den bequemsten Sessel fallen. »Wasser!«, stöhnte sie. Obwohl zwischen ihrem Parkplatz und der Haustür nur ein paar Meter lagen, gebärdete sie sich, als habe sie die Wüste Gobi durchquert. »Hört diese Hitze denn nie mehr auf?« Sie war trotz ihres schweren Lebens und ihrer eineinhalb Zentner patent und herzlich, mit einem menschenfreundlichen Humor, der eine gute Portion Selbstironie einschloss. Mit ihrer dröhnenden Lache hatte sie bei den Kaffeekränzchen der vier schon manche Restauration aufgemischt.

»Erst freut man sich wochenlang auf den Sommer, und dann muss man ihn in der abgedunkelten Wohnung zubringen.«

Gundi, Lore und Biba waren die Menschen, mit denen Irene am liebsten zusammen war. »Merkwürdige Gesellschaft, mit der du dich umgibst«, konnte sie Bernhard spötteln hören. »Wo hast du die bloß aufgelesen?« Gundi war Irenes Fußpflegerin. Lore hatte sie auf dem Friedhof und Biba in einem Café kennengelernt.

Gundi war nicht immer Fußpflegerin gewesen. Sie hatte ursprünglich Floristin gelernt und ein eigenes Blumengeschäft gehabt, das in die Insolvenz ging, als sie für die Schulden ihres spielsüchtigen Ehemanns aufkommen musste. Sie hatte sich zu spät von ihm getrennt, weil sie wider besseres Wissen auf Besserung hoffte. Seitdem hatte sie in bescheidensten finanziellen Verhältnissen zwei Kinder großgezogen und dabei nie ihren Humor verloren.

Biba war die Älteste von ihnen, mit ihren zweiundsiebzig Jahren hatte sie die Figur einer jungen Frau, war stets gepflegt und geschmackvoll gekleidet. Sie hatte lange als kaufmännische Angestellte gearbeitet. Ihre Kinder waren schon aus dem Haus, als ihr Mann sie verließ. Danach war sie eine Zeit lang in psychiatrischer Behandlung, ihrer irritierenden Stimmungsschwankungen wegen. Tagelang wirkte sie munter, geradezu quirlig, um dann plötzlich übergangslos in sich zusammenzufallen, antriebsarm und düster zu werden. Es war immer ein kritisches Zeichen, wenn sie zu sehr aufdrehte, dann stand der nächste Absturz unmittelbar bevor.

»Ich sehne mich danach, endlich mal wieder bei Regen einzuschlafen«, meinte Lore träumerisch, »nach dem beruhigenden Trommeln von dicken Regentropfen auf meinem Dachfenster.« Sie war Sachbearbeiterin im Gesundheitsamt gewesen und wie Irene seit einigen Jahren Witwe, doch anders als diese vermisste sie ihren Mann schmerzlich. In den ersten Jahren nach seinem Tod habe sie nicht weiterleben wollen, hatte sie erzählt, zumal sie keine Kinder hatten. Sie habe das Alleinleben mühsam erlernen müssen. Doch inzwischen war sie versöhnt mit ihrem neuen Leben. Äußerlich wirkte sie unscheinbar, blass und grau, sie redete nicht viel. Doch sie war eine starke Persönlichkeit, machte sich viele Gedanken und schien die meiste Zeit in sich zu ruhen.

Biba hatte am vergangenen Sonntag erstmals zu einem Meet-and-Eat-Treffen geladen, von dem sie begeistert erzählte. »Wo ward ihr? Nur Lore ist gekommen!« Irene erinnerte an ihr Geburtstagsfest mit der Familie, und Gundi murmelte, ihr sei einfach viel zu heiß gewesen.

»Was findest du bloß an diesen Scharteken?«, hörte Irene Bernhard sagen. Der Gute war nicht ganz frei von Überheblichkeit, und ein Schuss Frauenverachtung war auch dabei. »Sie passen zu mir«, würde sie ihm heute trotzig entgegnen. »Mehr noch: Sie imponieren mir mehr als deine feinen Freunde.« Von außen betrachtet mochte er Recht haben: Gundi sah nicht nur unmöglich aus, sie lachte auch viel zu oft und zu laut. Biba war hoffnungslos überdreht, und Lore hatte etwas Altjüngferliches. Trotzdem erschienen sie Irene liebenswerter und vor allem lebendiger als die Paare, mit denen sie beide früher Kontakt gehabt hatten. Akademische Mittelschicht, gepflegte Langeweile. In ihrem alten Bekanntenkreis hatte sie sich nach Bernhards Tod nicht nur überzählig gefühlt, fünftes Rad am Wagen, sondern auch wie ein Schatten ihrer selbst.

Anfangs war sie bemüht, die geerbten Beziehungen weiter zu pflegen. Doch wenn sie eines dieser Paare bewirtete, konnte sie, während sie in der Küche hantierte, durch die Wände hindurch spüren, wie die Ehepartner einander am Esstisch schmallippig gegenübersaßen, oder sie hörte sie forciert Small Talk betreiben. Lud sie zwei solcher Paare ein, plauderten die bald munter über ihren Kopf hinweg, und sie war auf die Rolle des Servierfräuleins reduziert. Redete sie mit den Frauen, langweilten sich die Männer. Redete sie mit den Männern, wurden die Frauen fuchsig, als sei sie darauf aus, ihnen ihren Kümmerling wegzuschnappen. Nicht selten nutzte ein Paar ihre Anwesenheit, um chronische Streitigkeiten auszutragen, dann sollte sie schlichten oder, häufiger noch, Partei ergreifen und dem jeweils anderen einmal ordentlich Bescheid sagen. Sie empfand es zunehmend als anstrengend, ihre Aufmerksamkeit gerecht auf beide Partner zu verteilen und dabei auch noch die milde Herablassung der Gepaarten zu spüren, die es sich hoch anrechneten, einer allein lebenden Frau Gesellschaft zu leisten.

Dabei ahnten sie nicht, wie öde sie waren mit ihrer Konversation, die sich vor allem um Urlaubsreisen drehte – dieses bloße Renommieren mit dem »Wir waren hier« und »Wir waren da« und »Was, warst du etwa noch nie dort?«. Oder um die hoffnungsvollen Sprösslinge, mit denen um die Wette geprahlt wurde. In den Zeiten mit Bernhard war ihr das nicht aufgefallen, vermutlich hatte sie die Paarspiele mitgespielt. Ehelicher Kleinkrieg, Alltagsscharmützel, das ritualisierte Geplänkel, wenn sie einander neckisch vorführten, auf die Schwächen oder, noch schlimmer, floskelhaft auf die Vorzüge des Ehegatten aufmerksam machten. Vielleicht wäre die eine oder andere dieser Gattinnen ja ganz interessant oder nett gewesen, wenn man ab und an etwas mit ihr allein hätte unternehmen können, doch sie waren immer nur im Zweierpack zu haben, vielleicht weil sie einer Generation angehörten, in denen sich anderes nicht schickte. Oder sie waren einfach nicht selbstständig genug, so wie Irene früher.

Immer häufiger war sie sich an geselligen Abenden mit den Bekannten aus der Bernhard-Zeit vorgekommen, als müsste sie in einem Tennis-Doppel allein gegen ein eingespieltes Zweier-Team antreten. Das war mühsam und gab ihr auf Dauer so wenig, dass sie diese Kontakte nach und nach einschlafen ließ. Sie entdeckte die Vorzüge des Single-Lebens und fand, dass sie sich die meiste Zeit Gesellschaft genug war. Sie und der Kater und die neu gewonnenen Freundinnen, die gewiss ihre Kanten und Ecken, ihre Haken und Ösen hatten, aber dafür erfrischend unkonventionell waren.

»Wie läuft denn so ein ›Meet-and-Eat‹?«, fragte sie Biba.

»Du setzt einfach ein Angebot ins Internet. ›Hallo, liebe Leute‹, habe ich geschrieben, ›ich bin eine Frau in den besten Jahren …‹« Gundi lachte ihr lautes bellendes Gelächter. »Na, bin ich doch, oder etwa nicht? ›Eine Frau in den besten Jahren, begeisterte Köchin, die neugierig ist auf exotische Gerichte und interessante Menschen.‹«

»Ziemlich missverständlich«, meinte Irene. Biba stimmte gutgelaunt in ihr Lachen ein. »Wahrscheinlich waren deswegen außer Lore nur Männer da. Dann musst du Personenzahl und Zeit posten, Sonntag 19 Uhr, und in welchem Stadtviertel du wohnst – bloß nicht die genaue Adresse, sonst stehen sie gleich scharenweise vor deiner Tür. Die Adresse gibst du nur denen, die dein Okay haben. Von den drei echten Gästen habe ich acht Euro genommen. Sind sie gut bei weggekommen. Du kannst ankündigen, was du kochen willst, aber ich fand ›Lass dich überraschen‹ lustiger.«

Irene fragte: »Hast du keine Angst vor Typen, die dir komisch kommen, und die du dann nicht wieder loswirst?«

»Lore war doch dabei. Und mit dir und Gundi wären wir vier zu drei gewesen.«

»Es kamen schon reichlich verrückte Gestalten«, ergänzte Lore. »Leute, mit denen man sonst nichts zu tun hat, mit exotischen Lebensgeschichten.«

»Viktor, ein Kosovo-Albaner, Ömer, ein Türke, und Uli, ein Langzeitarbeitsloser«, sagte Biba stolz. »Der wollte gleich Rabatt. Alle Singles, keiner älter als fünfzig.«

»Die hatten sich eindeutig unter Bibas besten Jahren etwas anderes vorgestellt, haben sich dann aber artig benommen wie bei Mutti«, meinte Lore.

»Wir haben darauf geachtet, dass sie nicht zu viel Alk bekamen. Eine Flasche Bier oder ein Glas Wein, das war's.«

Es war zu heiß für den Kuchen, selbst Gundi schaffte nur ein Stück. Sie redeten, lachten, schwitzten und stöhnten, genehmigten sich neben dem obligatorischen Wasser auch einen Schluck Sekt. Während Irene Bibas Experimentierfreude bewunderte – für sie unvorstellbar, sich auf völlig fremde Menschen einzulassen, ganz zu schweigen von der Arbeit mit dem Kochen –, fiel ihr der Mann aus dem Haus gegenüber ein. Das ist so ein Finsterling, erzählte sie den Freundinnen, vor ein paar Tagen erst habe sie ihn wieder im Park getroffen, so ein Einzelgänger, irgendwie verbittert. Früher sei er immer mit einem Hund unterwegs gewesen, den es offenbar nicht mehr gebe, und nun verbringe er halbe Tage am Fenster, auf die Straße starrend, und seit einiger Zeit spioniere er ihre Wohnungen sogar mit dem Fernglas aus.

»Spooky!« Gundi lachte dröhnend. Doch Lore fand, das sei sicher nur ein einsamer Mensch, der nichts mit sich anzufangen wisse. »Wahrscheinlich ist er einfach nur unglücklich.« Vielleicht hatte sie ja Recht.

Die Freundinnen waren eben aufgebrochen, gegen neun Uhr, da klingelte Thyra bei Irene, eine Flasche Weißburgunder in der Hand. Wenn es jetzt zu spät sei, werde sie gleich wieder gehen, entschuldigte sie sich treuherzig. Sie habe nicht eher kommen können, weil sie erst noch arbeiten und dann Timo schlafen legen musste. Jurek dürfe noch eine DVD schauen und habe versprochen, danach sofort ins Bett zu gehen.

Eigentlich war Irene sehr müde. Sie hatte das Geschirr in der Küche zusammengestellt und das Aufräumen auf morgen verschoben; sie wollte sich eigentlich nur noch kurz vor dem Fernseher ein bisschen Bettschwere holen. Doch die Neugier auf die junge Nachbarin siegte.

»Ich hätte nichts gegen einen Absacker auf dem Balkon, bei den angenehmen abendlichen Temperaturen«, sagte sie.

Es war der krönende Abschluss eines schönen Tages. Sie saßen lange beisammen und redeten, rasch vertraut miteinander, angeregt, während sie die Flasche leerten, das Babyphon vor sich auf dem Tisch, aus dem sie Timos ruhiges Atmen hörten. Zwischendurch entschuldigte sich Thyra kurz und ging, um nach Jurek zu schauen. Während sie fort war, suchte Irene vergeblich mit den Augen die Fenster gegenüber nach dem Finsterling ab. Ihre Müdigkeit war verflogen, sie fühlte sich wie euphorisiert durch Thyras vertrauliche Mitteilungen.

11.

Wolters tauchte aus seinen Papieren auf, reckte die steifen Glieder, atmete tief durch und trat ans Fenster, zum ersten Mal an diesem Nachmittag. Er blinzelte durch die Lamellen der Jalousie. Inzwischen war der feurige Sonnenball hinter dem Bürohaus verschwunden und würde weiter um die Ecke wandern. Er schwitzte, ein Zustand, der ihm eigentlich fremd war, obwohl er nur eine leichte Leinenhose und ein weites kurzärmeliges Hemd trug. Langsam zog er die Jalousie hoch. Die Straße da draußen wirkte fremd, ausgestorben wie an einem frühen Sonntagmorgen. Dabei war ein ganz gewöhnlicher Donnerstagnachmittag. Seine Umgebung erschien ihm, während er allmählich aus seiner Lektüre auftauchte, fremd, kulissenartig. Jetzt erst nahm er die bleierne Schwüle deutlich wahr, die längst auch in seine gewöhnlich wohltemperierte Altbauwohnung mit den luftigen Räumen und hohen Decken eingedrungen war. Er musste dringend trinken, er hatte die Wasserkaraffe auf dem Schreibtisch zwischendurch vergessen. Er sollte auch etwas essen, doch er verspürte keinen Hunger, obwohl er seit dem Frühstück nichts zu sich genommen hatte. Er befand sich in allerbester Stimmung. Tatsächlich hatte er den ganzen Tag lang gearbeitet. Die schon einigermaßen ausformulierten ersten Kapitel des geplanten Buchs durchgelesen und darüber die Zeit vergessen.

Auf der anderen Straßenseite schlich ein älterer Mann im Zeitlupentempo dahin. Vor dem Baustellenzaun hielt er inne, torkelte ein paar Schritte weiter und sackte zu Boden.

Wolters erschrak. Der war doch nicht betrunken, am helllichten Nachmittag, das musste ein Kreislaufkollaps, wenn nicht gar ein Herzanfall sein. Sollte er hinunterlaufen, um erste Hilfe zu leisten oder nach einem Krankenwagen telefonieren? Die Entscheidung wurde ihm durch zwei Frauen abgenommen, die in diesem Augenblick aus dem Haus neben der Baulücke kamen und beinahe über den Mann stolperten. Sie beugten sich über ihn, eine zog das Handy, die andere lief ins Haus zurück. Sein Eingreifen erübrigte sich.

Der Festakt im Institut und seine Ernennung zum Vorsitzenden der Gesellschaft hatten Wolters Auftrieb gegeben, hatten ihm geholfen, den über Monate gewachsenen, hartnäckigen Widerwillen gegen die angefangene Arbeit zumindest so weit zu überwinden, dass er sein Manuskript seit langem zum ersten Mal wieder vorgenommen hatte.

Fazit: ein gelungener erster Abschnitt über die verschiedenen sexuellen Befreiungsbewegungen, die Europa während der letzten zweihundert Jahre in Wellen immer wieder erlebt hatte, wenngleich sie früher auf enge Kreise der Gesellschaft begrenzt blieben, namentlich den Adel und besondere Gruppen des Bürgertums. Er war zufrieden mit dem Überblick, den er gegeben hatte, faktenreich, ausgewogen. Besonders gelungen fand er seine Darstellung der freien Liebe im Umfeld der französischen Revolution – analytisch sauber abgegrenzt von der Dekadenz des Ancien Régime.

Er trank rasch hintereinander zwei Gläser Wasser, leerte den Glaskrug ganz, machte dann ein paar Dehnungsübungen am Fenster. Zum Lüften war es noch zu früh, die Luft draußen sicher abgestandener als innen.

In Gedanken hing er noch der Liebesunordnung in den Wohngemeinschaften der Romantiker nach. Diese Passage las sich wirklich amüsant. Herrlich die Szene mit der improvisierten Hochzeit, bei der ein zufällig von der Straße hereingeholter Geistlicher das Paar trauen sollte und der unvorbereitete Bräutigam lässig nach den Gardinenringen griff! Doch an dem Kapitel über den Lebenswandel der kommunistischen Anarchisten und Revolutionäre, insbesondere der Anarchistinnen und Revolutionärinnen, würde er noch feilen müssen; Lenins Glas-Wasser-Kritik an Alexandra Kollontais sexueller Freizügigkeit war zu fragmentarisch ausgefallen.

Vom Wertherplatz her hörte man das Martinshorn des Notarztwagens, der wenige Augenblicke später an der Baustelle vorfuhr. Eine der beiden Frauen hatte im Haus eine Wasserflasche geholt und leerte sie über dem Kopf des am Boden liegenden Mannes.

Der Abschnitt über die 68er-Bewegung war ihm der Stofffülle wegen etwas aus dem Ruder gelaufen. Da fehlte noch eine Gewichtung mit Augenmaß, die zentralen Parameter mussten deutlicher akzentuiert werden, doch damit würde er jetzt, aus dem zeitlichen Abstand heraus, keine Probleme haben.

Die barmherzigen Samariterinnen redeten erregt auf die beiden Männer ein, die dem Notarztwagen entstiegen. Ein paar Jugendliche mit Fahrrädern lungerten um sie herum. Die Sanitäter versuchten, den Mann am Boden anzusprechen, vergeblich, wie es schien; für Einzelheiten hätte er das Fernglas ziehen müssen. Dann luden sie den Patienten auf die Trage, schoben ihn in den Wagen und verschwanden mit Tatütata. Die Umstehenden zerstreuten sich. Wieder lag die Straße menschenleer. Sie erinnerte ihn an ein surrealistisches Gemälde – Chirico?

Zu den beiden nächsten Abschnitten seines Buchs existierten bislang nur Entwürfe und eine etwas chaotische Stoffsammlung. Da sollte es um die neue Sexualmoral des *Anything Goes* gehen – um ihre Grundlagen wie um die Fallstricke. Maurers abschätzige Bemerkung, er habe im Festvortrag das Stichwort »Neosexualitäten« vermisst, schoss ihm durch den Kopf, ein leichter Stimmungsdämpfer. Aber ja doch, dachte er widerstrebend, auch damit würde er sich auseinandersetzen müssen, obwohl er das für ein bloßes Modethema hielt.

Nichtsdestoweniger fühlte er sich leicht, empfand etwas so Absonderliches wie Freude – ein fast vergessenes Gefühl. Wieso hatte er die Arbeit an diesem vielversprechenden Manuskript eingestellt? Auf einmal schien es ihm wieder machbar, und nicht nur das: unbedingt lohnend! Er dachte an all die Skrupel, mit denen er sich gequält hatte. Nicht originell genug. Ein beliebiges Thesen-Sammelsurium, nur kompilativ, bloßes Zusammentragen der Forschungsergebnisse und Schlussfolgerungen anderer.

Auf der Straße regten sich erste Lebenszeichen nach der glühenden Siesta. Der Autoverkehr erwachte wieder. In einem der beiden Büros im Eckhaus ging es auf den Feierabend zu, das grünlich erleuchtete Aquarium geriet in Bewegung, schwarze Silhouetten glitten hinter der Fensterfront hin und her, und wenige Augenblicke später drängten die Angestellten auf die Straße. Die meisten verharrten einige Augenblicke beim Ausgang, wie erschlagen von der schweren Pranke der Glut, bevor sie sich wieder in Bewegung setzten, vorwiegend in Richtung Messerschmidtstraße, wo sich das Parkhaus befand. Vermutlich waren die Büros klimatisiert, anders wäre an geregeltes Arbeiten in diesen Tagen kaum zu denken. Ein älteres Paar, der Mann mit Leinen-Kappe, die Frau unter einem gewaltigen Sonnenhut, schlich mit Einkaufstrolleys zum Supermarkt. Er sollte sich jetzt eine Kleinigkeit zum Essen zubereiten und danach, wenn es etwas weiter abgekühlt war, zu seinem täglichen Spaziergang aufbrechen. Unterwegs würde er über die Anlage des nächsten Kapitels nachdenken.

Auf dem Balkon im ersten Stock des Hauses gegenüber erschien Thyra im schwarzen Bikini und hängte Wäsche auf. Oder trug sie womöglich nur BH und Slip? Wolters sah ihren knappen, präzisen Bewegungen zu, während er ein Glas Wasser trank, das er aus der Küche geholt hatte. Sie schlug die Wäschestücke kräftig aus, fasste sie an zwei Seiten und hängte sie mittig über die straff gespannten Leinen der Trockenspinne, schnell und gleichmäßig. Als sie fertig war, sich aufrichtete und die roten Haarsträhnen aus dem Gesicht strich, stellte er hastig das Glas beiseite und langte nach dem Feldstecher. Sie legte die Hand über die Augen und schaute in den flirrenden Hitzehimmel, leicht zurückgelehnt. Was für eine Figur! Augenblicke stand sie so da, unbeweglich wie eine Bronzeskulptur.

Ob sie ahnte, dass er ihr zuschaute, und deswegen eine Vorstellung für ihn gab? Nein, das war lächerlich. Er legte den Feldstecher beiseite und ging in die Küche, um den Kühlschrank zu inspizieren. Ob sie ihn neulich vor ihrer Haustür, beim Handgemenge mit dem übergriffigen Verehrer, als Michaels Vater erkannt hatte? Wohl kaum, nach so vielen Jahren, und außerdem waren sie sich nur wenige Male begegnet. Was, wenn Michael sie damals geheiratet hätte? Vermutlich hätte sie ihrer aller Leben ganz schön aufgemischt. Die solide, konventionelle Gitte passte deutlich besser zu seinem etwas gehemmten Sohn.

Frauen wie Thyra hatten früher nichts zu lachen gehabt. Ob sie sich dessen überhaupt bewusst war? Ob sie wusste, welches Glück sie hatte, in der Moderne zu leben? Bis weit in die Neuzeit hinein, ja noch bis zum Beginn des 20. Jahrhunderts, waren Frauen wie sie Freiwild gewesen, allein stehend, mehrere Liebhaber, rothaarig noch dazu. Das Recht auf sexuelle Selbstbestimmung war eine sehr späte und äußerst fragile Errungenschaft der westlichen Gesellschaften und hatte sich, was die Frauen betraf, auch hier erst Mitte des 20. Jahrhunderts durchgesetzt.

Kein Mineralwasser mehr. Er musste unbedingt einkaufen fahren. Im Kühlschrank fand er noch Tomaten und briet sich ein Steak dazu.

Fast überall auf der Welt gehörten die Gebärfähigkeit der Frau und mithin ihre Sexualität ihrer Familie; in patriarchalischen Gesellschaften wachten erst der Vater, stellvertretend die Brüder, dann der Ehemann darüber, der ein Recht darauf hatte, dass seine zukünftige Frau unberührt an ihn übergeben wurde. Jeder andere sexuelle Kontakt, auch wenn er nicht zur Schwangerschaft führte, verunreinigte das Blut der Familie auf Dauer. Eine Frau, deren Sexualität nicht mehr von Vater, Brüdern oder Ehemann kontrolliert wurde, begab sich jeglichen Schutzes. Sie gehörte nicht etwa sich selbst, sondern konsequenterweise allen Männern.

Das Leitungswasser schmeckte abgestanden. Doch heute würde er ganz bestimmt nicht mehr in den Supermarkt fahren. Er schob zwei mit Wasser gefüllte Glaskaraffen auf Vorrat in den Kühlschrank.

Die eindrucksvolle Studie über die Jungmännerbanden im Mitteleuropa der frühen Neuzeit kam ihm wieder in den Sinn – von wem stammte die noch? Sie zogen herum und überfielen Frauen, die ohne den Schutz einer Familie allein lebten, junge Mädchen, Waisen, Witwen, solche wie Thyra. Erst schlugen sie nachts Lärm vor den Türen der Frauen, um sie in Verruf zu bringen. Nach einigen solchen Auftritten verschafften sie sich gewaltsam Zutritt, die Nachbarn stellten sich gegenüber Hilferufen taub, weil sie davon ausgingen, dass eine so übel beleumdete Person ein loses Frauenzimmer sein musste, und dann erfolgte eine kollektive Vergewaltigung als Disziplinierungsritual. Anschließend waren die Frauen nachhaltig entehrt und es blieb ihnen tatsächlich nur, ihren weiteren Lebensunterhalt mit Prostitution zu bestreiten. Er musste diese Studie unbedingt noch mal recherchieren, um Verbindungen zur Sexualmoral in muslimischen Subkulturen westlicher Gegenwartsgesellschaften herzustellen. Die meisten Zeitgenossen machten sich gar nicht klar, dass auch bei uns bis nah an die Gegenwart eine erfahrene Frau per se als Hure galt.

Vielleicht sollte ich verreisen, schoss es ihm plötzlich durch den Kopf. Irgendwohin, wo die Hitze nicht ganz so drückend ist. Vielleicht eine Ferienwohnung auf dem Land mieten, abseits der Touristenorte. Anderswo, außerhalb der Stadt, würde er sich sicher besser auf den Neustart mit seinem Manuskript konzentrieren können. Eine karge Umgebung, keine Ablenkung, ein streng geregelter mönchischer Tageslauf zwischen Schreibtisch und Bewegung in der Natur, gesunde Ernährung, regelmäßiger Schlaf, und vor allem: keine am Fenster vertrödelte Zeit. Ein Gasthof in der Nähe, wo er abends warm essen könnte, so dass er sich nicht um das lästige Einkaufen und Kochen kümmern müsste.

Natürlich hatte es immer schon Ausnahmen gegeben: Frauen mit hohem Sozialstatus hatten sich auch in vergangenen Zeiten hier und da ein gewisses Maß an sexueller Freiheit leisten können. Weniger im aufstrebenden Bürgertum der Neuzeit, das war streng und prüde, vor allem da, wo der Protestantismus an Boden gewann. Doch die verheirateten Frauen des Adels hatten, wenn sie ihrer Pflicht zur Produktion von legitimen Erben nachgekommen waren, manchmal die Freiheit, sich ebenso Liebhaber zu nehmen wie ihre Männer Mätressen.

Wieder fand er sich mit dem Teller in der Hand am Fenster des Studierzimmers. Er biss in die Tomaten, als seien es Äpfel, gedankenverloren, auch das Steak aß er nicht mit Messer und Gabel, sondern nahm es in die Hand wie ein

Butterbrot. Das hatte er sich in den letzten Wochen so angewöhnt. Tatsächlich verdarb das Alleinleben auf Dauer die Manieren. Verriet die Art, wie er sein Essen hinunterschlang, nicht allmählich auch einen Mangel an Selbstrespekt? Sybille hätte diesen Stil aufs Höchste missbilligt.

Dem grauen Volvo, der gut fünf Minuten auf der Suche nach einem Parkplatz herumkreiste, entstieg ein Paar in den mittleren Jahren, der Mann umklammerte ungeschickt einen voluminösen Blumenstrauß, die Frau trug eine mit einem Tuch bedeckte Schüssel. Sie klingelten an der Tür des Hauses Nr. 11 und wurden unter Gelächter eingelassen. Der vormals breite Bekanntenkreis, den Sybille gepflegt hatte, existierte de facto nicht mehr. Er müsste ihn von sich aus wiederbeleben, sich um die Menschen bemühen, an denen ihm wirklich lag. Außer Michael besuchte ihn seit langem niemand. Ob er sich gelegentlich wieder mit seinem ehemaligen Kollegen und alten Freund Lennart zum Schachspielen verabreden sollte? Er könnte seine Wahl zum Vorsitzenden zum Anlass nehmen, seine ehemaligen Institutsmitarbeiter zu sich einzuladen. Da müsste man auch keinen großen Aufwand treiben, Wein und Käse würden genügen, eventuell könnte er einen Caterer mit dem Imbiss beauftragen.

Er setzte seinen Teller ab. Zeit für den täglichen Gang. Wenn er wieder zurück war, würde er ein paar Bücher aus der Bibliothek zusammensuchen, um sich im Laufe des Abends weiter einzulesen. Gerade, als er sich vom Fenster abwenden wollte, entdeckte er auf der anderen Straßenseite seinen Sohn Michael. Was für eine Überraschung! Ungewöhnlich, dass er sich vorher nicht telefonisch angekündigt hatte, zumal er doch wusste, dass sein Vater um diese Zeit oft spazieren ging.

Doch Michael machte keine Anstalten, die Straße zu überqueren. Er strich langsam den gegenüberliegenden Bürgersteig entlang, zögerte kurz vor dem Haus Nr. 15 – nein, das darf nicht wahr sein!, dachte Wolters –, lief dann weiter – zum Glück! –, drehte bei der Baustelle um – bitte nicht! – und kehrte zurück. Abermals hielt er vor Thyras Haus inne, trat dann entschlossen auf den Eingang zu, klingelte und stand mit gesenktem Kopf wartend, bis er eingelassen wurde.

Wolters holte tief Luft. Wenn das nur nicht der Auftakt zu etwas äußerst Unerfreulichem war! Er wünschte sich sehnlich Sybille herbei, mit der er sich hätte beraten könnte. Michael hatte nicht einen einzigen Blick hinauf zu seinen Fenstern geworfen.

12.

Nach Thyras Besuch fand Irene lange keine Ruhe. Im Schlafzimmer stand stickige Luft, obwohl sie es den ganzen Tag abgedunkelt hielt, keine lindernde nächtliche Brise drang durch die weit geöffneten Fenster herein. Sie wälzte sich unruhig und träumte wirr. Bernhard war von einer Reise zurückgekehrt und machte ihr schwere Vorhaltungen. Warum sie seine Toilettenartikel aus dem Badezimmer entfernt und ohne sein Einverständnis einen neuen Sessel angeschafft habe? Sie wachte verkatert auf, verhedderte sich noch im Halbschlaf in den schwachen Entschuldigungen, mit denen sie ihn zu besänftigen versuchte.

Zu spät, um groß durchzulüften, die Sonne stand bereits hoch über den Dächern. Doch der Straßenbalkon lag noch im Schatten, und dort draußen genehmigte sie sich, im luftigen Nachthemd, die erste Tasse Kaffee. Sollte der alte Spanner da drüben doch denken, was er wollte – und wer konnte schon, selbst durch ein Fernglas, den geblümten Fetzen von einem lockeren Sommerkleid unterscheiden? Sie dachte an das nächtliche Gespräch mit Thyra, als sie wieder in die Höhle ihrer Wohnung abtauchte und sie mit den Rollläden verbarrikadierte. Was für ein aufregendes Leben und was für eine interessante Person! Die längste Zeit des Abends hatte Irene ihr fasziniert zugehört. Erfrischend unkompliziert und selbstbewusst. Vor Energie sprühend.

Sie selber hatte als junges Mädchen die Fröste der Freiheit gefürchtet, obwohl sie die Klassenkameradinnen bewunderte, die übermütig draufloslebten. Sie buhlte vergeblich um Freundschaft mit ihnen, vielleicht hoffte sie, es werde etwas von deren Lebensleichtigkeit auf sie abfärben. Wenn die anderen lustvoll über die Stränge schlugen, fürchtete sie, gehemmt und schüchtern, sich vor unberechenbaren Folgen. Nur mit ihrer verfluchten Ängstlichkeit konnte sie sich erklären, dass sie sich viel zu früh an einen Mann gebunden hatte, der Sicherheit ausstrahlte und immer zu wissen schien, was Sache war. Erst jetzt, im Alter, allein, wurde sie allmählich kühner. Es war zum Lachen.

»Natürlich zahlt man einen Preis«, hatte Thyra eingeräumt. »Ich habe mich häufig genug in die Nesseln gesetzt. Sicher ist es manchmal nicht leicht, mit Jurek und Timo allein – aber es fühlt sich für mich richtig an.«

Zu ihrem eigenen Erstaunen hatte Irene ihr sofort Unterstützung angeboten. Thyra könne jederzeit – hatte sie wirklich »jederzeit« gesagt? – auf ihre, Irenes, Hilfe bauen, wenn sie mal auswärtige Termine habe und jemand zum Babysitten brauche. Wenn das Dora gehört hätte!

Thyra, obwohl erst Ende dreißig, hatte bereits drei längere Beziehungen hinter sich. »Also, die erste war eine Kinderliebe. Sie wissen schon, man zieht mit jemandem zusammen, um den Eltern etwas zu beweisen. Sozusagen zur Ablösung. Um erwachsen zu werden.« Irene konnte nicht umhin, daran zu denken, dass sie selber zeit ihres Erwachsenenlebens keine nennenswerte Ablösung zustande gebracht hatte, denn sie hatte mit ihrem Mann eigentlich einen Vater geheiratet.

»Mein erster Freund«, sagte Thyra, »war nett, allerdings ein bisschen langweilig, ein Jüngelchen aus besserem Haus, das die Welt nur mit Papas und Mamas Augen sah, strebsam, brav, angepasst. Ich war sicher der größte Protest gegen seine Eltern, den er sich je geleistet hat. Als es auf das Ende des Studiums zuging und er vom Heiraten sprach, kriegte ich Gänsehaut. Bis dahin hatten wir in meinem Dachstübchen gevögelt. Es schnürte mir die Luft ab, wenn er von der Sitzgarnitur aus schwarzem Leder in unserer ersten gemeinsamen Wohnung träumte. Prompt verliebte ich mich in Henning, der alles Bürgerliche und Materielle verachtete. Mit ihm bin ich aufs Land gezogen, wir haben einen alten Bauernhof gekauft und restauriert.«

»Jureks Vater, auf den ich neulich in Ihrer Wohnung gewartet habe?«

»Ja. Henning ist übrigens ganz in Ordnung. Eine Zeit lang hatten wir ein gutes Leben. Wir haben sogar geheiratet, als die beiden Mädchen in die Schule kamen.«

Sie erzählte in barocker Anschaulichkeit von dem lebensprallen Jahrzehnt, das sie mit ihrer Familie auf dem Wildwasserhof im Dörfchen Reichenbach zugebracht hatte, etwa zwanzig Kilometer von der Stadt entfernt. Ein verfallener Hof mit sämtlichen Krankheiten alter Häuser, nicht viel mehr als eine Ruine, als sie dort einzogen, Thyra hochschwanger, ein undichtes Dach, durchgefaulte Deckenbalken, eine nicht enden wollende Baustelle. Doch nach und nach entstand daraus eine rustikale Idylle, wohnliche Kammern mit knarrenden Holzdielen, ein gemütlicher Kachelofen, die Kinder in der Hängematte zwischen den Apfelbäumen, unvergessliche Feste mit Kartoffelfeuern, selbst gebackenem Brot und eigenem Lamm am Spieß, Hühner und Kaninchen, die sie selber schlachteten, mit Schafen, deren Wolle Thyra zeitweilig selbst gesponnen und deren Felle sie gegerbt hatte.

»Du glaubst nicht, was wir da draußen geschuftet haben. Aber es hat großen Spaß gemacht in den ersten Jahren.« Seit Anbruch der zweiten Weinflasche duzten sie sich, gegen alle Konventionen hatte Thyra damit begonnen und Irene hatte geschmeichelt mitgetan.

Henning sei Lehrer an einer Gesamtschule, berichtete Thyra, und besitze viele handwerkliche Fähigkeiten, so dass er einen Großteil der anfallenden Renovierungsarbeiten neben seinem Schulalltag selbst erbringen konnte. Sie war noch bis über Syltas Geburt hinaus halbtags in einer Werbeagentur angestellt gewesen. Die Arbeitsbedingungen, vor allem die weite Anfahrt, waren allerdings ungünstig, so dass sie kündigte, als eineinhalb Jahre später Sina zur Welt kam.

»Nostalgie-Bäuerin zu sein«, sagte sie lachend, »ist wirklich etwas Herrliches. Zumindest solange es neu ist. Doch nach ein paar Jahren, wenn man alles ausprobiert hat, kommt es einem schwachsinnig vor. Arbeit ohne Ende, aber der Kopf liegt brach.«

So hatte sie versucht, erneut den Anschluss an ihren Beruf zu finden. Sie erklärte sich für selbstständig, mühte sich, Graphikaufträge an Land zu ziehen, was sich ziemlich zäh anließ und anfangs fast aussichtslos schien.

»Doch ich bin hartnäckig, wenn ich mir was in den Kopf gesetzt habe. Nach etwa drei Jahren hatte ich einigermaßen Fuß gefasst.« Inzwischen war Jurek geboren, und sie teilte ihre Energie zwischen dem Baby und dem wieder entdeckten Beruf. Da blieb nicht mehr viel Zeit für Haus und Hof, was Henning zunehmend verstimmte. Denn der hätte am liebsten seinen Beruf ganz an den Nagel gehängt, um nur noch ökologische Landwirtschaft zu betreiben. Daran war aber finanziell nicht zu denken.

»In seinen Augen habe ich unseren gemeinsamen Traum verraten. Darüber hinaus verbanden uns eigentlich nur die Kinder. Auf Dauer ein bisschen wenig. Im Bett fand natürlich auch nicht mehr viel statt, weil wir immer müde waren. Also bin ich gegangen. Was sollte ich machen? Eine Zeit lang hat dieser alternative Lebensentwurf gestimmt, aber die Dinge ändern sich, man ändert sich – und für mich stimmte es eben nicht mehr. Verstehst du?«

Obwohl Thyras Begründung auf sie geradezu exotisch wirkte, nickte Irene nachdenklich. Die Frage war ohnehin bloß rhetorisch gemeint.

»Es kam, wie es kommen musste«, fuhr Thyra nonchalant fort. »Aber ich bin keineswegs von heute auf morgen gegangen, wie Henning es unseren Töchtern gegenüber gern darstellt.« Es sei ein längerer Prozess gewesen, sie habe immer wieder das Gespräch mit ihm gesucht – »Wir müssen was ändern, Henning!«. Was genau habe sie zwar auch nicht gewusst, das hätten sie gemeinsam entwickeln müssen, ging aber nicht, weil er sich verweigerte. »In dieser Phase war er nicht anders als Michael, mein erster Freund: Beide Männer erwarteten, dass ich für alle Zeiten genau den Platz in ihrem Lebensentwurf ausfüllen sollte, den sie sich für mich ausgedacht hatten.«

Den Ausschlag für die Trennung hatte schließlich Simon gegeben, für dessen Firma sie eine Werbekampagne gestaltete, genau genommen die Tatsache, dass sie von Simon schwanger wurde. »Er ist Timos Vater.«

Sie war aus dem Wildwasserhof aus- und bei Simon eingezogen, in dessen geräumige Eigentumswohnung. Simon wollte heiraten. Er sei ungeheuer intelligent – »Ich hoffe, Timo hat seinen IQ geerbt, das Beste an ihm!« –, ging ihr aber schon nach wenigen Monaten auf die Nerven, da er noch spießiger und zwanghafter sei als ihr erster Freund Michael und das Leben mit ihm nichts als gepflegte Langeweile. »Das kreative Chaos mit Henning war wenigstens lebendig. Der konnte mich auch mal sein lassen, wie ich bin.«

Jetzt sei sie also hier, sagte sie, und endlich bei sich selber angekommen.

Obwohl sie mit ihrer Bilanz ganz zufrieden schien, hatte Thyra ein bisschen geweint, gegen Ende ihrer Geschichte und der zweiten Weinflasche, die Irene aus dem Kühl schrank geholt hatte. Es war der Gedanke an ihre Töchter, der ihr zu schaffen machte, Sylta inzwischen vierzehn und Sina zwölfeinhalb Jahre alt, in der Pubertät also, und beide nähmen ihr schrecklich übel, dass sie fortgegangen sei. Sie hatte sich schweren Herzens entschlossen, die Mädchen bei Henning zu lassen, weil sie es dort viel besser hätten als in ihrer engen Stadtwohnung. Aber sie hatten sich von ihr verraten gefühlt und monatelang geweigert, auch nur mit ihr zu telefonieren, sich sogar versteckt, wenn sie zum Wildwasserhof hinausgekommen war. Inzwischen dürfe sie sie zwar wieder sehen, aber sie wollten nicht zu ihr, hätten sie weder bei Simon besucht, was man vielleicht verstehen könne, noch bisher hier in der neuen Wohnung. Sie müsse sich bei jeder Begegnung anhören, dass sie Papas Leben zerstört habe, ihrer aller Leben, sie sei egoistisch und zutiefst gemein. Fast alle ihre Besuche auf dem Hof endeten in Geschrei, und mindestens eines der Mädchen renne Türen knallend aus dem Raum und lasse sich bis zu ihrer Abfahrt nicht mehr blicken

Thyra schluchzte und schniefte. Zum Glück könnten wenigstens sie und Henning wieder einigermaßen vernünftig miteinander umgehen. Irene legte ihre Hand auf Thyras Arm und meinte vorsichtig, da müsse sie wohl einfach Geduld haben, eine schwierige Situation und die Pubertät ohnehin eine diffizile Phase. Irgendwann würden die Töchter die neue Situation sicher akzeptieren. Thyra richtete sich bei dem Zuspruch wieder auf. »Klar. Du hast Recht.« Allerdings bereite ihr Sorge, dass sich Henning nicht nach einer neuen Partnerin umsehe, sie habe fast den Eindruck, er hoffe, sie werde, nun da sie sich von Simon getrennt habe, wieder zu ihm zurückkommen. »Aber man kann nicht zurück in ein abgelegtes Leben!« Sie mache sich Sorgen um Jurek, der schon während der Trennung schwierig war, deswegen habe sie ihn ja mitgenommen. Doch jetzt sei er erst recht schwierig.

»Sind auch viele Veränderungen in ziemlich kurzer Zeit für einen kleinen Jungen«, sagte Irene.

»Ich glaube an die Zukunft!«, rief Thyra. All ihre Skrupel und Kümmernisse schienen von einem Augenblick auf den anderen wie weggeblasen. Sie wirkte zuversichtlich und sprach begeistert von ihrem Job. »Ich bin richtig gut im Geschäft. Ich habe einen super Partner aufgetan, der sich überwiegend um die Außenkontakte kümmert und sehr flexibel ist. Das Beste am selbstständigen Beruf: Ich kann mir die Arbeit einteilen, Home Office machen, morgens, wenn Timo und Jurek bei der Tagesmutter und in der Schule sind, und abends und nachts, wenn sie schlafen.«

Was hatte eigentlich Irene an diesem Abend von sich und ihrem Leben erzählt? Mal gerade, dass sie seit ein paar Jahren Witwe war, zwei Kinder und drei Enkelinnen hatte. Hatte Thyra sie überhaupt nach irgendetwas gefragt?

Trotzdem hatte sie sich, während Thyra monologisierte, auf geradezu unheimliche Weise angesprochen gefühlt. Deren Selbstdarstellung hatte die Frau heraufbeschworen, die sie selber in Thyras Alter war, eine unscheinbare Person, die nur aufblühte, wenn ihr imposanter Ehemann sie wahrnahm. Diese blasse Person huschte am Rande von Thyras Geschichten entlang, sie stand wie ein Schatten hinter Irene und schaute verblüfft zu, wie unbekümmert eine Thyra durch das Leben pflügte. Irene malte sich aus, wie sie zu Bernhard sagte: »Ich werde ausziehen, weil sich das Beisammensein mit dir nicht mehr richtig anfühlt. Am Anfang hat es gestimmt, aber ich habe mich verändert, und jetzt muss ich gehen.« Sie sah seinen ungläubigen Gesichtsausdruck vor sich, sah, wie er in unbändiges Gelächter ausbrach. Er hätte das für einen bloßen Scherz gehalten, allerdings einen, der von schlechtem Geschmack zeugte. Dabei hätte sie doch nicht viel zu verlieren gehabt, als die Kinder schon aus dem Haus waren. Bernhard und sie hatten so gut wie keine gemeinsamen Interessen, wenn man einmal von den Ritualen des Alltags absah, auf die er mehr Wert legte als sie. Was hätte ihr denn ohne ihn gefehlt?

»Klar, für die Mädchen ist es schwer und Henning leidet. Simon ebenfalls, auf seine Art, nur etwas neurotischer. Ich kann es nicht ändern.«

Vermutlich hatte Irene den Konflikt gescheut, der mit einem solchen Schritt verbunden war. Von außen betrachtet hätte es allerdings auch nicht den geringsten Grund gegeben, Bernhard zu verlassen; er war ihr gegenüber meistens freundlich und rücksichtsvoll gewesen. Kein Zweifel, Bernhard war ein guter Mann, und sie hatten eine gute Zeit gehabt, vor allem in den Anfängen. Er konnte schließlich nichts dafür, dass sie im Laufe ihrer Ehe erwachsen geworden war. »Ein, zwei Jahrzehnte stimmte es, aber dann fühlte es sich nicht mehr richtig an.« Es war nicht unerträglich gewesen, aber auch nicht besonders gut. Vielleicht hatte man in ihrer Generation generell nicht so viel von einer Ehe erwartet wie heute. Lore und ihr Mann, die einander nach dreißig Jahren noch sehr nah waren, Gedanken austauschten und Gefühle teilten, bildeten die Ausnahme. Bei ihr und Bernhard hatte dergleichen nie wirklich stattgefunden.

Immerhin bewirkte die lange Nacht mit Thyra, dass Irene, nachdem sie den ganzen nächsten Tag sinnend zwischen Küche, Bett und Balkon verbracht hatte, abends das Bedürfnis verspürte, Markus und Dora anzurufen.

Markus wunderte sich: »Ist was, Mutter? Mitten in der Woche?«

»Nein, ich wollte nur hören, wie es bei euch geht.«

»Alles wie immer.« Rieke und Jessica seien nicht zu Hause, und er müsse auch gleich los.

»Wohin gehst du denn?«, fragte sie.

»Kegeln«, gab er einsilbig zurück, es war ihm nicht geheuer, dass seine Mutter so direkte Fragen stellte.

»Sei ehrlich: Nicht nur Rieke hat einen anderen, du hast doch auch eine Freundin?«, bohrte sie weiter, die Gelegenheit nutzend, dass sie ihn allein am Telefon wusste. Er druckste ein bisschen herum, das war Antwort genug.

»Aber du behältst es für dich, Mutter, versprochen? Wir wollen doch Jessica nicht das Abi versauen.«

»Versprochen.«

Dora war gerade dabei, Emmas und Luises Schulaufgaben durchzusehen. »Ich frage mich, wie sie zu dieser Sauklaue kommen! Noch vor einem Jahr hat Emma geschrieben wie gemalt.«

»Wie geht es deinem Mann?«, fragte Irene.

»Wie soll es ihm gehen?«, gab Dora gleichgültig zurück.

»Ich finde, du behandelst ihn schlecht«, erklärte Irene unverblümt. »So schön die Feier bei euch im Garten war, so wenig hat mir gefallen, wie du mit Andreas umspringst.« Sie hörte, wie Dora am anderen Ende der Leitung die Luft einsog.

»Dora?«, fragte Irene. Stille. Nochmals: »Dora?«

»Ich finde es ungeheuerlich, was du da von dir gibst, Mutter!«

Irene erschrak. War sie zu weit gegangen? »Tut mir leid, wenn ich dich gekränkt habe, aber ich musste das mal sagen.«

»Ein anderes Mal, Mutter. Jetzt sind die Hausaufgaben meiner Kinder dran«, sagte Dora eisig und drückte das Gespräch weg.

Irene blieb nachdenklich zurück. Sonderbarerweise machte es ihr nichts aus, dass Dora eingeschnappt war. Die Sonne war inzwischen hinter den Dächern verschwunden. Zeit, sich allmählich auf den Balkon zu wagen. Sie war diesen ganzen Tag im Nachthemd herumgelaufen, und für heute sah sie keinen Grund mehr, das zu ändern.

13.

An diesem Abend ging Wolters nicht mehr spazieren. Stattdessen stand er lange am Fenster, wie ein Raubtier auf dem Sprung, angespannt darauf wartend, dass sein Sohn das Haus gegenüber wieder verließe. Eine Stunde verging, bevor er seinen bequemen Lehnstuhl heranzog und sich setzte, entschlossen, nicht vom Platz zu weichen. Zwischendurch lief er in die Küche, griff sich rasch eine Weinflasche aus dem Kühlschrank und ließ sich wieder beim Fenster nieder. Während dieser zwei Minuten konnte ihm nichts entgangen sein.

Die Erdgeschosswohnung von Nr. 15 lag wie ausgestorben, kein Fenster zur Straße erleuchtet. Umso mehr plagten ihn seine Phantasien. Es musste dort einen Balkon oder eine Terrasse auf der Rückseite des Hauses geben, einen Hinterhof oder sogar einen kleinen Garten. Vergeblich hatte er das bei seinen jüngsten Gängen um das Karree ausfindig zu machen versucht. Vielleicht hätte er Michael nicht von Thyra erzählen sollen, nachdem der die Trennung von ihr so schwer verkraftet hatte. Aber das war endlos lange her. Michael hatte inzwischen ein gutes, solides Leben aufgebaut, war verheiratet, glücklich, so weit man das als Vater beurteilen konnte, und er hatte einen wohlgeratenen kleinen Sohn.

Bis Mitternacht tat sich nichts. Wolters lauerte im Dunkeln, das Fenster weit geöffnet. Die Hitze wollte nicht weichen, das Außenthermometer zeigte um 23 Uhr noch 21 Grad, eine weitere tropische Nacht. Die Alte gegenüber, die in diesen Wüstentagen anscheinend das Haus nicht mehr verließ, erst in der Abendstunden im Nachthemd auf dem Balkon auftauchte – wie konnte man sich bloß so gehen lassen? –, zog sich, nicht ohne einen forschenden Blick zu ihm hinüber, in ihre Wohnung zurück. In der schwarzen Höhle seines Arbeitszimmers, den Stuhl ein wenig zurückgesetzt, blieb er für sie und andere unsichtbar, dessen war er sich sicher. Hier und da leuchteten noch einsame Lampen. Von irgendwoher dudelte Musik. Im Haus Nr. 11 flammte in der ersten Etage Licht auf, ein Mann mit nacktem Oberkörper trat auf den Balkon, setzte eine Bierflasche an den Hals und leerte sie, wie es schien, in einem Zug. Wolters bildete sich ein, sein ordinäres Rülpsen hören zu können. Wenig später erlosch das Licht. Die meisten Fenster ringsum, tagsüber verbarrikadiert, waren nachts weit aufgerissen.

Auf der anderen Straßenseite zogen eng umschlungen zwei Jugendliche vorüber, an der Baustelle blieben sie stehen, blickten prüfend in die Runde. Dann lehnte sich der Junge mit dem Rücken gegen die plakatbeklebte Wand, das Mädchen fasste seine Schultern, während es rasch mit dem einen Fuß in seine ineinander verschränkten Hände stieg und sich geschwind mit dem anderen Bein über den Zaun schwang. Auf der Räuberleiter ins Liebesnest, dachte Wolters, als der Junge sich am Zaun hochzog, rittlings aufsaß und auf die andere Seite fallen ließ. Für den Rest dieser Sommernacht waren sie für ihn ebenso unsichtbar wie sein Sohn und diese Frau. Vor seinem Haus gerieten fauchend zwei Katzen aneinander, davon abgesehen lag die Straße ausgestorben. Um nicht müde zu werden, richtete Wolters das Fernglas auf den äußersten Rand seines Blickwinkels, wo noch Leben war. Aus der dubiosen Eckkneipe gegenüber dem Bürohaus taumelten ab und an Gestalten in die Nacht hinaus.

Irgendwann musste er doch in seinem Stuhl eingenickt sein; jedenfalls zeigte seine Uhr kurz nach eins, als er hochschreckte. Der Feldstecher war von seinem Schoß auf den Teppich gerutscht. Mist! Er rieb sich die Augen, massierte mit beiden Händen den schmerzenden Nacken. Jetzt hatte er Michaels Abgang womöglich verpasst. Alles umsonst. Er konnte ebenso gut schlafen gehen.

Er fühlte sich hundemüde, doch als er sich endlich, nur mit der Unterhose bekleidet, auf dem Bett ausstreckte, war er hellwach. Er starrte an die Decke und fragte sich zum wiederholten Mal, ob Michael wusste, dass er dabei war, etwas sehr Törichtes zu tun. Wolters war mehr als besorgt, geradezu alarmiert. Warum eigentlich? Was war dagegen einzuwenden, wenn sein Sohn eine ehemalige Freundin besuchte? Manchmal hatte man das verständliche Bedürfnis, sich gemeinsam an alte Zeiten zu erinnern, zu erfahren, wie es dem beziehungsweise der anderen ergangen war, vielleicht auch Bilanz zu ziehen.

Dummes Zeug. Wäre es nur darum gegangen, hätte Michael sich mit ihr am Nachmittag in einem Café verabredet und sie nicht abends in ihrer Wohnung aufgesucht, um dann bis Mitternacht nicht wieder aufzutauchen. Er musste wissen, in was er sich da verwickelte.

Und wenn. War es etwa seine, Wolters, Angelegenheit? Sein Sohn war erwachsen, und es konnte ihm als Vater egal sein, wie er mit seiner Ehe umging. Hätte Thyra nicht zufällig die Wohnung gegenüber bezogen, hätte er von der Eskapade nicht einmal etwas erfahren. Schließlich wusste er auch sonst nichts vom Privatleben seines Sohnes, der konnte im Verborgenen einen ganzen Harem von Freundinnen haben. Was wusste man überhaupt von anderen, selbst wenn sie einem nahestanden? Er hatte ja nicht mal gemerkt, wie seine Frau vor seiner Nase eine Affäre mit seinem Mitarbeiter unterhielt.

Im Schlafzimmer war es so heiß, dass er sich nicht mal mit dem Laken bedecken mochte. Er fand es quälender, im Bett zu liegen und zu grübeln, als am Fenster zu stehen und auf die Straße zu starren. Doch da gab es jetzt nicht mehr viel zu sehen und ganz bestimmt nichts mehr zu warten. Michael würde inzwischen längst zu Hause sein. Er würde nicht riskieren, über Nacht bei Thyra zu bleiben. Falls er Gitte nicht irgendwelche Geschichten erzählt hatte. Ihm selber waren immer plausible Geschichten für Sybille eingefallen, als es darum ging, die wilden Nächte mit seiner Assistentin Sandmann zu verschleiern. Von denen hatte es nicht mehr gegeben, als man an einer Hand abzählen konnte, es war letztlich nur eine kurze wahnhafte Verstrickung gewesen. Im Nachhinein konnte er kaum verstehen, wie er auf dem Hintergrund seiner befriedigenden Ehe in solch einen Strudel überhaupt hatte geraten können, in diesen gefährlichen Gemütszustand, in dem man wie ein Spieler bereit ist, alles in den Wind zu schießen, was das eigene Leben ausmacht. Sybille hatte von der Sandmann-Geschichte ebenso wenig gewusst wie er bis zu ihrem Geständnis von ihrer

Liaison mit Maurer. Auch Gitte musste nichts von Michaels Seitensprung erfahren.

Denk an etwas anderes, befahl sich Wolters, du hast keinen Einfluss auf das, was geschieht oder noch geschehen wird. Michaels Verirrungen gehen dich nichts an. Denk an das nächste Kapitel deiner Arbeit! »Die sexuelle Revolution frisst ihre Kinder«, wäre ein guter Titel für den Abschnitt, den er morgen beginnen wollte. Wenn er keine Ruhe fände, sollte er sich lesend ablenken. Er griff nach dem Zeitschriftenband auf dem Nachttisch, stieß dabei fast das Wasserglas um, »Sexual Revolution Re-Visited«. Über den seiner Meinung nach reichlich abgestandenen Thesen seines Nachfolgers und zeitweiligen Rivalen Maurer schlief er endlich ein.

Er träumte von Sybille. Sie lag in ihrem Zimmer auf dem Bett, dort, wo sie die letzten Monate ihrer Krankheit verbracht hatte. Im Traum war sie gesund und bester Laune, sie wirkte ein bisschen überdreht, sah umwerfend aus und winkte ihn schelmisch zu sich. Sie schlug das Deckbett beiseite und enthüllte ein verführerisches Negligé, das er noch nicht kannte. Erst als er sich begehrlich über sie warf, bemerkte er Maurer, der mit dem Rücken zu ihnen am Fenster stand und hinausschaute. Sybille bedeutete ihm lächelnd, sich davon nicht stören zu lassen, doch er rückte irritiert von ihr ab, schwang sich wieder aus dem Bett und trat neben Maurer. Was ist?, fragte er. Maurer wies auf das Haus gegenüber. Die Fenster von Thyras Wohnung, ins Riesenhafte vergrößert, waren grell erleuchtet, man konnte das dahinter liegende Zimmer überschauen. Auf einem Tisch in der Mitte stand ein Sarg, um den sich eine Gruppe schwarz gekleideter Gestalten versammelt hatte. Plötzlich löste sich eine aus dem Kreis und erschien auf dem Balkon; es war die Alte aus dem ersten Stock. Sie schien zu schweben und zu doppelter Größe anzuschwellen, während sie mit der Faust zu ihm herüberdrohte. Dabei brach sie in ein hexenhaftes Gelächter aus.

Dumme Kuh, dachte er im Erwachen, was habe ich mit dir zu tun? Er brauchte länger, sich zu besinnen. Sybille war tot und nicht Thyra. Vielleicht wünschte er sie sich tot, damit sie seiner Familie keinen weiteren Schaden zufügen konnte. Bemerkenswert fand er, dass er im Traum keine Aggressionen gegenüber Maurer verspürt hatte.

Über diese Gedanken schlief er erfreulicherweise noch einmal ein und erwachte erst nach acht Uhr, spät für seine Verhältnisse. Das Thermometer wies schon wieder 23 Grad aus. Ich werde heute arbeiten, beschloss er, und keinen Gedanken an Michael und seine Ex-Freundin verschwenden. Ich werde mich nicht zum Narren machen – es reicht, wenn Michael das tut.

Während er versuchte, die schon gesammelten Stichworte für das nächste Kapitel in eine stimmige Reihenfolge zu bringen, stand er von Zeit zu Zeit auf, lief im Arbeitszimmer umher und fand sich früher oder später doch wieder am Fenster. Thyra hatte bereits am frühen Morgen ihre Jalousien fest geschlossen, wie die meisten Anwohner ringsum. Hier und da waren Fensterscheiben mit Aluminiumfolie verklebt, die spiegelnde Seite nach außen; den albernen Tipp hatte er inzwischen mehrfach in der Zeitung gelesen.

»Der Frau ist unser Michael nicht gewachsen.« Plötzlich fiel ihm diese Bemerkung von Sybille ein – wann hatte sie das gesagt? Schon als Michael ihnen Thyra vorstellte? Oder erst später, als Risse in der Beziehung der beiden spürbar wurden? Vielleicht auch erst am Ende, als Thyra gegangen war: »Ein Glück für ihn und uns alle – er war ihr nicht gewachsen.«

Dummes Zeug. Er konnte sich daran erinnern, wie ihn diese Bemerkung irritiert hatte. »Was soll das heißen«, hatte er erwidert, »war ich dir etwa am Anfang gewachsen? Du warst mir himmelhoch überlegen, mit deinem Selbstbewusstsein, deinem gesellschaftlichen Hintergrund, du Chefarzttochter, ich Kleinbürgersohn. Ich habe hartnäckig um dich geworben und du hast mich akzeptiert, obwohl ich dir ganz bestimmt nicht gewachsen war.« »Das kann man nicht vergleichen«, entgegnete sie, »du wusstest, was du wolltest, für dich und für uns beide. Unser Michael ist ein labiler Charakter.«

Wolters versuchte, den Eindruck zurückzurufen, den die Freundin seines Sohns damals auf ihn gemacht hatte, doch es tauchten nur diffuse, unscharfe Bilder auf. Sehr von sich überzeugt. Gelegentlich schnippisch, von oben herab. Attraktiv, temperamentvoll, extravertiert, dann wieder seltsam reserviert. »Sie inszeniert sich«, hatte Sybille gesagt, »sie will vor allem uns beeindrucken. Sie führt Michael vor, mit dem Ring durch die Nase, und er merkt es nicht einmal.« Er hielt viel von Sybilles Menschenkenntnis, doch in diesem Zusammenhang hatte er sie voreingenommen gefunden. Sie tut sich schwer, weil sie zum ersten Mal erlebt, dass eine andere Frau größeren Einfluss auf Michael hat als sie selbst, hatte er gedacht. Vage flog ihn eine Erinnerung an, eher ein ungemütliches Gefühl. Da hatte es eine unerfreuliche Szene gegeben, Thyra hatte Sybille brüskiert und er hatte gefunden, dass sie völlig überreagierte – »du dämonisierst sie ja geradezu!« Er erinnerte sich an diesen seinen Satz und an Sybilles Zorn, der sich nicht nur gegen Thyra, sondern auch gegen ihn richtete. Doch der Anlass wollte ihm nicht mehr einfallen, sosehr er auch sein Gedächtnis strapazierte.

Was hätte er darum gegeben, jetzt mit seiner Frau über Michael reden zu können! Der Traum der vergangenen Nacht kam ihm wieder in den Sinn, und auf einmal hatte er das Bedürfnis, Sybilles Zimmer zu betreten, in dem er lange nicht gewesen war. In den ersten Tagen nach ihrem Tod hatte er sich fast nur dort aufgehalten, hier konnte er ihre Anwesenheit noch spüren. Inzwischen mied er dieses Zimmer. Es sah wie zu ihren Lebzeiten aus, ganz wie in ihren letzten Wochen. Sie war aus dem gemeinsamen Schlafzimmer ausgezogen, als sie nicht mehr imstande war, tagsüber aufzustehen. »Sei mir nicht böse, aber für mich ist es tröstlicher, in meiner eigenen Umgebung zu sterben.« Sie wollte ihn schonen. Er hatte nach ihrem Tod nur die Kleider fortgegeben, sonst hatte er alles belassen. Er brauchte diesen Raum nicht; die Wohnung war mit ihren fünf Zimmern ohnehin zu groß für ihn allein. Er hatte erwogen, ihn zum Gästezimmer umzufunktionieren, doch es blieb nie jemand zum Übernachten. Genau genommen kam außer Michael nicht einmal jemand zu Besuch, und der benötigte kein Bett. Jetzt schon gar nicht, dachte Wolters grimmig.

Er lehnte in der Tür zu Sybilles Zimmer und versuchte, sich die heitere souveräne Frau seines Traums vorzustellen, die einladend die Decke für ihn beiseitegeklappt hatte. Doch er sah nur einen zusammengekrümmten grauen Schatten, ein fast körperloses, in Tücher gehülltes Etwas, die sterbenskranke Frau der letzten Tage. Schnell schloss er die Türe hinter sich und lief in sein Arbeitszimmer. Sybille war inzwischen in seinem Kopf lebendiger als zwischen ihren zurückgelassenen Habseligkeiten. Bald, schwor er sich, sobald diese Hitzewelle vorüber ist, werde ich dort aufräumen. Es ist an der Zeit. Ich werde alles durchsehen und das meiste fortwerfen. Wenn der Herbst beginnt. Sobald ich in meinen Notizen wieder Fuß gefasst habe. Denn das war jetzt das Wichtigste: sicher in seine Arbeit zurückzufinden.

Es täte gut, mit jemandem zu reden, um diese Geschichte aus dem Kopf zu bekommen. Sie sollte seine Konzentration nicht länger beeinträchtigen. Lennart fiel ihm ein, ein ehemaliger Kollege aus der wirtschaftswissenschaftlichen Abteilung, mit dem er sich immer gut verstanden hatte. Der hatte in der vergangenen Woche angerufen und ihn zu seiner Entscheidung beglückwünscht, den Vorsitz der Gesellschaft zu übernehmen. Zu Wolters Festvortrag hatte er sich entschuldigt. An diesem Abend sei die Premiere von Wagners Tristan, auf die er sich schon lange gefreut habe. Doch sie müssten sich unbedingt bald wieder einmal sehen. »Ruf an, wenn du Lust auf eine Partie Schach hast. Oder auch sonst.«

Lennart klang am Telefon ehrlich erfreut. »Komm doch gleich heute Abend. Es gibt viel zu erzählen.« Wolters staunte. Er hatte vergessen, wie leicht es war, sich zu verabreden.

Sie waren Jahrzehnte eng miteinander befreundet gewesen, Anngret und Lennart Schweikert, Sybille und Rüdiger Wolters, und diesen Kontakt hatte er zum Glück nicht abbrechen müssen, als er sein Institut im Zorn hinter sich ließ. In der ersten Zeit nach Sybilles Tod hatten die Schweikerts sich rührend um ihn gekümmert, doch nach und nach waren ihre Treffen seltener geworden, während die Spannungen zwischen den beiden größer wurden. Anfangs hatten sie sich in seiner Gegenwart Mühe miteinander gegeben, doch bald brachen ihre Fehden umso heftiger los, und er hatte sich ohne Sybille zwischen den Fronten fehl am Platz gefühlt. Zuletzt hatte er Lennart nur noch alle paar Monate getroffen, allein, zum Schachspielen. Anngret war dann meist außer Haus. Einmal war er auf der Türschwelle in sie hineingelaufen, sie sei auf dem Weg zu einer Freundin, sagte sie und umarmte ihn mit größerem Nachdruck als ihm lieb war. Lennart gab, wann immer er sich nach ihr erkundigte, nur vage Auskunft.

»Übrigens haben Anngret und ich uns getrennt«, erzählte er jetzt am Telefon freimütig.

»Oh«, machte Wolters verblüfft, er wusste nicht, welche Reaktion von ihm erwartet wurde. Doch ließ Lennart ihn darüber nicht im Unklaren: »Sie ist ausgezogen. Für alle das Beste!« Es klang nicht im Mindesten betrübt. Wolters fragte sich kurz, ob Lennart in dieser Situation wirklich der geeignete Gesprächspartner war.

Doch erfreulicherweise befreite ihn schon die Verabredung von dem fruchtlosen Grübeln; er konnte sich ein paar Stunden auf seine Arbeit konzentrieren und war einigermaßen mit sich zufrieden, als er gegen sieben aufbrach. Obwohl es noch immer sehr warm war, wollte er die knappe Stunde zu Lennart zu Fuß gehen.

Gegenüber beugte sich Thyra über das Geländer ihres Balkons und winkte, in einem schwarzen Hemdchen mit Spaghettiträgern, das, wie er mühelos durch die Gitterstäbe sehen konnte, drei Handbreit über den Knien endete. Ihr Gruß galt dem verzottelten Musiker, der Wolters müde entgegenschlich, den Cellokasten auf dem Rücken, den hochbeinigen fleckigen Hund an seiner Seite. Kein Rassetier, irgendeine traurige Straßenmischung. Als der Mann Thyra bemerkte, straffte er sich, sein Gesicht leuchtete auf, er winkte zurück.

Gestern Michael, heute dieser Vagabund, dachte Wolters voll Abscheu. Wie würde es Michael gefallen, wenn er erführe, dass er die Nummer vier in der Phalanx ihrer Liebhaber war? Er ließ Thyras Galane Revue passieren: Nummer eins der bärtige Alternative, offenbar der Vater ihres älteren Sohns. Nummer zwei der Buchhalter-Typ, mit dem er sie vor einigen Nächten vor der Haustür hatte streiten sehen. Nummer drei dieser unappetitliche Streuner mit dem Hund, wahrscheinlich der Vater des Babys – alle noch vor dir in der Reihe. Sollte dir das nicht zu denken geben, mein Sohn?

14.

Im Juli wurden die Tage so heiß, dass Irenes Unternehmungslust nach und nach versiegte. In den frühen Morgenstunden, falls sie vor acht aus dem Bett fand, verspürte sie manchmal noch das Quäntchen Elan, das erforderlich war, sich zum Supermarkt am Wertherplatz zu schleppen, um ein paar Lebensmittel zu besorgen, Joghurt, Buttermilch und Quark, Obst, Brot und etwas Aufschnitt. Sie nahm sich morgens vor zu kochen, doch in der siedenden Hitze des Tages kam ihr der Vorsatz meist abhanden. Gegen Mittag erstarb aller Antrieb. Sie döste im abgedunkelten Wohnzimmer vor sich hin, hörte nur gelegentlich auf die dahinplätschernden Stimmen im Radio, wo von Waldbränden, Hitzeopfern und kenternden Flüchtlingsbooten die Rede war, und wartete auf das Ende der sich immer länger dehnenden Siesta.

Von Thyra sah sie nicht viel, obwohl die ihr unaufgefordert alle paar Tage einen Kasten Mineralwasser vor die Wohnungstür stellte. »Wichtig: Viel trinken!«, stand mit dickem schwarzem Filzstift auf dem aus einem Schulheft gerissenen Blatt, das beim ersten Mal zwischen den Flaschen steckte. »Stell die leeren Kästen raus, ich besorge neue. Th.« Irene war gerührt; das Schleppen selbst einzelner Plastikflaschen fiel ihr schwer in der Hitze, und Leitungswasser trank sie nur widerwillig. Sie hörte in diesen Tagen kaum etwas von Jurek und Timo, nur gelegentlich, wenn sich im Lauf des Abends überall die Fensterläden und Balkontüren öffneten und auch ihre Lebensgeister wieder erwachten, polterte, jammerte oder krähte es von unten herauf. Entweder war ihre Schwerhörigkeit fortgeschritten oder Thyra hatte die Tagesbetreuung der Kinder anders organisiert.

Hundstage. Wenn es so heiß ist, dass man tagsüber sämtliche Lebensäußerungen auf ein Minimum hinunterfährt, kann man keine Lebensdramen gebrauchen. Doch an diesem Morgen fielen Irene gleich mehrere ins Haus.

Schon vor neun Uhr rief Lore an: Gundi sei im Krankenhaus; sie habe in ihrer Fußpflegepraxis einen Hitzschlag oder Kreislaufkollaps erlitten, trotz Klimaanlage. Zum Glück sei es in Gegenwart einer Kundin passiert, die den Notarzt gerufen habe.

»Sie war offenbar völlig dehydriert, erst bewusstlos und hat dann wild herumgesponnen, wusste nicht, wer und wo sie war.«

»O Gott«, sagte Irene und fixierte schuldbewusst die Mineralwasserflasche, die vor ihr auf dem Tisch stand. Gleich nach dem Telefongespräch würde sie sich ein Glas eingießen. »Wo liegt sie? Sollen wir sie zusammen besuchen?«

»Heute noch nicht. Vielleicht ist sie morgen wieder besser beieinander. Aber unser nächstes Treffen bei ihr können wir vergessen.«

Arme Gundi! Irene kämpfte mit dem Verschluss der Plastikflasche, blöde Mineralwasserindustrie, inzwischen kriegte man die Dinger nur noch mit der Kneifzange auf! Sie hatte sich so auf die Fußpflegeparty gefreut, die sie alle vier Wochen bei Gundi abhielten. Kaffee und Kuchen, und während sie schwätzten, machte Gundi einer nach der anderen die Füße. Zum Dank luden sie dann Gundi reihum zum Abendessen ein.

Wieder klingelte das Telefon. Sie hatte geglaubt, Dora würde länger schmollen, nachdem sie ihr ins Gewissen geredet hatte, aber da war sie wieder, in heller Aufregung: »Mutter! Du musst mir helfen!«

»Was ist denn los?«

»Andreas ist von der Fahne!«, rief Dora. Ihre Stimme war eine Tonlage höher als sonst, leicht hysterisch. Irene kippte die Mineralwasserflasche um. Zum Glück war sie noch nicht geöffnet. Was für ein martialischer Ausdruck.

»Er war heute früh einfach weg.« Fahnenflucht – er hat die Kaserne seine Ehe verlassen, dachte Irene. »Wir wollten doch nächste Woche nach Dänemark. Er hat einen Brief auf dem Küchentisch hinterlassen. Er will eine Auszeit, schreibt er, und nicht mit uns in die Ferien fahren, sondern allein sein. Sich grundsätzlich besinnen. Mutter!«

Irene besann sich. »Weißt du, wo er jetzt ist?«

»Nein. Das heißt, ja. Vielleicht. Sein Handy ist abgeschaltet. Ich könnte mir denken, er ist ins Ferienhaus seiner Eltern nach Holland gefahren, in die Nähe von Domburg.«

»Und was hast du jetzt vor?«

»Ich muss sofort zu ihm. Das kann er uns nicht antun! Und du musst bitte herkommen und dich um die Mädchen kümmern, während ich weg bin.«

Irene spürte, wie ihr der Schweiß ausbrach. Das Nachthemd klebte. Sie rang nach Luft und einer Antwort. Sie wollte sagen: »Dora, das schaffe ich nicht, ich bin in diesen Tagen mit dem nacktem Überleben befasst, ich gehe bei der

Hitze nirgendwohin!« Doch ihr war klar, dass es sich diesmal um einen Notfall handelte. Sie wollte sagen: »Kannst du die Kinder nicht zu deinem Bruder bringen?«, aber dann erinnerte sie sich an Markus' jüngsten Lagebericht: »Rieke und ich sind kaum je gemeinsam zu Hause, wir schauen nur, dass Jessica hat, was sie braucht.« Kein Ort, Emma und Luise zu parken.

»Mutter?«, bat Dora dringlich.

Irene gab sich einen Ruck. »Bring die beiden zu mir. Das ist mir lieber, als bei dieser Affenhitze mit Sack und Pack zu euch zu fahren und in einem fremden Haushalt rumzuwirtschaften.«

»Danke!«, rief Dora. »Jetzt gleich? Zwei Tage, ich sause hin, bleibe eine Nacht und komme sofort wieder zurück, hoffentlich mit ihm. Hoffentlich ist er wirklich in Domburg und nicht sonst wo. Ich kann ja niemanden fragen. Zwei Tage oder drei. Ich weiß nicht mal, wann er heute Nacht aufgebrochen ist, ich habe nichts gehört.«

Getrennte Schlafzimmer, schlussfolgerte Irene messerscharf, wer weiß, ob es nicht schon zu spät ist für die Rettung dieser Ehe! Vielleicht war sie in dieser Hinsicht auch nur altmodisch. Genau genommen ging es sie nichts an. In spätestens zwei Stunden würde ihre Tochter mit den Mädchen vor der Tür stehen. Sie war erschöpft, bevor der Tag richtig begonnen hatte. Sie musste sich etwas anziehen. Nicht genug Lebensmittel für drei Personen, sie konnte die Kinder kaum auf Joghurtdiät setzen. Vor allem musste sie überlegen, wie sie die beiden beschäftigen sollte. Sie hätte Dora daran erinnern sollen, ein paar Bücher und Spiele mitzubringen. Drei Tage, o Gott. Obendrein Gundi im Krankenhaus, die hatte sie zwischendurch völlig vergessen.

Als sie eintrafen, war es fast Mittag und Irene schweißnass von der Anstrengung, sich selber an- und das breite Bett im Gästezimmer zu beziehen. Dora ließ die Reisetasche der Kinder in der Diele fallen. Perfekt wie sie war, selbst in Krisenzeiten, hatte sie an Monopoly und Co. gedacht. »Die Kiste mit den Spielen hatte ich schon für Dänemark beiseitegestellt.« Sie umarmte ihre Mutter – seltenes Ereignis –, lehnte den angebotenen Kaffee ab, wollte sofort weiter. Irene hatte sie selten so aufgewühlt erlebt.

»Fahr vorsichtig, Kind!« Im Treppenhaus wisperte sie ihr zu, was die Kinder nicht hören sollten: »Gib um Gottes willen nicht die Xanthippe! Sei nett zu ihm!«

Nach all der Aufregung hätte sie sich am liebsten für den Rest des Tages hingelegt. Doch Emma und Luise, die es großartig fanden, allein bei ihr zu Besuch zu sein, hopsten erwartungsvoll auf dem Gästebett: »Und was machen wir jetzt, Oma?« Zwei kleine Mädchen, wie aus dem Ei gepellt, nebeneinander in ihren gestärkten und gebügelten Leinenkleidchen, identisch geschnitten, nur farblich unterschieden, die eine in Hellgrün, die andere in Hellgelb. Noch benahmen sie sich manierlich, das würde sich erfahrungsgemäß bald ändern.

Struktur war vonnöten, Eckpfeiler und Rettungsanker ihrer aktiven Mutterphase. »Mittagessen«, verkündete sie, »anschließend beschäftigt ihr euch zwei Stunden allein. Ich brauche meinen Mittagsschlaf. Danach spielen wir zusammen.« Der Beifall der beiden war ihr schon deswegen sicher, weil das Mittagessen aus zwei Familienpackungen Eis, Vanille und Schokolade, bestand. Sie hatte sich nur ein bisschen Rückzugszeit verschaffen wollen, doch sie schlief tatsächlich sofort ein.

Ein ab- und anschwellendes Stimmenduett aus dem Gästezimmer weckte sie. »Sei ruhig, du weckst die Oma!« »Jetzt lass mir den Kater, du hattest ihn die ganze Zeit!« »Er will aber von mir gestreichelt werden, siehst du doch!« »Gar nicht, du hältst ihn fest!« Drei Tage, o Gott! Der Gedanke an unausweichlich bevorstehende, sich über Stunden hinziehende Monopolyrunden bereitete ihr Kopfschmerzen. Auf Zehenspitzen, um nicht zu verraten, dass sie schon wach war, schlich sie durchs Schlafzimmer und bog die Lamellen des Rollladens auseinander. Flirrende, sirrende Hitze ringsumher. Sie bildete sich ein, die Asphaltdecke hier und da aufplatzen zu sehen. Die Alufolie vor manchen Fenstern auf der gegenüberliegenden Straßenseite warf das Sonnenlicht so blitzend grell zurück, dass sie die Augen zusammenkneifen musste. Sie dachte an die Sommer ihrer Kindheit auf dem Land. Sie könnte Emma und Luise das Experiment von damals vorschlagen: Spiegeleier auf dem Asphalt braten. Die beiden würden gucken. Verrückte Oma. Aber das war nichts Neues.

Sie straffte sich und rief mit munterer Stimme: »Ich mache mir jetzt einen Kaffee. Ihr könnt schon mal ein Spiel heraussuchen.«

Sie hatte bereits dreimal haushoch beim Memory verloren und plädierte für Mensch-ärgere-dich-nicht, das ihr weniger anstrengend erschien, als es an der Wohnungstür klingelte. Thyra trat ein, Baby Timo auf dem Arm, der wie ein kleiner Breitmaulfrosch aus seinem hellblauen Strampler grinste, im Windschatten Jurek, der aussah, als habe sie ihn am Kragen die Treppe hochgezerrt. Er schaute auf den Boden und scharrte genervt mit den Füßen.

»Hallo, Mädels! Wer ist wer?«

Emma und Luise grüßten brav und gaben die erwünschte Auskunft über ihr Alter. »Elf und acht.«

»Jurek ist sieben. Wie schön, dass ihr mal bei der Oma seid«, sagte Thyra, und zu Irene: »Ich wollte dir einen Deal vorschlagen.« Irene stöhnte innerlich auf. Komm mir jetzt nicht noch mit Jurek, dem Rabauken! Doch genau darauf zielte Thyras Vorschlag. Sie habe heute Nachmittag eine wichtige Besprechung, die länger dauern könne, sagte sie – so eine Besprechung wie dein Arztbesuch neulich?, dachte Irene –, und sie wolle fragen, ob Jurek für ein paar Stunden hierbleiben könne. Emma und Luise maßen den Jungen mit einem herablassenden Blick, während der verlegen gegen das Tischbein kickte, bis die Plastikmännchen auf dem Spielbrett umfielen.

»Blödi!«, kreischte Luise. »Dabei hatte ich schon beinahe fast gewonnen!« Das lässt sich ja grandios an, dachte Irene.

Dafür würde dann morgen sie, bot Thyra an, die beiden Mädchen mit auf den Wildwasserhof nehmen, wenn Irene einverstanden sei. Sie plane, den ganzen Tag dort zu verbringen. »Du kannst gern mitkommen, falls du nicht einen ruhigen Tag zu Hause vorziehst. Emma und Luise werden sich prächtig mit Sylta und Sina vertragen. Und der Hof mit den Tieren ist ein Selbstläufer, das versichere ich dir, da sind sie alle miteinander an der frischen Luft und hinreichend beschäftigt.«

Was für eine wunderbare Aussicht! Irene lebte auf, bedankte sich und komplimentierte Thyra zur Tür hinaus. Als sie ins Wohnzimmer zurückkehrte, erklärte Jurek gerade, dass er Mensch-ärgere-dich-nicht doof finde. »Was möchtest du denn spielen?«, fragte die elfjährige Emma, erwachsen und gesittet. Sie kippten die Spielekiste kurzerhand auf dem Teppich aus und verhandelten lautstark die Alternativen, wobei Emma ganz selbstverständlich die Führungsrolle übernahm. Sie entschieden sich für Uno. Irene stellte vergnügt fest, dass sie aktuell nicht gebraucht wurde, verzog sich in die Küche und schloss die Tür hinter sich. Dort verbrachte sie angenehme eineinhalb Stunden, den ab und an gewöhnungsbedürftigen Geräuschpegel ignorierend, mit der Lektüre der Tageszeitung, zu der sie am Morgen nicht gekommen war. Bis Luise wütend angerannt kam, weil die beiden anderen angeblich schummelten. Kein Problem, es war ohnehin Zeit fürs Abendessen, über das sie sich bereits vor dem Mittagsschlaf konstruktive Gedanken gemacht hatte: Pizza-Service. Sie hatte nicht einkaufen können, außerdem war es viel zu heiß zum Kochen. Die drei waren begeistert und vertieften sich sogleich in den Flyer mit den Angeboten, den sie aus der Küchenschublade kramte.

Als Thyra Jurek kurz nach neun Uhr abholen wollte, schauten sie alle vier mit andächtigem Grauen »Jurassic Park« auf DVD, Irene im Sessel, die Beine hochgelegt, die Kinder gemütlich auf dem Sofa zusammengerollt. Jurek durfte noch bis zum Ende des Films bleiben. Dann wurden auch Emma und Luise ins Bett geschickt. Irene genoss ihren abendlichen Rotwein auf dem Balkon und beglückwünschte sich dazu, diesen ersten Tag gut bestanden zu haben.

»Sonntagmorgen neun Uhr«, hieß bei Thyra, anders als bei Dora, nicht unbedingt neun Uhr; so viel wusste Irene inzwischen. »Tut mir leid«, entschuldigte sie sich vergnügt, als sie um Viertel nach zehn endlich aufkreuzte, »hat ein bisschen gedauert, bis Sven so weit war, der wollte nämlich mitkommen.«

»Sven?« Irene hatte gehofft, ihren Krankenbesuch bei Gundi vielleicht noch am frühen Vormittag abstatten zu können, weil sie nicht genau wusste, wann am Nachmittag oder Abend die Mädchen und möglicherweise Dora wieder zurückkehren würden. Doch das konnte sie für heute vergessen, es war längst viel zu heiß. Emma und Luise tänzelten, die Riemen der geblümten Rucksäcke lässig über der Schulter, die Stufen hinunter, blieben dann abrupt stehen und starrten den Mann an, der sie auf dem Treppenabsatz vor Thyras Wohnung erwartete, bis sie von dem hochbeinigen gescheckten Hund abgelenkt wurden, der um sie herumsprang. »Wie süß! Darf man den streicheln?« Der Mann trug Timo im Tuch vor die Brust gebunden und wirkte auffällig genug: ein mageres, von Denkerfalten zerfurchtes Gesicht, das lange dunkle Haar zu unordentlichen Rastazöpfen geflochten, außerdem spross ihm ein schütterer rötlich blonder Kinnbart, der Irene an einen Ziegenbock denken ließ.

»Mein großer Bruder Sven«, stellte Thyra vor. »Er ist Dozent an der Musikhochschule in Detmold und kommt in diesem Semester alle zwei Wochen für einen Lehrauftrag her.« Sven nickte gemessen zu Irene herauf, Irene lehnte über dem Treppengeländer und staunte hinunter. Ein wahrhaftiger Künstler! In seinen Gesichtszügen erkannte sie eine entfernte Ähnlichkeit mit Thyra, auf jeden Fall passte er zu ihr, auffällig in seinen veilchenfarbenen Jeans, mit dem offenen rotweiß gestreiften Hemd. »Viel Spaß, alle miteinander!«, rief sie, als die Gesellschaft sich zum Landausflug in Bewegung setzte.

Sie beeilte sich mit dem Einkaufen und vertrödelte, nachdem sie erhitzt und müde zurückgekehrt war, genüsslich die Mittagsstunden. Lore hatte sie mitgeteilt, dass sie Gundi heute nicht besuchen könne, ihrer Enkelinnen wegen. Die versprach, gegen Abend allein loszuziehen und Irene später das Neueste zu berichten. Erst nachmittags holte die bis dahin entspannte Großmutter ihr schlechtes Gewissen ein. Was würde Dora sagen, wenn sie erfuhr, dass sie die Enkelinnen, die sie selten genug besuchten, kurzerhand wieder abgeschoben hatte? Doch für die Kinder war ein Tag auf dem Bauernhof allemal spannender als hier ununterbrochen schwachsinnig Mensch-ärgere-dich-nicht zu spielen. Allerdings neigte Thyra, wie sie wusste, zum Laissez-faire und war da draußen obendrein mit tausend anderen Dingen beschäftigt, mit ihrem kleinen Sohn, den schwierigen Töchtern, vom Rabauken Jurek ganz zu schweigen, mit ihrem Bruder und ihrem Henning und ihrer Vergangenheit. Fand sie da überhaupt Zeit, ein Auge auf Emma und

Luise zu werfen? Für zwei überbehütete Stadtkinder wimmelte es auf einem Bauernhof sicher nur so von Gefahren. Nicht auszudenken, wenn sie in einen Graben oder von einem Baum fielen, sich Arme oder Beine brächen.

So quälte sie sich und rechnete mit dem Schlimmsten, als das Telefon läutete. Es war aber nicht Thyra, sondern Dora, die mit gepresster Stimme anfragte, ob es in Ordnung sei, wenn sie die beiden erst morgen abhole? »Natürlich, Kind, lasst euch alle Zeit der Welt!«, sagte Irene erleichtert. Dora würde also nicht vor den Kindern zurückkehren. »Du hast ihn also angetroffen? Wie läuft es denn?« Dora flüsterte ins Handy, dass sie jetzt nicht ins Detail gehen könne. Also noch keine Entwarnung, »Sind Emma und Luise okay?« »Klar. Sie spielen gerade sehr schön«, behauptete Irene kühn. Sechs Uhr, inzwischen müssten sie längst wieder zurück sein! Sie verbrachte eine weitere unruhige Stunde, bis Thyra anrief. »Deine Mädels würden gern noch bleiben, du erlaubst doch, dass sie hier übernachten?« »Bitte, Oma, es ist echt super!«, hörte sie Luise im Hintergrund juchzen. Überrumpelt willigte sie ein. »Aber seid bitte morgen früh vor zehn Uhr zurück!«, mahnte sie. Erst als das Gespräch beendet war, fiel ihr ein, dass Emma und Luise weder Schlafanzug noch Zahnbürste und nichts zum Wechseln bei sich hatten. Das sollte in diesem Alter egal sein. Frieren würden sie mit Sicherheit nicht, selbst wenn sie im Freien kampierten.

Sie atmete tief durch und beschloss, der Situation das Beste abzugewinnen, Thyra einfach zu vertrauen. Die war eine versierte Mutter, vermutlich souveräner im Umgang mit Kindern als Dora und ganz bestimmt als sie selber damals. Sie hatte immerhin vier Kinder zur Welt gebracht und zog sie erfolgreich groß, wie man zu sagen pflegte – na ja, groß waren sie genau genommen noch nicht, und dass es dabei reichlich Schwierigkeiten gab, räumte Thyra selber freimütig ein.

Trotz ihrer Bedenken schlief Irene ausgezeichnet und konnte am Sonntagvormittag entspannt ihre aufgekratzten Enkelinnen in Empfang nehmen. Deren vormals adrette Sommerhängerchen waren verdreckt und zerknittert, Emma hatte sich sogar ein Dreieck in den Rock gerissen. Sie nötigte die beiden, sich gründlich zu waschen und umzuziehen, und war gerade dabei, die malträtierten Kleidungsstücke in eine Plastiktüte und die in die Reisetasche zu stopfen, als Dora schellte. Kleinlaut und niedergeschlagen kam sie die Treppe herauf. »Wo ist Papa?«, fragte Luise. »Du wolltest ihn doch mitbringen!«, beschwerte sich Emma. Dora log, ohne mit der Wimper zu zucken. »Er muss noch ein bisschen bei den anderen Großeltern bleiben, weil es dem Opa gesundheitlich nicht gutgeht.«

Das also war fürs Erste die Losung. Die Kinder wurden zum Spielen ins Gästezimmer geschickt, und Irene und Dora zogen sich mit einer Tasse Kaffee auf den Balkon zurück, obwohl es draußen eigentlich schon viel zu heiß war. Hier berichtete Dora niedergedrückt und mit gesenkter Stimme, die Mädchen sollten sie auf keinen Fall hören. »Es lief eigentlich gar nicht so schlecht«, sagte sie. »Wir haben uns gründlich ausgesprochen. Auch irgendwie versöhnt.« Sie druckste herum. »Sogar miteinander geschlafen.« Dann brach sie in Tränen aus: »Aber er will nicht mit nach Dänemark. Er beharrt auf diesen drei Wochen allein. Danach wird er vielleicht zu uns zurückkommen.« Irene tätschelte ihren Arm. »Das ist doch immerhin etwas! Lass ihm Zeit.« Dora hörte auf zu schluchzen und erging sich übergangslos in Klagen und Vorwürfen gegenüber Andreas. Sie zählte auf, was sie im Alltag alles leiste, Haushalt, Beruf, Kinder – und zum Dank entziehe er sich ihr, er sei die meiste Zeit unsichtbar. Sie hat nichts begriffen, dachte Irene. »Hast du dich mal gefragt warum?«, hielt sie matt dagegen. »Einerseits lässt du ihn links liegen, andererseits kommandierst du ihn herum wie einen Schuljungen, vor den Kindern und vor mir, seiner Schwiegermutter. Wenn man mich so behandelte, würde ich auch in die innere Emigration gehen.«

Dora schwieg, Irene war nicht sicher, ob sie zu ihr durchgedrungen war. Es brachte ohnehin nie etwas, sich einzumischen; wenn sie es nicht allein schafften, würden sie es gar nicht schaffen. »Willst du nicht an seiner Stelle mit uns nach Dänemark fahren?«, fragte Dora plötzlich, »das Ferienhaus ist groß genug, und wir haben für vier bezahlt. An der Nordsee ist die Hitze bestimmt erträglicher.« »Um Gottes willen, nein!«, rief Irene erschrocken. Eine gute Freundin sei sehr krank, fiel ihr zur Erklärung ein, um die müsse sie sich jetzt kümmern. »Und vielleicht ist es auch besser, wenn du die Zeit allein ein bisschen zum Nachdenken nutzt«, fügte sie hinzu. Sie war ein Scheusal. Andere Großmütter wären glücklich, in die Bresche zu springen. Wenig später brachen Dora, Emma und Luise auf. »Danke

Oma, es war super!« Vielleicht meinten sie es wirklich – vor allem den Teil des Besuchs, zu dem die Oma am wenigstens beigetragen hatte.

»Wir telefonieren noch vor deiner Abreise«, versicherte sie ihrer nachdenklichen Tochter.

15.

In Sachen Michael war Lennart keine Hilfe. Der Besuch bei ihm war nicht einmal erfreulich, sondern in erster Linie irritierend, doch vielleicht hatte gerade das sein Gutes, es relativierte die Sorgen, die Wolters sich um Michael machte. Er hielt seinen Sohn für weniger töricht als seinen alten Freund.

Anders als töricht konnte er es nicht finden, dass Lennart bereits so kurz nach seiner Trennung von Anngret seine gegenwärtige Flamme wie eine Trophäe vorführte. Lennart hatte immer wieder Affären gehabt, Anngret hatte das Jahrzehnte teils großzügig übersehen, teils schweigend hingenommen, doch jetzt hatte es ihr endgültig gereicht; der Krug war zu lange zum Brunnen gegangen. Unter anderen Umständen wäre die junge Frau, die dem überraschten Wolters mit provozierendem Lächeln die Tür öffnete, nur eine von Lennarts vielen kurzlebigen Affären geblieben.

Sie war Anfang dreißig, mit schulterlangem blondiertem Haar, schlank, langbeinig, üppiger Busen, im kurzen trägerlosen Kleidchen, hauteng, und abenteuerlichen Stilettos. Sie hatte gekocht, wofür Lennart sie wiederholt komplimentierte, indem er jedes Mal, wenn sie einen Gang servierte, demonstrativ seinen Arm um ihr durchaus sehenswertes Hinterteil legte, was sie mit Kichern quittierte. Wolters fand es peinlich, wie die beiden in seiner Gegenwart turtelten. Immerhin war er auch mit Anngret befreundet. Das Essen schmeckte tatsächlich, wenngleich er Lennarts verzückte Kommentare etwas übertrieben fand, vorweg ein bunter Blattsalat mit gehobeltem Parmesan, gefolgt von Rinderfiletstreifen mit Kartoffelcroquetten und Prinzessbohnen, das Dessert frische Himbeeren, likörgetränkt, mit Vanilleeis. Die Konversation blieb eher dürftig. Die junge Frau schien sich vorrangig für Filme zu interessieren, da konnte er nicht mitreden, weil er nie ins Kino ging. Sie fand, was sie gesehen hatte, entweder super oder grottenschlecht, ohne diesen apodiktischen Urteilen Erläuterungen folgen zu lassen.

»Wir werden bald heiraten!«, verkündete Lennart stolz. Wolters konnte nicht fassen, warum sein alter Freund sich so zum Trottel machte: auf der einen Seite seine langjährige Gefährtin Anngret, attraktiv, intelligent, geistreich, auf der anderen diese Puppe, die ihr das Wasser nicht reichen konnte. Lennart war siebenundsechzig, im selben Jahr emeritiert wie er selber, ein kluger Kopf, ein hervorragender Wissenschaftler. War es die pure Eitelkeit, vor anderen noch mal als Gockel zu stolzieren? Waren es die Hormone, die in einem letzten Anlauf verrücktspielten? Erlebte er sich, in ihren Augen gespiegelt, selber verjüngt? War es die Angst vor dem Alleinsein im Alter?

Unangenehm berührt von der Situation, hatte er ebenfalls nur oberflächlich geplaudert. Er war froh, dass Lennarts neue Partnerin sie wenigstens für die anschließende Partie Schach allein ließ. Michaels Eskapade erwähnte er erst gar nicht; Lennart erkundigte sich auch nur halbherzig nach Wolters Lebensumständen, er konnte offenbar zurzeit nur an seine Nicole denken. »Ist sie nicht fantastisch, Rüdiger?«

Lennart war nahezu der Einzige, der Wolters mit seinem wenig geliebten Vornamen anredete. Rüdiger A. Wolters – die Initiale A. hatte er seinem Namen während der Forschungssemester in Baltimore hinzugefügt. In den USA brauchte man so etwas, und anschließend bewies man in Deutschland mit dem abgekürzten zweiten Vornamen sein internationales wissenschaftliches Renommee. Damals hatte er überlegt, ob er nicht den verstümmelten »Arnd« zum zentralen Namen machen solle; Arnd R. Wolters hätte ihm weit besser gefallen als Rüdiger A. Wolters. Doch selbst Sybille nannte ihn nicht mehr Arnd, wie in den Anfängen ihrer Beziehung, sondern – was er mit zwiespältigen Gefühlen quittierte – »Wolti«. Das wusste und hörte zum Glück niemand sonst.

Zu seiner Genugtuung gewann er wenigstens die Partie Schach, meistens verlor er gegen Lennart. Auf dem Nachhauseweg erschien ihm Michaels Geschichte in weit weniger dramatischem Licht. Er würde seinen Sohn von sich aus nicht auf Thyra ansprechen. Michael war, darauf vertraute er, im Kern ein Vernunftmensch, dem Sicherheit viel bedeutete. Beruflich mochte er hier und da zocken, doch privat war er kein Spieler. Er würde seine Ehe nicht nachhaltig gefährden.

Allerdings hatte er ihn allein in der vergangenen Woche zweimal zu Thyra schleichen sehen. Deswegen hielt er nun wieder Abend für Abend Wache beim Fenster. Michael verließ sein Maklerbüro gewöhnlich zwischen 18 und 19 Uhr. Es war lächerlich, aber Wolters konnte sich ab sechs Uhr schlagartig nicht mehr konzentrieren; er musste zumindest den Überblick über das behalten, was da lief. Kostbare Zeit, die ihm von der Arbeit abging. Inzwischen stahl ihm sein Kontrollbedürfnis auch die Mittagspause, in der er sich sonst gern zwanzig Minuten hinlegte – gestern war Michael überraschend gegen 13 Uhr am Haus Nr. 15 aufgetaucht. Die Wohnung seines Vaters streifte er bei seinen Eskapaden nicht mal mit einem schuldbewussten Blick.

Michael in den Fängen von Thyra. Natürlich war sie keine wirkliche Alternative, längst keine junge Frau mehr, fast vierzig, ihre besten Jahre gingen zu Ende, sie hatte mehrere Kinder geboren. Frauen vom Typ Gittes, mit einer weniger aufdringlichen, eher verhaltenen Schönheit alterten weniger schnell.

Blieb also zu hoffen, dass die wieder aufgeflackerte Obsession bei Michael ebenso schnell vorübergehen würde, wie sie gekommen war. So wie damals Wolters' Leidenschaft für die Sandmann, im Nachhinein nur ein kleines Zwischenspiel. Meistens lief es ja so. Man war vorübergehend verblendet, tauchte in eine Phantasiewelt ein, kokettierte mit dem Was-wäre-wenn, und sobald man das ausgekostet hatte, wusste man das eigene Heim, die Ordnung der Ehe noch besser zu schätzen.

Vermutlich hing es mit Thyra zusammen, dass er sich nun schon viel zu lange bei der Figur des Vamps, der Femme fatale aufhielt, die doch eigentlich nur eine Randnotiz in dem Kapitel über die sexuelle Unordnung zu Beginn des 20. Jahrhunderts sein sollte. Ein bloßes Kunstprodukt, eine reine Männerphantasie, an der er sich gleichwohl festbiss, als könne er, indem er sie analytisch dekonstruierte, auch

Thyra entmystifizieren und seinen Sohn vom bösen Zauber dieser Frau befreien.

Die Hitze nahm kein Ende. Das Grün des Parks, den er auf seinen Spätnachmittagsgängen durchquerte, war vergilbt, das Weideland außerhalb der Stadt eine verdurstende Steppe. Die Schulferien hatten begonnen, die Semesterferien dauerten schon länger an. Alle vernünftigen Menschen waren aus der Stadt geflohen, hatten sich in kühlere Gefilde abgesetzt. Nur die Alte gegenüber hockte spätabends auf ihrem Balkon. Und Thyra schien die Hitze nichts anzuhaben.

Die Karrieren sämtlicher namhafter Kurtisanen und Mätressen waren spätestens mit vierzig zu Ende gegangen, da war ihre sexuelle Attraktivität dahin. Nur wenige hatten sich geringfügig länger halten können. Mit Ausnahme der Maintenon vielleicht, die hatte rechtzeitig auf Betschwester umgesattelt und hielt ihren alternden Ludwig statt mit Sex mit der religiösen Knute im Griff, was langfristig wirkungsvoller war. Die bösen Spöttereien der Brüder Goncourt kamen ihm in den Sinn: Wer extreme Sinneslust erleben wolle, fahre mit den Frauen Ende dreißig am besten; das letzte Aufflackern verzweifelter sexueller Gier, wenn sie spürten, dass ihre Anziehungskraft nachließ, mache sie zu den willfährigsten Objekten männlicher Lust; sie nähmen jede Demütigung, jede Misshandlung in Kauf, nur um nicht fallengelassen zu werden.

Möglicherweise hatte sich das heute ein bisschen verschoben, Balzacs »Frau von dreißig Jahren« mochte jetzt die Frau von vierzig sein – oder vielleicht gar fünfzig, bevor sie ins zickige Klimakterium kam? –, doch diese Aufwertung bezog sich bestenfalls auf den sozialen Wert der Frau in den westlichen Gesellschaften, nicht auf ihr physisches Altern. Die Natur war da unerbittlicher.

Dieser Gedanke, fand Wolters, war es durchaus wert, in seine Arbeit Eingang zu finden. Er erinnerte sich an einen Essayband über die großen Kurtisanen, den er Sybille vor Jahrzehnten geschenkt hatte, amüsant geschrieben, nicht im strengen Sinn wissenschaftlich, eher an ein breiteres Publikum gerichtet, aber durchaus sachkundig, auf solidem soziologisch-historischen Fundament. Er sollte dort ein paar Einzelheiten nachschlagen. Sybille hatte die Lektüre damals anregend gefunden; er erinnerte sich an ihre Gespräche darüber, doch der Name des Autors war ihm im Moment entfallen. Er könnte ihn unter dem Stichwort »Kurtisanen« googeln, doch er wollte lieber gleich das Buch selber finden. Sie würde es in ihrem Bücherregal bei der klassischen erotischen Literatur eingeordnet haben.

Während er in ihrem Zimmer vor der Bücherwand stand, fiel ihm ein, dass Sybille bei ihrem Techtelmechtel mit Maurer Anfang vierzig gewesen war. Er rechnete noch einmal nach. Ein unangenehmer Gedanke, den er rasch wieder beiseiteschob. Ihre kleine, aber feine Sammlung literarischer Erotika füllte zwei vollständige Regalbretter. Mehrere Bände Liebeslyrik aus Orient und Okzident, Omar Khayyam und Tausendundeinenacht, eine großartige Anthologie antiker Liebesgeschichten. Es ging von Aretino, Saccetti, Villon, den mittelalterlichen Vagantenliedern über Samuel Pepys' Tagebücher bis zu Anaïs Nin, Sacher-Masoch, Josefine Mutzenbacher und die »Geschichte der O.«. Fast alles Geschenke von ihm, das erfüllte ihn mit einem gewissen Stolz. In den ersten gemeinsamen Jahren hatte er ihr manchmal abends aus einem seiner Lieblinge vorgelesen, aus dem Heptaméron der Margarete von Navarra etwa oder aus Balzacs »Tolldreisten Geschichten«. Auch die Bildbände mit berühmten erotischen Zeichnungen hatte er ihr nach und nach geschenkt. Er nahm erst den Ungerer und dann den Beardsley aus dem Schrank, blätterte eine Weile darin und musste unwillkürlich lächeln, als ihm Erinnerungsbilder kamen, Sybille und er gemeinsam beim abendlichen Wein, wie sie sich über die grotesken Zeichnungen amüsiert hatten.

Der Band mit den Biographien der »Großen Kurtisanen« war da, wo er ihn vermutet hatte; er stand ganz oben außen. Wolters musste sich recken, um ihn herauszuziehen. Ein eingeklemmtes Blatt Papier segelte zu Boden und er bückte sich danach. »Meine geliebte Sybille …« Maurers Handschrift erkannte er nicht gleich, doch der Brief war mit F. unterzeichnet, Felix Maurer. Felix, der Glückliche, der mit seiner Frau geschlafen hatte.

Er stellte sich noch einmal auf Zehenspitzen, griff die Handvoll benachbarter Bücher heraus, fühlte in der Lücke dahinter nach und bekam tatsächlich etwas zu fassen: ein kleines Bündel Briefe und ein Foto. Er ließ sich auf Sybilles Bett fallen. Das Foto zeigte Sybille und Maurer, offenbar auf einem Kinderspielplatz; sie hingen rechts und links an einem Klettergerüst, hielten sich jeweils mit einem Arm fest und winkten einander mit dem anderen Arm zu, lachend. Ein ihm unbekannter Ort. Wer hatte das Foto gemacht? Auf der Rückseite: »Du und ich«, »13. 6. 1993«. Zweiundzwanzig Jahre. Mit den Fingern, schwarz vom Staub des Regals, wischte er den Schweiß von der Stirn, versuchte sich zu erinnern. Die beiden wirkten so unbeschwert, in einem gemeinsamen Universum, in dem es ihn nicht zu geben schien, das traf ihn am meisten. Wo war er zu dieser Zeit gewesen?

Er saß auf der Bettkante, starrte auf den kleinen Stapel Briefe in seiner Hand, mit einer einfachen Kordel umwickelt – wenigstens keine roten Schleifchen! –, und rang nach Luft. Zwölf Briefe, ein paar lose Zettel. Er sollte das nicht lesen. Er brauchte einen Schnaps. Und obwohl es völlig idiotisch war, bei dieser Hitze mitten am Tag Hochprozentiges zu trinken, holte er sich die Flasche Obstler aus dem Eckschrank im Wohnzimmer. Er trank so gut wie nie Schnaps, nur alle Jubeljahre, im Winter, nach schwerem Essen. Wollte er überhaupt wissen, was darin stand? Es war vorbei, lange vorbei! Er sollte das Zeug unbesehen wegwerfen. Er sah Sybille neben sich liegen, hier auf diesem Bett, nach seiner Hand greifen, während sie ihm von dem Verhältnis mit Maurer erzählte, mit dem kleinen bittenden Lächeln: »Damit du nicht schlechter von mir denkst als nötig … Es hatte keine Bedeutung …«

Zu spät. Was einmal ans Tageslicht gekommen ist, kann man nicht ins schwarze Vergessen zurückstopfen. Warum hatte sie die Briefe nicht vernichtet und ihm das erspart? Dass sie sie aufbewahrt hatte, musste doch heißen, dass sie ihr etwas bedeuteten.

»Du hohe Frau«. Im ersten Brief versuchte sich Maurer ziemlich albern in der Minne. »Du spuktest mir vom ersten Augenblick an durch Kopf, Herz und Körper.« Pennälerhaft. Kitsch und Klischee. Schriftliche Liebesbekundungen waren selten hohe Literatur, waren eigentlich immer nur peinlich – für alle, außer für die Verfasser und die Empfänger beiderlei Geschlechts, und selbst für die im Nachhinein beschämend.

»Seit unserem Waldspaziergang …« – wann, zum Teufel, war er mit Sybille durch welchen Wald gegangen? – »hast du ein Netz um mich gesponnen.« »Mir wird heiß und kalt, wenn ich an deine Hand auf … denke.« Er mühte sich hektisch herauszufinden, wo ihre Hand gelegen hatte, konnte aber das Wort nicht entziffern, die Tinte war verschmiert. Richtige Briefe, mit schwarzer Tinte, nicht etwa Kuli! »Mein Gefühlsleben war verschüttet, in den vielen Jahren, in denen nichts als die Arbeit zählte …« Ja, das war Maurer: verklemmt, manieriert, gekünstelt! »Seltsames Gefühlsgemisch aus überschäumendem Glück und schlechtem Gewissen deinem Mann gegenüber, den ich respektiere und schätze …« Wie er heuchelte, dieser Opportunist und Karrierist! Hatte sie ihm das etwa abgenommen? »Angst, dass wir entdeckt werden …« Hoffentlich, du Ratte! »Ich bin ein Hin- und Hergerissener, aber ich seufze vor Seligkeit … das brennende Verlangen, dich wieder im Arm zu halten, von oben bis unten abzuschlecken.« In den ersten Briefen überwogen die Seelenergüsse, dann rutschte er ab in billigste Pornographie. »Einen langen Kuss, spiralig, klebrig und feucht auf deine klebrigsten und feuchtesten Hügel und Schluchten.« Der ganze Mann war klebrig, ein sabbernder verdruckster Schleimer. »Ich will deinen göttlichen Hintern kneten, bis du schreist, und dann die blauen Flecken küssen.« Musste er sich das antun? Seine schöne kühle spröde Sybille. »Ich habe mich heute, als dein Brief kam, im Angesicht der Berge vor meiner Hütte auf 2700 m Höhe dir zu Ehren selbst befriedigt. Eine große Portion Frühlingssaft quoll aus meinem Zauberstab.« Wie hatte seine ästhetisch anspruchsvolle Frau das bloß ertragen?

Hatte er ihr jemals ähnliche Briefe geschrieben? Wohl kaum. Nun waren sie in der Zeit seiner Werbung auch nicht räumlich getrennt gewesen, so dass Vergleichbares, falls überhaupt, eher mündlich geäußert wurde. Er konnte sich nicht erinnern.

Dann stieß er auf den schlimmsten Satz: »Halte es weiter so: mit ihm die Theorie, mit mir die Praxis.« Das landete wie ein Fausthieb in seiner Magengrube. Wie teuflisch gemein. Zumal er ihre Antworten nie erfahren würde. Was hatte sie ihm anvertraut, versprochen, erklärt, bekannt, über ihre Ehe und ihn, ihren Mann?

Zwölf Briefe, die das Gesicht seiner Frau schlagartig ins Fratzenhafte verzerrten. Er nahm die Blätter, knüllte sie und warf sie nebenan, eines nach dem anderen, ins Klo. Nach jeweils drei Blatt zog er ab – er fürchtete die Verstopfung. Fehlte noch, dass er Maurers wegen bis zu den Ellenbogen in der Kloake rühren musste!

Er wäre jetzt gern gelaufen, stundenlang, bis zur Erschöpfung, um die Bilder aus dem Kopf und den üblen Geschmack aus dem Mund zu bekommen. Doch die schwüle

Luft im Raum drückte ihn buchstäblich nieder, er empfand ein ungewohntes Schwächegefühl. Immer noch 35 Grad im Schatten, sagte das Thermometer vor dem Fenster. Er fühlte sich wie betäubt, mit unendlich schweren Gliedern, als habe er keine Gewalt mehr über seinen Körper. Der Obstler auf den leeren Magen machte sich bei dieser Hitze massiv bemerkbar. Er würde es kaum auf die Straße schaffen und da draußen gleich einen Kreislaufkollaps bekommen.

So half nur eines: weiter trinken, bis er nichts mehr denken musste. Sybille streckte den Arm nach ihm aus, flüsterte beschwörend: »Es ist lange her und hat keine Bedeutung. Das Einzige, was zählt, sind unsere gemeinsamen guten Tage.« Er schüttelte ihre Hand ab.

Auf einmal empfand er eine starke körperliche Sehnsucht nach Lili, seiner Hündin. Sie hätte seine Stimmung sofort erfasst, hätte sich jetzt an ihn geschmiegt, ihren Kopf auf sein Knie gelegt, ihn mit ihren guten braunen Augen angeschaut, seine Hand geleckt und ihn nach Kräften getröstet. Er wollte raus aus diesem Zimmer, weg von Sybille, doch er kam nicht mehr von der Bettkante hoch. Also blieb er sitzen, wo er war, füllte mit zittriger Hand noch einmal und noch einmal das Schnapsglas, trank danach direkt aus der Flasche, bis er sich lang hinstrecken musste. Nicht mal die Schuhe streifte er ab. Ihm war, als hielte er Lili im Arm, am Tag, als sie die Todesspritze bekam; das Zittern, das durch ihren Körper ging, bevor sie aufhörte zu atmen, durchzog auch ihn. Er weinte.

16.

Dora rief kurz nach dem turbulenten Wochenende an, noch immer aufgewühlt – oder wieder, ihre Stimme zitterte.

»Mutter, weißt du, dass Markus und Rieke sich trennen wollen?« Sie schluchzte fast.

Irene zögerte. Sie hatte sich bisher strikt an Markus' Schweigegebot gehalten. »Wer sagt denn das?«, fragte sie vorsichtig zurück.

»Jessica hat es mir erzählt. Ich habe gerade angerufen, um zu fragen, ob sie schon was für die Ferien geplant hat, ob sie vielleicht Lust hat, mit nach Dänemark zu fahren.« Jessica, deretwegen die Eltern ihre Scheidungsabsichten geheim hielten! »Sie hat die beiden belauscht, als sie sich stritten. Sie will mit uns kommen, weil es zu Hause ätzend sei. Ihre Worte.« Irene bemühte sich wider besseres Wissen, die Sache herunterzuspielen. Vielleicht habe Jessica da etwas falsch verstanden. Bei einem Streit sage man schon mal Dinge, die man nicht so meine. »Wir wollen den Teufel nicht gleich an die Wand malen.«

Warum diese verlogene Beschwichtigungsaktion? Weil sie Dora schonen wollte. Weil sie wusste, dass deren Ängste um ihre eigene Ehe um ein Vielfaches zunehmen würden, wenn sie herausfände, wie locker, geradezu beiläufig ihr Bruder seine hinter sich zu lassen gedachte. Scheidung ist ansteckend.

»Hast du was von Andreas gehört?«, fragte sie, um abzulenken. Doch das war eindeutig keine gute Idee, denn Andreas war weiterhin abgetaucht, und Dora begann prompt zu weinen.

Irene versuchte sie aufzumuntern, sie solle sich doch jetzt erst einmal auf Dänemark freuen. Eine Krise sei immer auch eine Chance, könne dazu führen, dass sie noch mal neu aufeinander zugingen. Wenn sie aus dem Urlaub zurückkäme, sehe sicher alles ganz anders aus. Wenn diese grauenhafte Hitze erst einmal vorüber ist, bei der die Menschen samt und sonders verrücktspielen, dachte sie, als sie das Telefon an seinen Platz zurückstellte und sich schwer atmend durch die abgedunkelte Wohnung zum Sofa schleppte. Sie konnte sich selber nicht genug darüber wundern, dass sie, was ihre Kinder betraf, so anders fühlte als bei Thyra. Deren unbekümmerte Art zu leben faszinierte sie, sie fand ihre Radikalität bewundernswert – doch für Markus und vor allem für Dora wünschte sie sich Kompromisse und harmonische Beziehungen. Sie wollte nicht, dass Dora und Andreas auseinandergingen. Dora würde ein Leben als alleinerziehende Mutter nicht gut bekommen, sie würde noch härter und selbstgerechter werden. Und wenn Markus und Rieke sich schon trennen mussten, dann würde das hoffentlich so abgeklärt und erwachsen vor sich gehen, wie er angedeutet hatte. Doch sie traute ihrem Sohn nicht. Er neigte dazu, sich die Dinge schönzureden.

Sie atmete auf, als Dora drei Tage später mit den Kindern abgereist war, ohne ihren Bruder vorher zur Rede zu stellen. Sicher hatte Jessica sie gebeten, sich zurückzuhalten.

Endlich konnte nun der Besuch der Freundinnen bei Gundi stattfinden, den sie wieder und wieder aufgeschoben hatten, weil es ihr nicht besonders gut ging. Wahrscheinlich hatte sie keinen bloßen Kreislaufkollaps, sondern einen kleinen Schlaganfall erlitten, wusste Lore von Gundis Tochter. Sie trafen sich schon um neun Uhr morgens im Foyer des Krankenhauses, das zum Glück klimatisiert war. Doch in Gundis Krankenzimmer stand die Hitze. Sie lag weiß und voluminös im Bett am Fenster, das nicht geöffnet werden durfte, in einem pinkfarbenen Nachthemd, und lächelte ihnen tapfer entgegen. Sie redete langsam, akzentuiert und leiser als sonst, bemüht zu zeigen, dass sie sich nicht unterkriegen lassen wollte. »Man hat hier keine ruhige Minute, sie prügeln einen gleich aus dem Bett, ständig steht jemand neben dir und zwingt dich, absonderliche Gymnastikübungen zu machen – bei der Hitze!« Der lange Satz strengte sie sichtbar an, und das Lachen, das folgte, war nur ein schwaches Echo ihres gewohnt dröhnenden Gelächters, aber immerhin noch so laut, dass die Frau im Nebenbett sich die Kopfhörer von den Ohren riss und verwirrt herüberschaute. Sie lachten gemeinsam mit Gundi und tätschelten ihre linke Hand, die sich seltsam schlaff anfühlte.

Anschließend tauschten sie in der Krankenhauscafeteria, in der erträgliche Temperaturen herrschten, ihre Eindrücke aus. »Hoffentlich wird das wieder.« Lore war skeptisch, fand es allerdings beruhigend, dass Gundis Tochter sich sehr um die Mutter kümmere. Biba, optimistischer, berichtete von zwei Bekannten, bei denen es unmittelbar nach dem Schlaganfall viel schlechter ausgesehen habe, die inzwischen aber weitgehend wieder hergestellt seien. »Doch unseren Fußpflegekaffeeklatsch können wir erst mal vergessen – für ihre Praxis braucht sie zwei gesunde, kräftige Hände.«

Die Cafeteria war am frühen Vormittag nur spärlich besucht. Niemand saß draußen auf der Terrasse, wo die Sonne auf die weißen Tische und Stühle unter den rotweiß gestreiften Sonnenschirmen niederbrannte, und die Grünanlage, in der gewöhnlich zu jeder Tageszeit Rekonvaleszenten herumspazierten, lag wie ausgestorben. »Dass die den Rasen noch sprengen! Bei der Wasserknappheit!«, empörte sich Biba. Es sei der heißeste Sommer seit 2003, berichtete Lore. Seit 1976, hatte Irene im Radio gehört. Seit Beginn der Wetteraufzeichnungen, trumpfte Biba. »Was haben wir letztes Jahr um diese Zeit für schöne Dinge unternommen«, klagte sie dann, »erinnert ihr euch an die drei Tage auf dem Rheindampfer? Und jetzt tun wir nichts als zu Hause herumhocken und darauf warten, dass diese qualvolle Hitze endlich vorüber ist!«

Ob Irene Gundis wegen so bedrückt sei, wollte die aufmerksame Lore wissen. Irene erzählte von den Eheproblemen ihrer Kinder. »Bis vor kurzem schien bei beiden Paaren noch alles in Ordnung – und auf einen Schlag erfahre ich, dass Markus sich von seiner Frau trennen will und dass Doras Mann die Flucht ergriffen hat –, ich hoffe inständig, dass es nur vorübergehend ist und Dora es als Warnschuss begreift.«

»Wenn es um die Ehen der Kinder geht, kann man sich nur raushalten«, sagte Biba.

»Neuerdings denke ich manchmal, dass ich meinen Mann schon vor zwanzig Jahren hätte verlassen sollen«, sagte

Irene. »Aber bei den Kindern will ich keine Trennungsdramen.«

»Ach, weißt du«, tröstete Biba »wenn die Scheidungen erst mal durch sind und ein paar Jahre vergangen, werden vielleicht alle Beteiligten hochzufrieden sein.« Sie war die Expertin, selber lange geschieden, Mutter dreier Kinder, von denen bereits zwei in zweiter Ehe lebten.

»Unsinn!« Lore widersprach vehement. »Ich finde es ziemlich problematisch, dass sie heute immer gleich alles hinwerfen.« Irene müsse Dora klarmachen, dass das Alleinleben mit zwei Kindern kein Spaziergang sei. Biba mahnte zum Aufbruch, obwohl Irene gern noch weiter geredet hätte. Doch sie wollten alle vor der schlimmsten Hitze zu Hause sein. Es waren wieder 38 Grad angesagt.

Irene verdämmerte auch diesen Nachmittag. Sie überlegte lange, ob sie Markus anrufen und ihm mitteilen sollte, dass Jessica längst über seine und Riekes Pläne im Bilde sei. Doch sie entschied sich dagegen. Die beiden würden sich vermutlich mehr zusammennehmen, wenn sie nichts davon wüssten. Mittags aß sie erst eine große Portion Früchtequark, danach eine doppelt so große Portion Eis. Kein Wunder, dass sie nicht abnahm, obwohl dieses Wetter es einem eigentlich leicht machen müsste. Als sie sich gegen sieben vom Sofa aufrappelte, um eine Fertig-Lasagne in den Backofen zu schieben, hämmerte Thyra gegen die Wohnungstür. »Kannst du mir kurz Asyl gewähren? Da klingelt jemand bei mir, den ich nicht reinlassen will.« Irene sah sie erstaunt an. Einen Augenblick standen sie lauschend auf dem Treppenabsatz. Im Haus war es ungewöhnlich ruhig, die Parteien vom zweiten und dritten Stock waren in Urlaub. Im Erdgeschoss schellte es laut, anhaltend. Kurze Pause. Dann noch einmal, länger. Wieder Stille.

»Ich freue mich, wenn du mir Gesellschaft leistest«, sagte Irene, »aber es scheint doch, als hätte der Jemand jetzt begriffen, dass du nicht da bist oder nicht aufmachen willst.« Thyra sagte: »Das ist einer, der nicht so leicht aufgibt. Er wird in spätestens einer halben Stunde wieder da sein und keine Ruhe geben. Hast du ein Glas Wein für mich?« »Gern.« Thyra steuerte ohne Umstände ihren Balkon an. »Von hier aus kann ich die Straße überblicken.«

Irene wunderte sich. Sie schätzte Thyra als eine Frau ein, die sich unerbetene Freier vom Leib halten konnte. »Ich wollte heute Abend endlich mal wieder richtig arbeiten. Timo ist bei seinem Vater, und Jurek habe ich für ein paar Tage bei Henning geparkt, weil ich dringend einen Auftrag fertig machen muss, Angelo, mein Partner, steht mir schon auf den Füßen. Ist nicht so einfach, während der Ferien mit den Kindern.«

»Warum sagst du ihm nicht, dass du keine Zeit hast?«

Thyra zuckte die Achseln. Sie lehnte mit ihrem Glas am Balkongeländer und redete übergangslos vom Ausflug mit den Kindern aufs Land; Emma und Luise seien nette Mädchen, allerdings ein bisschen zu dressiert für ihren Geschmack. Sie wirkte unruhig.

»Willst du dich nicht setzen?«

Simon plane, ein Haus zu kaufen, fing sie plötzlich wieder an, er habe ihr Platz für ein eigenes Büro und maximale Unabhängigkeit versprochen, wenn sie mit Timo zu ihm zurückkehre. Sie ließ sich auf einen Stuhl fallen, ohne den Blick von der Straße zu wenden. Auch Henning liege ihr unaufhörlich in den Ohren. Er meinte, sie könne ihrem Beruf genau so gut oder sogar noch besser vom Wildwasserhof aus nachgehen, weil es dort mit Jurek und Timo einfacher sei; er erwarte gar nicht, dass sie sich um den Hof kümmere, das würde er schon allein stemmen, das schaffe er ja jetzt auch. Mit ihren beiden Einkommen könnten sie sogar eine Hilfe bezahlen. »Mein Bruder Sven ist auf Hennings Seite, er stößt ins gleiche Horn. Wenn nicht als Liebespaar, dann geht es ja immer noch als Wohngemeinschaft, sagt er.«

Irene schwieg; ihr war klar, dass Thyra eine Art Selbstgespräch führte und Ratschläge nicht erwünscht waren.

»Sie lassen mich einfach nicht in Frieden, gerade jetzt, wo ich endlich eine gute Balance für mich gefunden habe. Sie wollen alle miteinander nicht akzeptieren, dass ich einfach nur allein sein möchte. Dass ich leben will, wie es mir passt.«

Irene glaubte sie zu verstehen. Sie genoss das Alleinleben ja selber, zum ersten Mal in ihrem Leben, in der Freiheit des Alters. Sie verbot sich, nach dem mysteriösen Besucher zu fragen, der vorhin unten geklingelt hatte. Thyra würde, wenn sie es wollte, von sich aus auf ihn zu sprechen kommen. Oder auch nicht.

»Für Henning wie Simon wäre es leichter zu kapieren, wenn ich einen neuen Lover hätte.« Es entstand eine Pause, in der sie gedankenverloren auf die Straße starrte. Irene musterte aus alter Gewohnheit die Fassade des Jugendstilhauses gegenüber, und tatsächlich war der alte Mann wieder auf seinem Beobachtungsposten; sie sah kurz etwas hinter den dunklen Fensterscheiben aufblitzen. Empört machte sie Thyra auf ihn aufmerksam. »Weißt du eigentlich, dass uns einer von da drüben, aus dem zweiten Stock, ständig beobachtet? Sogar mit dem Fernglas?« »Notgeiler alter Sack«, kommentierte Thyra wegwerfend, sie streckte Irene ihr Weinglas zum Nachfüllen hin. Der Stalker schien sie nicht sonderlich zu interessieren, sie war mit anderen Problemen beschäftigt.

»Möglicherweise habe ich eine Dummheit gemacht.«

Erneut gab es eine längere Pause. »Ich habe seit einiger Zeit wieder Kontakt zu meinem ersten Freund.« Dann erzählte sie, etwas kleinlaut: Um Simon und Henning auf Distanz zu halten, habe sie noch mal mit Michael geschlafen, als der plötzlich aus der Versenkung auftauchte. Michael sei Immobilienmakler, verheiratet, mit einem kleinen Sohn, und lebe in guten Verhältnissen. Sie war eigentlich nur von einem kleinen Seitensprung ausgegangen, der seine Funktion erfüllt haben würde, so bald Henning und Simon ihn zur Kenntnis genommen hätten.

Irene begann es zu dämmern: »War das Michael eben an deiner Tür?«

Sie nickte finster. »Jetzt rückt der auch ständig an. Dabei hatte ich ganz klargemacht, dass ich nichts Kontinuierliches oder gar Verbindliches will. Ich muss schließlich auch mal arbeiten. Der Tag hat nur vierundzwanzig Stunden.«

Irene verstand, dass etwas aus dem Ruder gelaufen war, und gab einen mitfühlenden Ton von sich. Thyra machte eine wegwerfende Bewegung. »Alles halb so wild.« Offenbar bedauerte sie schon, Irene davon erzählt zu haben.

Ein misstönendes Palaver auf der Straße zerriss die Stille. Irene und Thyra reckten gleichzeitig die Köpfe über die Blumenkästen. Ein Paar schwankte umschlungen mitten auf der Fahrbahn, wahrscheinlich kamen sie direkt aus der Eckkneipe, betrunkene überlaute Stimmen, man konnte trotzdem nicht verstehen, was sie sagten. Er hatte den Arm um ihre Schulter gelegt, den sie zwei-, dreimal halbherzig wegstupste. Sie bewegten sich in Schlangenlinie. Die Frau jammerte, schimpfte, versuchte, sich freizumachen.

»Müssten wir uns nicht kümmern?«, flüsterte Irene.

»Ich glaube, die weiß nicht, was sie will …«, sagte Thyra.

Die Frau stolperte allein ein paar Schritte weiter, sackte dann auf der Straße zusammen. Er bückte sich, versuchte sie hochzuziehen, sie schlang die Arme um ihn, wobei sie ihn fast zu Boden riss. Es gelang ihm, sie aufzurichten, er stieß sie und schob sie die Fahrbahn entlang, und so ging es noch hundert Meter weiter, bis sie endlich in dem Haus neben der Baustelle verschwanden.

»Grässlich«, sagte Irene.

»Ein Wunder, dass sie die Tür aufgekriegt haben«, sagte Thyra.

Während ihre Aufmerksamkeit noch von dem seltsamen Pärchen gefesselt war, parkte gegenüber ein roter BMW, und ein Mann eilte im Laufschritt über die Straße, auf ihr Haus zu. Thyra seufzte. »Ich habe es dir ja gesagt: Michael zum Zweiten. Ich gehe jetzt wohl doch mal runter und rede mit ihm.«

Schade. Irene hatte sich inzwischen auf einen weiteren Plauderabend eingestellt. Stattdessen blieb sie allein auf dem Balkon zurück, trank ihren Wein und sah zu, wie die Kerze herunterbrannte, die Flamme bewegte sich kaum. Es war sehr still. Der rote BMW stand noch immer an der Straße, als sie gegen eins zu Bett ging.

17.

Er ertrug keinen Schlafanzug, weg mit dem Bettlaken, das an seinem nackten Körper klebte. Er schwitzte, wälzte sich, dachte an Sybille. Dass ein Mensch, mit dem man vierzig Jahre zusammengelebt hat, einem plötzlich so erschreckend fremd werden kann! Mit Maurer auf einem Kinderspielplatz, in einem Klettergerüst, auf der Schaukel und was sonst noch alles. Für ihn das Theoretisieren über die Sexualität, die Umsetzung in die Praxis mit Maurer. Er hatte aufgehört, in seinem Kopf Zwiesprache mit Sybille zu halten. Er ging auch nicht mehr zum Friedhof.

Doch er musste unaufhörlich an sie denken. Er sah sie vor sich, wie sie gewesen war, als er sich in sie verliebt hatte. Eine kühle Schöne, scheinbar unerreichbar. Kennengelernt hatte er sie auf einem Verbindungsball, am Ende seines vierten Semesters. Er war kein Verbindungsstudent, im Gegenteil, das patriotische Säbelrasseln und die veralteten Männlichkeitsrituale stießen ihn ab. Zu diesem offenen Abend hatte er sich ausnahmsweise von einem farbentragenden Freund überreden lassen. Da war er noch ein gehemmter junger Mann aus katholisch-kleinbürgerlichem Elternhaus, der bis dato gerade einmal mit drei Frauen geschlafen hatte, zwei Gelegenheitsbekanntschaften, One-Night-Stands, die man damals noch nicht so nannte, das dritte ein über wenige Wochen verschämt geführtes Verhältnis, das er sofort für Sybille fallenließ. Sie war die Tochter eines Chefarztes, Studentin der Kunstgeschichte, drei Jahre älter als er, sozial gewandt, von vielen umworben, die mehr zu bieten hatten als er. Später hatte er sich manchmal gewundert, warum sie sich zuletzt für ihn entschieden hatte. War es die zähe Ausdauer, mit der er ihr den Hof machte? Er hatte sich einfach nicht abwimmeln lassen, obwohl sie ihm mehrmals zwischendurch die kalte Schulter gezeigt und sich demonstrativ anderen zugewendet hatte, während der langen Jahre seines Werbens, Oder war es sein brennender Ehrgeiz, der ihm als sozialem Aufsteiger eine vielversprechende Karriere verhieß? Ein berauschender Liebhaber war er gewiss nicht, als sie endlich zum ersten Mal mit ihm schlief. Da war er gerade wissenschaftlicher Assistent am Soziologischen Institut geworden, und sie hatten sich offiziell miteinander verlobt.

Er wälzte sich auf den Bettrand, ging zur Toilette, fühlte sich so klebrig am ganzen Körper, dass er beschloss, eine Dusche zu nehmen. Das Wasser kam lauwarm statt kalt aus dem Brausekopf. Er sollte die Bettwäsche wechseln, war aber zu träge dafür; sie würde ohnehin in kürzester Zeit wieder nass geschwitzt sein.

Es war offenkundig, dass Michael ihm auswich, seit Wochen, seit er auf der anderen Straßenseite ein und aus ging. Hatte er nicht mit Gitte und Paulchen in den Sommerferien an die Nordsee fahren wollen? Hing er Thyras wegen noch immer in der Stadt herum?

Die Dusche hatte ihm kaum Abkühlung verschafft. Er schlurfte in die Küche, um ein Glas Wasser zu trinken. Tatsächlich hatte er Michael zuletzt an dem Abend gesehen, an dem er ihm von Thyra erzählte. Seither keine Einladung zum Sonntagmittagessen der Familie, geschweige denn ein

Zweiertreff. Nicht mal ein Anruf. Dabei hatte er bei dieser Begegnung eine gute, selbstverständliche Nähe zwischen ihnen beiden empfunden. Dass er sich so täuschen konnte.

Er starrte in den Kühlschrank. Was könnte man essen? Kein Hunger. Stattdessen goss er sich, nachdem er das Glas Leitungswasser heruntergekippt hatte, einen kühlen Weißwein ein.

Michael war immer ein Muttersöhnchen gewesen, hatte zu ihm vorsichtige Distanz gehalten. Vielleicht weil er fühlte, dass sein Vater von ihm enttäuscht war. Kein besonders guter Schüler, keine ausgeprägte Begabung in irgendeine Richtung. Er hatte ein paar Kumpel, spielte Fußball, ging häufig ins Kino, zupfte ein bisschen an der Gitarre. Ohne Enthusiasmus für irgendetwas, kein Ehrgeiz, keine klaren Zukunftsvorstellungen. Sybille allerdings, sonst ziemlich kritisch in ihrem Urteil, fand alles, was ihr Sohn machte, großartig. Michael wiederum vergötterte seine Mutter. Seine enge Beziehung zu Sybille lockerte sich erst, als Thyra auf den Plan trat. Damals war er zu Hause ausgezogen, nach der Trennung von Thyra hatte er sein Studium hingeworfen, und Wolters Beziehung zu ihm war zwei, drei Jahre auf dem Nullpunkt. Sie hatte sich erst oberflächlich wieder hergestellt, als Michael Gitte heiratete. Wolters war dankbar dafür gewesen, dass der Schmerz um Sybille in der Zeit ihrer Krankheit und nach ihrem Tod ihn und Michael enger zusammengeführt hatte. Doch nun drifteten sie wieder auseinander.

»Stadtflucht im Jahrhundertsommer! Wer kann verlässt die Wüste der Städte.« Auf dem Küchentisch lag die ungelesene Zeitung von gestern. Warum war er nicht längst auf dem Land. Das war doch seit Wochen nur ein Aussitzen der glutheißen Tage, an geregelte Arbeit war nicht zu denken! Er wechselte ins Studierzimmer, ließ sich nackt am Schreibtisch nieder und recherchierte im Internet. Ein kleines Hotel, besser noch eine Ferienwohnung, damit einem die anderen Gäste nicht auf den Geist gingen. Deutsche Mittelgebirge, Eifel oder Harz, das Fichtelgebirge, der Bayerische Wald, nur ja nicht ans Meer, dort trat sich zurzeit halb Deutschland gegenseitig auf die Füße. Nach zehn Minuten gab er die Suche wieder auf. Er würde die Energie nicht aufbringen, alle für seine Arbeit wichtigen Unterlagen zusammenzustellen. Kaum hätte er anderswo seine Papiere ausgepackt, würde er feststellen, dass die Hälfte fehlte. Alles umsonst, das bisschen Elan verpufft. Es half nichts, er funktionierte falls überhaupt nur am heimischen Schreibtisch, er musste hier ausharren bis zum Ende der Hitzewelle. Sie würde doch wohl kaum über die zweite, dritte Augustwoche hinaus dauern, da änderte sich die Großwetterlage meistens.

Er wünschte sich, wieder so in die Arbeit versinken zu können, dass er an nichts anderes denken musste. Der beste, befriedigendste Zustand überhaupt. Doch das Chaos, das sich vor ihm auf dem Schreibtisch ausbreitete, entsprach dem Chaos in seinem Kopf. Wie sollte er die überbordende Stofffülle des Kapitels über die sexuelle Revolution organisieren? Drei oder vier zentrale Entwicklungen mussten herausgehoben werden. Punkt eins: Das Recht auf sexuelle Betätigung hatte sich auf Randgruppen und Minderheiten ausgedehnt, die vormals davon ausgeschlossen waren, namentlich sehr junge und alte Menschen, Schwule und Lesben, Behinderte, Gefängnisinsassen und so weiter. Er hatte den jungen Doktoranden Maurer, als der an sein Institut kam, anfangs für schwul gehalten, fiel ihm wieder ein, weil der so weich wirkte, leicht gekünstelt, irgendwie unmännlich, auch hatte er ganz offensichtlich keine Freundin. Dass er sich so hatte täuschen können! Dass Sybille dieser Typ Mann gefiel!

Er starrte auf seine Notizen. Zurück zur Gliederung. Punkt zwei: Die sexuelle Revolution hatte die geschlechtsspezifische Doppelmoral in Frage gestellt und würde sie nach und nach ganz verschwinden lassen. Trotz seiner katholischen Sozialisation hatte ihn nie gestört, dass Sybille mit mehreren ihrer Verehrer geschlafen hatte, bevor sie ihn erhörte, was sie ihm beiläufig, gewissermaßen pauschal mitteilte, als sie sich verlobten, damals unerhört für eine junge Frau aus gutem Haus. Im Gegenteil, sie war ihm dadurch noch reizvoller erschienen. Das mit Maurer war etwas völlig anderes.

Es half nichts, er schob den Notizenstapel mit dem Arm beiseite, er konnte sich nicht auf das Manuskript konzentrieren. Er war zu müde, und zu viel ging ihm durch den Kopf.

Anfangs hatte er Sybille gegenüber wegen seiner kleinbürgerlichen Herkunft Minderwertigkeitskomplexe. Dabei hätte er sich nicht schämen müssen. Sein Großvater mütterlicherseits war immerhin Großgrundbesitzer in Ostpreußen gewesen, ein richtiger Junker auf einem großen

Gutshof. Aber sie waren als bettelarme Flüchtlinge nach Westdeutschland gekommen, und sein Vater hatte es, nach einem wegen des Kriegs abgebrochenen Studium, nach dem Dienst in der Wehrmacht und langer Kriegsgefangenschaft nur bis zum Verkaufsleiter eines Bettengeschäfts gebracht. Sybilles Vater stand als Chirurg an der Spitze einer angesehenen Privatklinik. Seine Eltern waren stolz auf ihr Arbeiterhäuschen mit Hinterhof, wo während seiner Schulzeit Hühner pickten und neben dem Plumpsklo ein Schwein im Koben grunzte. Wohnzimmer und Küche unten, zwei winzige Zimmer im ersten Stock; im ausgebauten Dachboden, wo direkt nach dem Krieg die verwitwete Großmutter und eine Tante gehaust hatten, logierte er noch als Student. Er hatte sich lange nicht getraut, Sybille dorthin mitzunehmen.

Bis dahin war er längst mehrmals bei ihr zu Hause gewesen, in der Villa im besten Vorort. Als sie ihn ihren Eltern vorstellte, saß die Mutter im weitläufigen Wohnzimmer am Flügel, der Vater inspizierte seine Sammlung silberner Zigarettenetuis in einer gläsernen Vitrine und sagte, ohne aufzuschauen: »Das ist also der begabte junge Mann, von dem jetzt so oft die Rede ist.« Die beiden gaben sich eine Spur zu leutselig, während die Hausangestellte Kanapees servierte.

Als er sie zum ersten Mal mit zu seinen Eltern nahm, zog sich seine Mutter an der Haustür die Küchenschürze aus, nachdem sie sich rasch die Hände daran abgewischt hatte und sagte strahlend: »Willkommen, Fräulein von Saalfeld!« Im ganzen Haus roch es nach Schweinebraten und Rotkohl, denn sie hatte es sich nicht nehmen lassen, für die Verlobte des Sohns das Sonntagsessen auf den Tisch zu bringen. Sein Vater fragte mit bestürzender Direktheit: »Aber was wollen Sie denn mit der Kunstgeschichte einmal beruflich anfangen?«, wofür Wolters sich fast mehr schämte als für das von der Hitze der Küche gerötete Gesicht seiner Mutter.

Sein Vater wusste sehr wohl, dass sich Frauen in den Kreisen der von Saalfelds so verheirateten, dass sie keinem Beruf nachgehen mussten. Er wäre sicher stolz gewesen, wenn er den einzigen Sohn noch als Universitätsprofessor hätte erleben können. Doch er war gestorben, kurz nachdem Wolters die Stelle als wissenschaftlicher Assistent am neu gegründeten Institut für empirische Sexualwissenschaft angetreten hatte, was der Vater eher als peinlich empfand. Bereits die Soziologie war für ihn ein nebulöses Fach – warum nicht etwas Seriöses wie Medizin, Jura oder wenigstens Ingenieurwissenschaften? Mit einem Sohn, der sich beruflich mit dem Unaussprechlichen befasste, konnte man am Ende nicht bei Verwandten und Bekannten punkten, selbst wenn er an der Universität angestellt war.

Wolters verließ den Platz am Schreibtisch, holte sich in der Küche ein zweites Glas Wein, von dem er sich die nötige Bettschwere erhoffte, und trug es hinüber ins Wohnzimmer. Um drei Uhr nachts dauerte die Tagesschau im Ersten nur zwei Minuten; bei RTL gab es ausführlichere Nachrichten. Er hasste die platte Sensationsmache der Privaten. Dennoch ließ er sich, nackt wie er war, in seinen Fernsehsessel fallen.

Was hatte Sybille damals an ihm gefunden? »Ich mag

deine Ernsthaftigkeit«, hatte sie manchmal gesagt, »du interessierst dich wirklich für die Dinge, über die du forschst. Du bist nicht an Äußerlichkeiten interessiert.« Und warum dann Maurer, der zwar blitzgescheit war, aber sein Fähnchen nach dem Wind drehte?

Er fand das vertraute Bild von ihr nicht wieder in seinen Erinnerungen. Das tat fast physisch weh. Er dachte übergangslos an Lili, seine Hündin, die immer sogleich herangetrottet war, wenn er im Fernsehsessel Platz nahm. Sie hörte das leise Knacken des Stuhls von ihrem Korb in der Diele aus, schob die nur angelehnte Wohnzimmertür mit der Schnauze auf, zockelte heran, drückte sich gegen seine Beine, legte ihren Kopf auf seine Knie, darauf wartend, dass er sie streichelte. Er vermisste sie so sehr.

Ob er sich noch einmal einen Hund anschaffen sollte? Paulchen, dem seine Mutter Haustiere kategorisch verweigerte, würde in Jubel ausbrechen. Ihn bestimmt öfter besuchen, den Hund ausführen wollen, er würde über so ein Tier vielleicht mehr Zugang zu seinem Enkel finden. Doch Lili war etwas Besonderes gewesen. Unersetzlich.

In den RTL-Nachrichten die üblichen Morde, Naturkatastrophen. Aus einem renommierten Museum war ein wertvolles Bild gestohlen worden, das eine zierliche Rothaarige hoch zu Ross zeigte. Sofort fiel ihm Thyra ein. Laut Fließtext hieß das Bild »Die Büste der Reiterin«, Wolters las »Die Brüste der Rentnerin«. Er rieb sich die müden Augen, gähnte, dachte an die Alte gegenüber. Offenbar gab es Menschen, denen es reichte, einfach nur so vor sich hin zu leben. Die keinen substantiellen Inhalt mehr brauchten, keine Ziele, keine Partnerschaft oder Liebe. Das Leder des Sessels klebte unangenehm an Hintern und Beinen. Warum hatte er kein Handtuch untergelegt? Sex-Skandale, Schlägerei in einem Flüchtlingsheim. Er ertrug es nicht, er konnte sich das nicht zu Ende anschauen. Stand auf, bezog wieder seinen Beobachtungsposten im dunklen Studierzimmer, nackter Mann am Fenster, die menschenleere Straße im fahlen Licht der großen Bogenlaternen.

Thyra Hamanns Wohnung lag dunkel, die Fenster zur Straße standen sämtlich offen, nicht ganz ohne Risiko bei einer Wohnung im Hochparterre. Ein sportlicher junger Mensch konnte leicht mit einem Klimmzug auf ihren Balkon gelangen. Wolters war sich sicher, dass Thyra es darauf anlegte, ihn zu provozieren, wenn sie frühmorgens hinter ihren weit geöffneten Fenstern nackt durch die Wohnung tänzelte. Bestimmt wusste sie, dass er sie beobachtete. Manchmal trug sie das Baby auf dem Arm, schien ihm vorzusingen, wiegte es hin und her. Stillte sie eigentlich noch? Der Gedanke, dass Michael Sexualverkehr mit einer Frau hatte, aus deren Brust Milch tropfte, schien ihm aufs höchste abstoßend. An den letzten beiden Abenden war wieder dieser südländisch aussehende Typ bei ihr aufgetaucht, den er zwischendurch fast vergessen hatte. Unmittelbar nach ihrem Einzug war er öfter da gewesen, er hatte ihn bei sich »den Italiener« genannt und dieses Verhältnis inzwischen für passé gehalten. Weit gefehlt, da war er wieder! Er kam abends nach acht und blieb meist bis Mitternacht. Wahrscheinlich verheiratet, wie Michael. Hoffentlich brachte Thyra nicht mal ihre Männer im Terminkalender durcheinander, dann würde es da drüben Mord und Totschlag geben.

Was war das? Eine Bewegung auf der verlassenen Straße. Er griff nach dem Feldstecher. Ein Fuchs! Ein Fuchs spazierte ohne Eile mitten auf der Fahrbahn in Richtung Friedrichring. Das war doch unglaublich. Die Tiere übernahmen die Stadt. Symptome des unaufhaltsamen Verfalls.

Als sie vor Jahrzehnten hierhergezogen waren, war dies ein Wohnviertel der gehobenen Mittelschicht, fast vollständig erhaltene Jugendstilzeilen, schöne, großzügige Altbauwohnungen mit hohen Stuckdecken, gepflegtes urbanes Wohnen. Die Häuser Nr. 11 bis 13 waren geschmackvolle Neubauten aus den neunziger Jahren, die einigermaßen zum Straßenbild passten. Doch seit einiger Zeit gab es Anzeichen von Vernachlässigung. Manche Hausfassade wurde nicht neu gestrichen, obwohl sie es bitter nötig hätte. An den Klingelschildern konnte man ablesen, dass der Anteil der Mieter mit Migrationshintergrund stetig wuchs. Inzwischen standen in der unmittelbaren Nachbarschaft bereits einige Wohnungen leer. Es lag auf der Hand, was die Wohnungsbaugesellschaft plante, der inzwischen die meisten Häuser in der Messerschmidtstraße gehörten: Gentrifizierung. Mutmaßungen in diese Richtung las man schon länger in der Tageszeitung. Zum Glück hatte Michael mit diesen Immobilienhaien nichts zu tun; sie waren seine Konkurrenz, doch die Vorgänge warfen in Wolters Augen das denkbar schlechteste Licht auf die ganze Branche. Die alten Bewohner nach und nach wegekeln, dann kostspielig sanieren, hier und da abreißen und neu bauen – das Grundstück hinter dem Bauzaun lag nach dem Abriss von zwei schönen Jugendstilhäusern schon länger als ein Jahr brach – und anschließend die Etagen einzeln als Eigentumswohnungen an eine zahlungskräftigere Klientel verhökern. Wolters war sich nicht im Klaren darüber, ob er seine Wohnung würde kaufen wollen. Wahrscheinlich. Wohin sonst. Er hatte den besten Teil seines Lebens hier verbracht. Michael riet ihm dringlich, er solle sofort beim ersten Angebot zugreifen, das Viertel sei im Kommen, die Preise würden weiter steigen, eine hervorragende Kapitalanlage.

Tagsüber prägten die beiden Büroneubauten am oberen Ende der Straße ihren Charakter, sie und das Ärztehaus den Büros gegenüber. Vormittags sah man die Angestellten zwischen halb acht und neun zu ihren Arbeitsplätzen streben, sah ein paar Schulkinder, die zu Fuß in die andere Richtung liefen, natürlich nicht während der Sommerferien. Es gab Menschen, die noch zu Fuß zum Einkaufen unterwegs waren, meist Alte oder Kopftuchfrauen, häufig zu zweit oder zu dritt oder unter Aufsicht ihrer Männer, die immer zwei Schritte vorangingen.

In den späten Abendstunden gab es nur wenig Autoverkehr, umso mehr fiel das Publikum der Eckkneipe ins Auge. Eine ziemlich dubiose Lokalität. Tiefer in der Nacht, jetzt gegen Morgen, wirkte die Straße geheimnisvoll und unwirklich. Dann übernahmen die Tiere. Neuerdings strichen nicht nur streunende Katzen oder entlaufene Hunde herum, die gierig im Abfall wühlten, der durch die schwarzen Plastiksäcke hindurch bei dieser Hitze bestialisch stank, selbst wenn er nur eine Nacht an der Bordsteinkante auf die Müllabfuhr wartete. In den kleinen Stunden des Morgens trieb da draußen noch seltsameres Getier sein Unwesen. Da war ein schattenhaftes Huschen, manchmal heisere Schreie, es gab Raubtiere, die plötzlich im Licht der Laterne aus dem Gebüsch der schmalen Vorgärten sprangen. Marder, Siebenschläfer, womöglich Luchs und Dachs, Waschbären. Ratten, die mit schmalen langen Schnauzen im Zickzack den Rinnstein entlangschnüffelten. Überdeutlich registrierte er ihre vor Erregung zuckenden Schnauzen durch das Fernglas. Bestimmt hausten sie in dem sich selbst überlassenen Grundstück hinter dem Bauzaun, das zur wilden Müllkippe geworden war. Er wollte sich gar nicht ausmalen, welcher Unrat da lagerte.

Er fuhr im Sessel hoch, als unten die Müllabfuhr vorüberdonnerte, rasselnd, ratternd, polternd. 6 Uhr 30. Da war er doch eingenickt, hatte fast zwei Stunden in dieser unbequemen Haltung geschlafen. Er erhob sich, alle Knochen schmerzten. Es konnte nichts schaden, noch einmal ins Bett zu gehen; er fühlte jetzt sogar das Bedürfnis, sich mit dem Laken zuzudecken.

18.

Irene fühlte sich einsam. Der Sommer, der so vielversprechend begonnen hatte, kümmerte trostlos vor sich hin. Sie vermisste ihre Freundinnen und die gemeinsamen Unternehmungen. Diesmal gab es keine Busfahrten ins Blaue, wie sonst um diese Jahreszeit, keine Ausflüge in die ländliche Umgebung, keine Kurkonzerte im Park oder Besuche der Freilichtbühne, keine abendlichen Doppelkopfrunden reihum auf den Balkons und Terrassen – nicht mal mehr Spaziergänge zu zweit oder allein. Für alles war es viel zu heiß.

Gundi war in der Reha, in der Nähe ihrer Tochter, zu weit fort, als dass man sie hätte besuchen können. Sie hatte bisher nur einmal dort angerufen, weil Gundi das Sprechen noch anstrengte. Sie mache aber Fortschritte, erklärte sie tapfer und fügte mit einem geisterhaften Anflug des gewohnten Gelächters hinzu: »Ist schon verrückt, wie sich das Leben in unserem Alter von einem Tag auf den anderen verändern kann!« Irene fand es nicht zum Lachen.

Biba hatte die Familie ihres Sohns zum Sommerurlaub nach Tunesien begleitet, ausgerechnet Tunesien, als ob man die Hitze nicht hier zum Nulltarif haben könnte. Dort gab es allerdings einen Pool und das Meer, hier nur abgestandenes kaltes Wasser in der Badewanne, in das man zwischendurch kurz eintauchen konnte, das aber schnell lauwarm wurde. Irene staunte jedes Mal über den Schmutzstreifen am Wannenrand, wenn sie das Wasser mit schlechtem Gewissen erneuerte – im Radio mahnten sie unablässig zum sparsamen Verbrauch. Es war inzwischen verboten, Autos zu waschen. Immerhin benötigte sie weniger als ein Auto.

Die stille Lore war als Einzige in der Stadt geblieben, doch sie verließ wie Irene tagsüber ihre Wohnung nicht mehr. Mit ihr telefonierte sie fast täglich.

Sie vermisste Dora und die Kinder, die noch in Dänemark waren. Sie hätten es gut getroffen, erzählte Dora am Telefon, Ferienhaus und Strand seien recht ordentlich, die Temperaturen angenehm. »Du hättest mit uns kommen sollen, Mutter!« Luise und Emma gingen jeden Tag ins Wasser. Jessica sei meist mit lückenloser Bräunung beschäftigt, sie habe sich mit einem grässlich tätowierten, trotzdem erstaunlich manierlichen Jungen aus Berlin angefreundet. Dora klang ruhiger, sie jammerte nicht mehr.

Im August schien die Zeit stillzustehen. Das Haus lag ungewohnt ruhig, halbleer, alle Parteien außer ihr und Thyra waren ausgeflogen, die Schröders über ihr ebenso wie die nette Familie des iranischen Arztes aus dem Dachgeschoss, mit denen sie gelegentlich im Treppenhaus ein paar Worte wechselte. Die langen glutheißen Tage zogen sich einer wie der andere zäh dahin. Normalerweise unterschieden sie sich doch, selbst in ihrem bequemen, ereignisarmen Leben: Sonst gab es am Montag eine Verabredung mit einer der Freundinnen, am Dienstag musste sie vielleicht etwas in der Stadt besorgen, am Mittwoch ein Arztbesuch oder ein Treffen im Café, am Donnerstag war sie zum Frühstück geladen, am Freitag musste sie zum Frisör, weil am Samstag ein Geburtstag gefeiert wurde. Jetzt aber passierte gar nichts. Sie ging nicht einmal mehr einkaufen. Solche Sommer hatte es nur in der Kindheit gegeben, endlos sich dehnende Stunden, Tage, Wochen.

Selbst die bescheidensten Aktivitäten strengten an. Das Wässern der Blumenkästen wurde zum schweißtreibenden Tagewerk, sie mussten bei diesen Temperaturen sogar zweimal gegossen werden, morgens und abends.

In einer Radiosendung wurde empfohlen, sich kühle Gedanken zu machen, zum Beispiel an den Winter zu denken. Sie stellte sich also Schnee und Eiseskälte vor, neblig nassen November, frostig starren Januar, schneidend kalte Luft, die durch die Fensterritzen drang und einen Luftzug unter dem Türspalt verursachte. Eisblumen an den Fenstern, Frostbeulen an den Zehen. Sie schauderte und schwitzte und versenkte ihre schweren, von der Hitze geschwollenen Füße in einen Eimer kaltes Wasser. Es nützte nichts. Auch bei extremem Winterwetter igelte man sich in der Wohnung ein, geschrumpfte Welt, das Lebensgefühl war nicht so viel anders. Half es, über Weihnachten nachzudenken? Seit Bernhards Tod war sie an Heiligabend stets zu Doras Familie gefahren und dort bis zum 26. Dezember geblieben; am ersten Weihnachtstag stießen gewöhnlich Markus, Rieke und Jessica dazu. Wie um Himmels willen würde Weihnachten diesmal verlaufen, wenn Dora nicht mehr mit Andreas, Markus nicht mehr mit Rieke zusammen wäre? Doch es erwies sich als unmöglich, an Weihnachten zu denken, im Bratofen dieses Sommers, der alles andere unwirklich machte, auch die möglicherweise bevorstehenden großen Veränderungen im Leben der Kinder.

Markus rief an, um sich von ihr zu verabschieden. Da

Jessica jetzt für drei Wochen versorgt sei, könnten auch er und Rieke ein bisschen unangestrengter ihrer Wege gehen. Er werde morgen für zehn Tage mit seiner neuen Freundin nach Irland fliegen. Rieke sei gleich nach Jessicas Abreise zu ihren Eltern gefahren und von da aus mit ihrem Lover verreist, wohin, habe sie ihm nicht verraten. Er klang sehr vergnügt.

»Trinkst du auch genug in diesen Tagen, Mutter?«

Irene lag es auf der Zunge, ihm zu stecken, dass er sich Jessicas wegen nicht mehr zu verstellen brauche, doch sie stoppte sich gerade rechtzeitig. Warum den Gang der Dinge unnötig beschleunigen.

»Du weißt ja, wie wichtig das Trinken ist! Mir wäre wohler, wenn du mit Dora nach Dänemark gefahren wärst. Denk an die alten Leutchen, die in den französischen Altersheimen abgenibbelt sind, nur weil sie vergessen haben zu trinken!«

Sie bedankte sich für seinen Anruf und für – ja, für was? Für seine Sorge um ihr Wohlergehen, obwohl er doch zurzeit mit lohnenderen Dingen beschäftigt war. Versprach, reichlich zu trinken, und wünschte ihm einen schönen Urlaub. Als sie aufgelegt hatte, fiel ihr ein, dass sie sich mit keinem Wort nach der neuen Freundin erkundigt hatte, wer sie sei, wie alt, was sie beruflich mache, ob sie Kinder habe, und was man sonst noch so fragt. Sie hatte offenbar kein Interesse daran, diese Frau kennenzulernen.

Dora verreist, Markus verreist, die Freundinnen außer Lore verreist. Die einzige Menschenseele in Reichweite in der ausgetrockneten und ausgestorbenen Stadt war Thyra.

Der schien die Hitze überhaupt nichts auszumachen. Sie kümmerte sich rührend um Irenes Mineralwassernachschub, es lag auch schon mal ein Zettel dabei: »Schreib auf, was du sonst noch brauchst, ich bringe es dir mit! Th.« Doch davon abgesehen sah Irene kaum etwas von ihr. Ihr war klar, dass sie diesen Kontakt nicht strapazieren durfte. Sonst wäre er ganz schnell beendet. Meistens stellte Thyra den Wasserkasten und die paar Lebensmittel einfach vor Irenes Wohnungstür ab, nur gelegentlich, wenn Dinge dabei waren, die rasch in den Kühlschrank sollten, schellte sie kurz, dann rechneten sie die Einkäufe ab, und Irene ertappte sich dabei, wie sie diese Prozedur in die Länge zog. Sie bedankte sich überschwänglich bei Thyra.

»Wenn du mal wieder Lust auf ein abendliches Glas Wein hast …«, schlug sie einmal vor und gab sich Mühe, es beiläufig klingen zu lassen. »Ich könnte uns auch was Kleines, Leichtes kochen.«

Doch Thyra winkte ab. »In den nächsten zwei, drei Tagen geht gar nichts; Angelo und ich sitzen gerade an einem dicken Auftrag. Er kommt jetzt jeden Abend, wenn Timo schläft.« Angelo, Thyras Geschäftspartner, war ihr schon im Treppenhaus begegnet, ein schlanker gut aussehender Mittvierziger, cappuccinofarben, mit schwarzem Kurzhaar, dunklem Bart, der seine italienische Abstammung nicht verleugnen konnte. »Angelo ist phantastisch, er kümmert sich um unsere Kundenkontakte, wir sind gerade richtig gut im Geschäft. Ich muss die ruhige Zeit nutzen, wo Henning mit allen drei Kindern im VW-Bulli unterwegs ist. Zelten an den masurischen Seen. Timos Tagesmutter macht zum Glück keinen Urlaub. Sven hat Semesterferien, und ich muss im Augenblick nur Simon abwimmeln.«

Irene wollte nach Michael fragen. Ob sie den denn auch abwimmeln müsse oder nun doch nicht mehr abwimmeln wollte. Sie traute sich aber nicht.

»Wenn wir diesen Großauftrag gestemmt haben, melde ich mich bei dir.« Sie meldete sich nicht. Der Wasserkasten stand jedoch weiterhin pünktlich jeden dritten Tag vor Irenes Tür.

Irene dachte viel über Thyra nach. Die Asymmetrie war notwendiger Teil dieser Beziehung. Sie war geschmeichelt darüber, dass Thyra sich ihr sporadisch anvertraute, doch sie wusste, dass sie nichts von ihr erwarten durfte und nichts von sich aus initiieren konnte. Bisher hatte sie Thyra mehr oder weniger eifersüchtig vor ihren Freundinnen gehütet.

Tatsache war, dass sie sich in Thyras Nähe lebendiger und jünger fühlte, deren Vitalität und Selbstgewissheit wirkten ansteckend. Aber sie war ein irrlichternder Kobold, den niemand festhalten konnte, quirlig wie Quecksilber, chaotisch, immer gut für Überraschungen, schwer einzuschätzen. Irene konnte verstehen, warum sie so stark auf Männer wirkte. Es war nicht nur ihre äußere Erscheinung, ihr flammendes Kraushaar, ihre gute Figur – niemand würde glauben, dass diese Frau vier Kinder zur Welt gebracht hatte –, es war etwas Elektrisierendes, Irisierendes, das sie ausstrahlte, ihre knisternde energetische Aufladung. Gerade ihre Widersprüche machten sie faszinierend: der Gegensatz zwischen ihrer zierlichen Erscheinung und ihrer erstaunlichen

Robustheit und Durchsetzungsfähigkeit. Der Gegensatz zwischen ihrem unbekümmerten Egoismus und den überraschenden Anflügen von Empathie und Herzlichkeit. Sie schien vollkommen eins mit sich und war dabei ganz und gar amoralisch.

Irene dachte viel nach in diesen Tagen, in denen man außer Nachdenken eigentlich nichts tun konnte, nicht nur über Thyra, sondern auch über Dora und Andreas, über Markus und Rieke, über Bernhard und sich selber. Sie sinnierte darüber, wie schnell sich alles von einem Tag auf den anderen ändern könnte, auch ihr Leben, siehe Gundi, obwohl es, während der Sommer klebrig auf der Stelle trat, schwer war, sich irgendwelche Veränderungen vorzustellen.

Wenn sie an Gundi dachte, spürte sie manchmal einen ungewohnten Anflug von schlechtem Gewissen. Darüber, dass sie einfach nur so dahinlebte. Müsste sie nicht die gute Zeit, die ihr noch blieb, ganz anders nützen? Niemand wusste, ob es noch Jahre waren, Monate, Wochen. Etwas Sinnvolles tun. Warum war sie so viel bequemer und passiver als ihre Freundinnen? Lore machte zweimal in der Woche Gymnastik, Qi Gong und Pilates, sie organisierte einen Lesekreis, der sich jeden Monat traf, betrieb französische Konversation an der Volkshochschule. Biba besuchte einen Malkurs und engagierte sich ehrenamtlich in der Flüchtlingsbetreuung, indem sie mit kleinen Mädchen spielte, mit denen sie deutsch sprach. Sie kam immer wieder auf neue verrückte Ideen wie zum Beispiel diese Meet-and-Eat-Verabredungen im Internet. Inzwischen hatte sie schon an mehreren solcher Essen teilgenommen und schwärmte von den interessanten und verrückten Menschen, die sie dabei traf. Nur die übergewichtige Gundi war ähnlich träge wie sie selbst, aber immerhin bis zu ihrem unglückseligen Schlaganfall als Fußpflegerin berufstätig gewesen. Einzig sie tat gar nichts, doch eigentlich musste man sich gerade jetzt am wenigsten deswegen schämen, denn zurzeit tat niemand irgendetwas, was nicht lebensnotwendig war. Sobald diese lähmende Hitzewelle vorüber wäre, versprach sie sich, würde sie sich auch zu irgendwelchen Aktivitäten aufraffen. Es musste ja nicht gleich Sport sein. Vielleicht so ein Lesekreis, das schien ihr am wenigsten anstrengend. Oder sie könnte Biba mal in das Flüchtlingsheim begleiten.

Nur die heißen Sommer der Kindheit hatten sich gedehnt wie dieser, eine unendliche Abfolge langweiliger Tage. Die Nachmittage waren besonders lang. Der Vater schnarchte im Liegestuhl unter der Pergola, die Mutter im Sessel, die Beine auf dem gegenüberliegenden Sitzwürfel hochgelegt, behauptete aber stets, gar nicht geschlafen zu haben. Während des Mittagsschlafs der Eltern durfte die kleine Irene den Garten nicht verlassen, keine anderen Kindern empfangen, keinen Lärm machen. Sie lag lustlos neben dem aufblasbaren Plastikbecken, um das die anderen sie beneideten, mit niemandem zum Spielen als der Katze, die sich aber wohlweislich vor ihr und der Sonne im Gebüsch versteckte. Sie blinzelte in den wolkenlosen Himmel und zählte die vertrockneten Blätter, die sich ganz langsam von den Bäumen lösten und in das abgestandene Wasser segelten, traurige kleine Boote, mal drei, mal fünf, während der endlosen Mittagsstunden.

Auch jetzt rutschte sie manchmal zurück in die Kindheit, wenn sie auf dem Sofa lag, mit geschlossenen Augen. Es war, als ob sie halluzinierte, die Bilder in ihrem Kopf flirrten übergangslos zwischen verschiedenen Personen und Zeitebenen hin und her, während sie mit offenem, trockenem Mund vor sich hinträumte. Erst gegen 22 Uhr, wenn sie mit der Rotweinflasche auf den Balkon wechselte, lebte sie wieder auf.

Der frühe Morgen ließ sich noch einigermaßen ertragen. Sie frühstückte und goss die Blumen, das war Anstrengung genug für die nächsten zwölf Stunden. Man sparte viel Energie dadurch, dass man nicht aufwändig Garderobe machen musste; sie trug stets dieselben drei losen Sommer-Nachthemden. Wenn es auf Mittag zuging, versank sie in eine Art Koma, alle ihre Lebensäußerungen schraubten sich auf ein Minimum herunter, dann strandete sie auf dem Wohnzimmersofa wie ein sterbender Walfisch. Ein Gutes hatte die Hitze: Man musste sich nur selten zur Toilette bemühen, weil man die meiste Feuchtigkeit ausschwitzte.

Gegen fünf Uhr hievte sie sich stöhnend hoch, bereitete sich einen Imbiss, Fertigfutter. Sie kochte schon lange nicht mehr richtig, löffelte eine kalte Suppe aus der Dose oder schob tiefgekühlte Pizza in die Mikrowelle. Salat machte zu viel Arbeit. Zum Essen ließ sie sich auf den Stuhl am Küchentisch fallen und steckte die geschwollenen Füße in eine mit kaltem Wasser gefüllte Plastikschüssel unter dem Tisch, die sie mit der Gießkanne füllte. Es kostete immense Kraft, diese Schüssel anschließend über den Blumenkästen auszuleeren. Dann schleppte sie sich wieder zum Sofa und sah fern. Lesen war ihr unmöglich, ihr fehlte die Kraft, ein Buch hochzustemmen, und die Sätze verschwammen in kürzester Zeit vor ihren Augen. Zwischendurch nickte sie immer wieder ein, döste durch seichte Serien, geschwätzige Quiz-Sendungen, politische Magazine, flache Krimis und Herzkino, zu faul, den Arm nach der Fernbedienung auszustrecken.

Gelegentlich sprang der Kater zu ihr auf die Couch, um beschmust zu werden. Er bewegte sich in diesen Tagen genauso wenig wie sie und litt wie sie an seinem Übergewicht. Insofern waren sie ein gutes Team. Er schnaufte und keuchte neben ihr wie ein alter Mann, auch seine Schnarchtöne klangen menschlich. Wenn er wie eine schwere Wärmflasche an ihren Körper gedrückt lag, war es kaum zu ertragen, ließ er sich gar mitten auf ihrem Bauch nieder, rang sie nach Luft. »Das geht nicht, Dicker, wirklich nicht!«, japste sie und musste sämtliche Kräfte mobilisieren, um ihn beiseitezuschieben Doch er stellte sich stur, machte sich extra schwer. »Runter, du Biest!« Er blinzelte sie träge an, rührte sich aber nicht vom Fleck. Sie hatte keine Chance gegen ihn, sie hatte sich einen Haustyrannen herangezogen.

Der Kater hieß Karl. Manchmal war sie versucht, ihn Bernhard zu nennen.

19.

An diesem Vormittag meldete sich das Telefon gleich zweimal. Das war an sich schon eine Sensation, denn die wenigen Bekannten, mit denen er noch Kontakt hielt, hatten die in der Hitze vor sich hinbrütende Stadt verlassen. Semesterferien. Schulferien. Sommerurlaub. Lennart teilte mit, dass er für vierzehn Tage auf die Bahamas reise, mit seiner Liebsten – ja, genau diese peinliche Formulierung wählte er, und ob Wolters so nett sein und zwischendurch mal nach Anngret schauen könne, sie sei völlig abgetaucht, er mache sich Sorgen. Wolters sagte ja und ärgerte sich. Lennart machte es sich reichlich einfach mit seinem schlechten Gewissen.

Der zweite Anruf war von Michael und hellte seine Stimmung nachhaltig auf. Ob er Lust habe, am Sonntagvormittag mit ihm und Paulchen zu einer Vorstellung von »Peter und der Wolf« zu gehen? 11 bis 13 Uhr, Gitte könne leider nicht mitkommen. Und ob er Lust hatte! Der gemeinsame Sonntagvormittag im Fußballstadion, der nun schon Wochen zurücklag, hatte ihnen allen Spaß gemacht und Wolters Hoffnung auf ein herzliches, lockeres Verhältnis zu Sohn und Enkel geweckt.

Die erfreuliche Aussicht verhalf ihm zu zwei guten Tagen am Schreibtisch, dem Wetter zum Trotz, das er weitgehend ignorieren konnte, wenn er in seine Arbeit vertieft war. Er wunderte sich über Anmerkungen in früher gelesenen Büchern, die er für das aktuelle Kapitel noch einmal durchblätterte, Stichworte am Textrand, in seiner eigenen

Handschrift. Das alles hatte er also nicht nur schon einmal gründlich gelesen, sondern sich auch jede Menge intelligenter Gedanken dazu gemacht, die er zwischendurch vergessen hatte. Unter anderen Umständen hätte ihn das vielleicht deprimiert. Doch am Sonntagmorgen wartete er in bester Laune, bereits eine halbe Stunde vor der vereinbarten Zeit, im elfenbeinfarbenen Tropenhemd, sandfarbenen Leinenhosen, das Leinensakko über dem Arm, am Studierzimmerfenster, um den beiden, sobald er den roten BMW sichtete, die Treppe hinunter entgegenzulaufen. Michael sollte nicht erst einen Parkplatz suchen müssen.

»Hallo, ihr zwei«, grüßte er aufgeräumt, als er auf dem Beifahrersitz Platz nahm, und wunderte sich über seinen mürrisch dreinblickenden Enkel auf dem Hintersitz, für den diese Unternehmung doch inszeniert wurde.

»Es soll eine wirklich gute Aufführung sein«, verkündete Michael, »Tanztheater, eigenwillige Interpretation, ein bisschen rockig, tolles Bühnenbild.«

»Und wieso kommst du nicht mit, wenn es so toll ist?«, motzte Paul.

Wolters traute seinen Ohren nicht. »Jetzt hör auf zu miesepetern, ich habe es dir doch erklärt!«, verteidigte sich Michael mit leicht erhöhter Stimme. Ohne den Blick von der Fahrbahn zu nehmen, erklärte er seinem Vater: »Ihr müsst euch die Vorstellung leider ohne mich ansehen. In der Firma ist etwas gründlich schiefgelaufen, ich muss eine kleine Sonderschicht einlegen, bevor morgen die Belegschaft anrückt. Das Schlimmste ausbügeln. Schadensbegrenzung. Ich hole euch aber nachher am Theater ab, und dann gehen wir zusammen zum Italiener, ich habe Paulchen eine Wiedergutmachungspizza versprochen.« Wolters war ebenso enttäuscht wie Paul, mahnte sich aber zur Selbstbeherrschung. Er scherzte sogar zum Rücksitz hin: »Mach dir nichts draus, wir werden schon allein mit dem Wolf fertig, genau wie Peter und der Großvater.«

Während Paulchen seine Enttäuschung im Laufe der Vorstellung zu vergessen schien, war Wolters die Freude erst einmal gründlich verdorben. Immerhin blieb noch der gemeinsame Restaurantbesuch. Während der Pause spendierte er seinem Enkel ein großes Eis, Schoko und Vanille. Die Unterhaltung mit ihm blieb immer etwas mühsam. Warum seine Mutter nicht mitgekommen sei?, fragte er Paul.

»Sie ist zu Omi und Opi gefahren«, erklärte er. Omi und Opi waren Gittes Eltern, Wolters war der Großpapa. Paul fügte etwas verdruckst hinzu: »Ich glaube, sie haben sich gestritten, denn letzte Woche hat Mama gesagt, sie will vielleicht eine Zeit lang ganz bei Omi und Opi wohnen, mit mir. Ich will da aber nicht hin.«

Bei Wolters läuteten die Alarmglocken. Während der zweiten Halbzeit saß er stocksteif da und starrte auf die Bühne, ohne etwas zu sehen und zu hören, damit beschäftigt, die durch seinen Kopf schießenden Gedanken zu sortieren. Thyra, natürlich. So weit war es also schon gekommen. Er hatte es gleich etwas sonderbar gefunden, dass Michael ausgerechnet am Sonntagmittag in die Firma wollte. Natürlich nutzte er diese beiden Stunden zu einem Besuch bei ihr. Hatte listig ein Alibi arrangiert und seinen Vater als Babysitter abgestellt. Zehn Minuten hin, zehn Minuten zurück, länger brauchte er nicht für den Weg, zwischendurch war reichlich Zeit für einen ohne großes Zeremoniell vollzogenen Kurzbeischlaf. Er ließ es also darauf ankommen. Und führte ihn an der Nase herum. Wolters fühlte sich benutzt.

Zu allem Überfluss mussten sie nach der Vorstellung eine gute halbe Stunde auf ihn warten, der glühenden Mittagssonne ausgesetzt. Paulchen beschwerte sich lautstark über Durst, sie hatten kein Wasser bei sich, das Eis in der Pause war vielleicht unangebracht gewesen, weil es ihn noch durstiger machte. Wolters schickte den Jungen wieder ins Gebäude, er solle sich auf der Toilette an die Wasserleitung hängen, doch er kam unverrichteter Dinge zurück, es war schon abgeschlossen. Wolters wurde immer ärgerlicher, während sie sich dicht an die Mauer des Theatergebäudes drängten, wo ein kleiner Dachvorsprung einen dürftigen Schatten warf.

Michael fuhr glänzend gestimmt mit quietschenden Bremsen vor. Das sprach für sich. »Hat ein bisschen länger gedauert«, entschuldigte er sich nonchalant. Wolters, auf dem Beifahrersitz, schnupperte, roch Shampoo, Deodorant. Zeit zum anschließenden Duschen hatte er sich also auch noch genommen. »Hat es euch gefallen? Wie fandest du es?«, fragte Michael Paul, der statt einer Antwort über Durst jammerte. Na warte, deine Charme-Offensive werden wir dir versalzen! Wolters wütete insgeheim. »Und du, warst du erfolgreich?«, fragte er eisig zurück. Michael warf ihm einen erstaunten Blick zu. »Ja, ich glaube, es ist mir gelungen, die Sache einigermaßen zurechtzubiegen.« Träum weiter von Schadensbegrenzung, dachte Wolters, während du dein Leben gegen die Wand fährst! Er sprach kein Wort mehr, bis sie in dem italienischen Restaurant angekommen waren.

Sie nahmen im klimatisierten Lokal Platz, die Terrasse mit den bunten Sonnenschirmen war menschenleer. Studierten schweigend die Karte, bestellten und sahen Paul dabei zu, wie er ein großes Glas Cola in einem Zug leerte und nach dem zweiten griff. »Hättest du dem Kleinen nicht ein Getränk ausgeben können?«, meinte Michael vorwurfsvoll.

»Großpapa hat mir ein Eis gekauft.«

Wolters lag die Frage auf der Zunge, welcher Art denn das Problem gewesen sei, das Michael heute im Geschäft so dringend habe lösen müssen. Er spürte eine böse Lust, ihn in vor sich herzutreiben, bremste sich aber. Paulchen aß nur die Hälfte seiner Pizza Quattro Stagioni, Michael vertilgte eine gewaltige Lasagne Bolognese – sein guter Appetit bei dieser Hitze war ein weiteres Indiz! – und bemühte sich, eine Konversation in Gang zu bringen, während Wolters sein Vitello tonnato kaum bewältigte. »Hast du denn die Instrumente erkannt, die den verschiedenen Personen zugeordnet sind?«, fragte Michael seinen Sohn. »Und welches gefiel dir am besten?« Paul fand, der Großvater sei beinahe noch gruseliger gewesen als der Wolf, der Vogel habe genervt und die Ente sich durchgehend ziemlich blöd benommen. »Paulchen soll nämlich ein Instrument lernen«, erklärte Michael stolz, »wir haben an Saxophon gedacht.« Die Ehe ist am Ende, zum Trost lässt man dem Kind eine musische Ausbildung vom Feinsten zukommen, dachte Wolters. Direkt angesprochen, ließ er sich zu einem Kommentar herab: eine ganz ordentliche Veranstaltung, wenn auch leicht verkitscht, Tanztheater eben, außerdem ein völlig überflüssiger Chor im Hintergrund. Da sei ihm die schlichte, aber gerade deswegen besonders ausdrucksstarke klassische Aufnahme mit Karl Heinz Böhm als Sprecher allemal lieber. Das blieb so im Raum stehen und trug nicht dazu bei, die Stimmung zu verbessern.

Als sie ins Auto stiegen, bemerkte Michael wie beiläufig zu Paul: »Erzähl der Mama besser nichts davon, dass ich nicht mit euch im Theater war, du weißt, dass sie sich immer ärgert, wenn ich so viel arbeite.« Überstunden am Abend und nun auch feiertags, dachte Wolters, warte nur, Bürschchen! Er überlegte fieberhaft, wann und wie er mit Michael Tacheles reden könnte. Der Zufall kam ihm zu Hilfe: Paulchen wollte bei seinem Freund Lukas abgesetzt werden, der einen Pool im Garten hatte und ein paar Jungs aus seiner Klasse eingeladen hatte, und das Haus von Lukas' Eltern lag auf der Strecke zu seiner Wohnung. Michael war spürbar wenig glücklich darüber, mit seinem Vater allein zu bleiben.

»Was hast du?«, fragte er ihn, als Paul ausgestiegen war.

»Ich würde dich bitten, noch kurz fünf Minuten zu mir hochzukommen«, sagte Wolters steif. »Ich muss mit dir sprechen.«

»Was für ein Theater. Kannst du das nicht jetzt während der Fahrt tun? Ich habe reichlich Arbeit.«

Wolters verweigerte eine Antwort. Angespannt stiegen sie hintereinander die Treppen hoch, Wolters voran.

»Willst du etwas trinken?«, fragte er Michael.

»Mach es nicht so feierlich!«, erwiderte der gereizt. »Also, was ist los?«

Wolters stellte einen Krug Wasser und zwei Gläser auf den Küchentisch. »Dein Verhältnis mit Thyra. Bist du eigentlich von allen guten Geistern verlassen?«

Michael hatte sich nicht hingesetzt, aber er goss sich ein Glas Wasser ein, das er in einem Zug leerte. »Aha, daher weht der Wind!« Er klang ironisch-distanziert. »Du spionierst mir also nach. Mischst du dich nicht in etwas ein, das dich nichts angeht?«

Wolters blaffte: »Hältst du mich eigentlich für blöd? Mal abgesehen davon, dass es beklagenswert schlechter Stil ist, mich mit deinem Sohn im Theater zu parken, damit du auf die Schnelle bei deiner Geliebten vorbeischauen kannst: Nimm bitte zur Kenntnis, dass es mir nicht egal ist, wenn du deine Ehe aufs Spiel setzt. Paul hat mir erzählt, dass Gitte zu ihren Eltern ziehen will.«

»Halt dich da raus!«, sagte Michael müde, drehte ihm den Rücken zu und wandte sich zum Gehen, einfach so, mitten im Gespräch. Wolters explodierte, setzte ihm nach, packte ihn vor der Wohnungstür an der Schulter: »Mehr hast du dazu nicht zu sagen?«

Plötzlich war es Michael, der schrie. Er drehte sich um, seine Augen funkelten: »Jetzt will ich dir mal was sagen, du Klugscheißer! Ja, wir haben uns wiedergefunden und ja, ich liebe sie. Ich habe keine Ahnung, wie es weitergehen soll, doch wenn es schiefgeht, bist vor allem du schuld. Damals schon wusstest du alles besser, heute mischst du dich wieder ein und willst mir erzählen, was für mich gut ist. Mutter und du, ihr habt sie mir miesgemacht, aber Mutter hätte sie akzeptiert, wenn du nicht pausenlos gestänkert hättest. Hättest du nicht vor fünfzehn Jahren alles kaputt gemacht, wären wir zusammengeblieben. Dann müsste ich heute kein schlechtes Gewissen wegen Gitte und Paulchen haben. Ich hoffe, du bist so richtig stolz auf dich, du pompöses Arschloch!«

Er war fort.

Wolters stand sprachlos. Dann riss er sich das verschwitzte Sakko vom Leib. Es dauerte eine Weile, bis er sich einigermaßen wieder gefasst hatte. Was für eine unglaubliche Wahrnehmungsverzerrung! Natürlich hatte er Thyra gegenüber Vorbehalte gehabt, und das völlig zu Recht. Aber er hatte sich mit seiner Kritik ganz und gar zurückgenommen – von wegen eingemischt! Mal abgesehen davon, dass Sybilles Aversion gegen Thyra weitaus größer gewesen war als seine.

20.

»Es ist nicht gut für den Kreislauf, sich gar nicht mehr zu bewegen«, sagte Lore am Telefon.

Irene brummte unbestimmt.

Lore verkündete: »Ich drehe jeden Tag meine Runde, ganz früh morgens.« Im Anschluss daran tätigte sie meist ihren Weckruf bei der immer lethargischer werdenden Irene. Lore schlug vor: »Sollen wir nicht mal gemeinsam laufen, um sieben Uhr früh sind die Temperaturen noch angenehm, nur wenig über 20 Grad. Wir treffen uns am Parkeingang, gehen eine Stunde. Das Café öffnet schon um acht, da können wir anschließend noch gemütlich frühstücken und sind zurück, bevor es draußen unerträglich wird.«

»Das schaffe ich nicht«, stöhnte Irene, »da müsste ich vor sechs aufstehen, mich anziehen, den Bus nehmen. Ich schlafe doch nie vor zwei ein. Unmöglich.«

»Dann jammere nicht darüber, dass man nichts unternehmen könne. Man kann. Und hör auf, dich zu beschweren, dass du niemanden siehst«, sagte Lore.

Von überall im Lande wurden Waldbrände gemeldet. Jeden Tag gab es jetzt Hitzetote. Der Park sei eine veritable Steppe, erzählte Lore, ockerfarben, das Gras verbrannt, es dürfe nicht mehr gesprengt werden, das Obst vertrockne an den Bäumen, der Bach habe fast kein Wasser mehr; man könne ihn trockenen Fußes durchqueren, wie ein Wahdi in der Wüste.

Bewies das nicht zur Genüge, wie wahnsinnig es war, sich da draußen aufzuhalten? Doch in der Zeitung, im Radio, im

Fernsehen hieß es, die Hitzewelle werde in der nächsten Woche zu Ende gehen. Es war schwer zu glauben.

Dora und die Mädchen wollten am Wochenende aus Dänemark zurückkehren. Auch Andreas würde wieder nach Hause kommen, lautete die letzte gute Nachricht. Dora frohlockte am Telefon: »Er hat versprochen, vor uns da zu sein, will uns einen schönen Empfang bereiten!« Gott sei Dank, dachte Irene, erst einmal Entwarnung, wenigstens an dieser Front. Auch Gundi und Biba würden nächste Woche wieder in der Stadt sein.

Doch zunächst legte die Hitze noch einmal zu. Sie lastete wie eine schwere Faust auf ihr, drückte sie nieder, so dass sie sich manchmal nur noch auf allen vieren durch die Wohnung bewegen konnte. Ihr war oft schwindlig, nah am Boden fühlte sie sich sicherer. Die Hitze war ein Dämon, der auf ihr ritt. Wenn sie kroch, war sie auf Augenhöhe mit Kater Karl, der mit ihr litt, sich kaum noch von der Stelle bewegte, nicht aß, nur ab und an etwas Flüssiges aufleckte. Er hing die meiste Zeit wie leblos in der dunklen Diele auf der Hutablage. Sie verbrachte die Tage wach träumend, Hirngespinste setzten ihr zu. Während ihr schwerer Körper auf dem Sofa klebte, löste sie sich in der Vorstellung von ihm, krabbelte sozusagen mental vom Wohnzimmer in die Küche, in der Phantasie behände wie eine Zweijährige, um eine neue Wasserflasche zu holen, etwas zu essen, zu trinken. Sie löffelte nur Joghurt und Quark, Quark und Joghurt, unter die sie halbe Gläser Marmelade rührte. Quark mit Erdbeermarmelade, Johannisbeermarmelade mit Joghurt. Zum Glück verfügte sie über eine schier unerschöpfliche Batterie von Marmeladengläsern und Thyra hatte ihr ganze Lagen von Milchprodukten besorgt, auch Buttermilch und Dickmilch, es passte gar nicht alles auf einmal in den Kühlschrank, man musste zügig essen. Vieles verdarb dennoch, schneller, als man hinschauen konnte. Thyra kaufte auch Obst für sie, doch das zu sich zu nehmen war ihr meist zu anstrengend, da musste man ja vor dem Schlucken kauen, ganz zu schweigen vom Waschen eines Apfels, Schälen einer Orange, Zerschneiden einer Ananas. Das Obst gammelte vor sich hin, es roch jetzt immer etwas vergoren in ihrer Wohnung, schwere abgestandene süßsäuerliche Luft. Sie brauchte manchmal zwei Tage, bis sie sich aufraffen konnte, den Mülleimer hinunterzubringen.

Die Stunden schwammen ineinander. Irene löste sich förmlich auf in der lähmenden Schwüle. Sie aß unregelmäßig, manchmal vergaß sie zu essen beziehungsweise konnte sich nicht mehr genau erinnern, wann sie zuletzt gegessen hatte. Sie betrachtete die Fliegen an der Innenseite des Fensters, wie sie erst benommen an der Glasscheibe entlangtaumelten und dann halbtot herunterfielen, verbrannt, verglüht. Die meiste Zeit lag sie auf dem Rücken, in Abständen wälzte sie sich unter Aufbietung aller Energie mal auf die rechte, mal auf die linke Seite, auch sie eine tote Fliege, das Laken, das sie vor Tagen über den Stoffbezug gebreitet hatte, war immer feucht. Von morgens bis abends verharrte sie dort, atmete schwer durch den geöffneten Mund, während Phantasie und Realität sich verwischten.

Hin und wieder, in großen Abständen, klingelte das Telefon. Morgens war es Lore, mit der sie noch einigermaßen kohärent reden konnte. Später ließ sie es einfach vor sich hin läuten. Sie träumte vom Temperatursturz, vom Regen. Das Wasser prasselte an den Fensterscheiben herunter, und sie eilte leichtfüßig hinaus, lief zickzack draußen auf dem Rasen – was für ein Rasen? – herum, barfuß und mit aufgelösten Haaren, sie reckte das Gesicht zum Himmel, ließ sich ganz und gar nass regnen, sprang dabei auf und ab, schlug vor Freude mit den Armen wie ein Hampelmann. Befreit hüpfte sie über die Pfützen, und platsch, mitten hinein, gemeinsam mit Emma und Luise, die übermütig juchzten. Das gehört sich nicht, sagte Bernhard säuerlich, bitte reiß dich zusammen. Sie war ihm peinlich, das machte ihr gar nichts, sie lachte das einfach hinweg. Markus und seine neue Freundin winkten von einer Art Jägerstand herunter, ihr solltet nicht da rumlaufen, rief er, seht ihr nicht, dass der Asphalt schmilzt? Sie fasste nach unten, tastete eine breiige lauwarme Masse, setzte sich mit einem Ruck auf dem Sofa auf und war gleich ganz wach. Offenbar hatte sie den Plastikbecher mit der Dickmilch umgestoßen, das klebrige Zeug lief über ihre Waden, sie langte nach dem Handtuch auf dem Tisch und wischte es ab. Zu träge, um ins Bad zu gehen, sich die Beine zu waschen.

Lore redete ihr ins Gewissen: »Gerade jetzt ist es wichtig, den Tagen eine Struktur zu geben. Wenn ich frühmorgens meinen Gang im Park gemacht habe, frühstücke ich. Ich koche mein Mittagessen vor, damit ich es in der Mittagshitze nur kurz aufwärmen muss. Jeden zweiten Tag putze ich ein Zimmer. Nur eins, damit es nicht zu anstrengend wird.« Irene konnte sich nicht erinnern, wie viele Wochen ihre letzte Putzaktion her war. Kochen erübrigte sich schon lange. »Montags das Wohnzimmer, mittwochs das Schlafzimmer, freitags Bad und Flur, samstags die Küche. So komme ich trotz der Hitze gut durch. Die Zeitung lese ich erst nach dem Mittagessen. Morgens, solange ich mich noch einigermaßen konzentrieren kann, mache ich ein Stündchen Französisch, um während der Ferien in Übung zu bleiben.« Woher nahm sie die Energie? Und wofür das alles? »Romane erst nachmittags. Ich habe mir meinen Proust wieder herausgesucht; Justus und ich haben uns früher viel Proust vorgelesen. Ich finde, die ›Verlorene Zeit‹ passt zu diesen lang gedehnten Tagen.« Proust oder Pilcher, Irene hatte schon lange in kein Buch mehr geschaut, sogar die Zeitungen stapelten sich nahezu unberührt in der Ecke; sie pickte sich nur die Todesanzeigen und das Neueste über die Hitzewelle heraus. »Fernsehen erst abends«, sagte Lore, ihre Ähnlichkeit mit Bernhard war Irene noch nie so bewusst gewesen: »Fernsehen erst nach sieben.« Es klang wie: kein Alkohol vor 20 Uhr. Der Rotwein am Abend war in Irenes gegenwärtigem Leben das einzige den Tag strukturierende Element.

Einmal war Markus am Telefon – oder hatte sie das nur geträumt? »Wolltest du nicht nach Irland?« »Wir sind wieder zurück. Es war traumhaft. Trinkst du auch genug?« Alle fragten sie das. Traumhaft war kein Wort, das Markus sonst benutzte. Vielleicht färbte die neue Freundin schon ab. Vielleicht hatte sie sich dieses Gespräch bloß eingebildet.

Dora redete monoton vor sich hin, von Hausaufgabenbetreuung und Bildungsangeboten für Emma und Luise, von Motivationsförderung, die Motivation zum Lernen sei das

Wichtigste überhaupt. In Irenes Kindheit war das sicher versäumt worden. Doch es war gar nicht Dora, die da predigte, sondern eine Stimme im Radio, obwohl sie sich zu erinnern glaubte, es bei Lores Anruf ausgedreht und danach nicht wieder eingeschaltet zu haben.

Während all dieser Zeit belagerte sie der Finsterling von gegenüber mit seinem Fernglas, manchmal sah sie ihn hinter seinem Fenster, manchmal ahnte sie ihn nur. Sie war sich sicher, dass er durch die geschlossenen Rollläden hindurch in ihre Wohnung schauen konnte. Er hatte ein Nachtsichtgerät, mit dem er aussah wie ein riesiges Mensch gewordenes Insekt. Eine Wespe auf Hinterbeinen. Mit dem Ding vor den Augen konnte er jede ihrer Bewegungen in der abgeschirmten, dunklen Wohnung verfolgen. Er hatte Ähnlichkeit mit Fantomas, dem teuflischen Bösewicht mit der Maske. Es war lange her, dass sie den Film gesehen hatte, doch sie erinnerte sich an seine übermenschlichen Fähigkeiten, er war allgegenwärtig, konnte jede Entfernung überwinden und in geschlossene Räume eindringen.

Einmal lehnte sie am Badezimmerfenster oder glaubte zumindest, dass sie dort stände, und schaute über den Hinterhof in das verwahrloste Gelände hinter dem Bauzaun. Da, wo gewöhnlich die Sinti-und-Roma-Kinder spielten, in die Baugrube hineinkrabbelten, aus der Baugrube heraushüpften, wo sie sonst Holzsparren aus dem wüsten Haufen Bauschutt wühlten, um mit kleinen Feuerchen zu zündeln, da wimmelten plötzlich unzählige schwarz gekleidete Gestalten. Eine dunkle Horde schwärmte über das verwahrloste Grundstück, gebückt wie die Affen. Alle trugen sie schwarze Masken, wie man sie aus Fernsehkrimis kannte, Strümpfe über dem Kopf – bei diesen Temperaturen! Sie schwangen sich behände über den Zaun, einer nach dem anderen wieselten und wuselten sie im Hinterhof und kletterten dann mit affenartiger Geschwindigkeit an der Fassade ihres Hauses hoch, hefteten sich irgendwie mit Händen und Füßen an das Mauerwerk, das schien ihnen keinerlei Probleme zu bereiten. Genau genommen kletterten sie mit beiden Füßen und einer Hand, denn in der anderen hielten sie Bündel langer, in der Sonne glitzernder Speere, Laserwaffen, die sie im Vorüberklettern blitzartig in die offenen Fenster schleuderten. Irene schrie, starr vor Entsetzen. Ich muss die Polizei anrufen, 110, aber erst sämtliche Fenster fest verschließen – wieso stehen die überhaupt offen, ich hatte doch heute Morgen alles fest verrammelt! Da schoss schon ein silberner Pfeil heran, traf sie an der Schläfe, ein plötzlicher hässlicher stechender Schmerz, jetzt bin ich tot, dachte sie, da waren die schwarzen Männer bereits über ihr. Sie wurde bewusstlos.

Gundi hatte Recht, als sie sagte, dass sich von einem Augenblick auf den anderen alles ändern könnte. Sie hatte schon seit Tagen bei Gundi anrufen wollen und es immer noch nicht getan. Jetzt war es zu spät.

Sie hörte ein Martinshorn, durchdringend. Jemand hämmerte gegen die Tür, rief »Irene! Mach auf! Irene!« Sie öffnete die Augen, fand sich auf dem Fußboden im Badezimmer, fragte sich, wie sie dahin gekommen war. Keine schwarzen Männer, nirgends. Die Türklingel. Thyras Stimme. Sie zog sich seitlich am Badewannenrand hoch, tastete sich durch die dunkle Diele zur Wohnungstür, musste sich dabei rechts und links abstützen.

»Ist dir nicht gut?« Thyra musterte sie besorgt. »Trinkst du auch genug? Du siehst komisch aus.«

»Ich habe geschlafen«, log sie. Thyra hatte neues Mineralwasser und frische Lebensmittel gebracht.

21.

Wolters war tief gekränkt. Wie konnte ihm sein Sohn derart Unrecht tun? Er fühlte grässlichen Zorn. Liebe! Erzähl mir doch nichts von Liebe!, wütete er. Liebe ist das, was mich mit deiner Mutter verband. Dein schwanzgesteuerter Seitensprung ist es ganz bestimmt nicht. Meinst du etwa, ich kapierte nicht, was dich umtreibt? Du unterstellst mir, ich wüsste nicht, was Leidenschaft ist!

Schmerzhaft kam ihm Maurer in den Sinn. »Manche forschen nur über das, was andere erleben.« Dieser Satz aus dem Brief an Sybille.

Glaubst du denn, ich hätte dergleichen nie erlebt?, schrie er Michael an. Natürlich dachte er dabei an seine Assistentin Sandmann, diese wild gewordene Emanze. Er sah sie vor sich auf seinem Schreibtisch liegen, nur eine halbe Stunde vor der Institutsbesprechung, die im selben Raum stattfinden sollte, sie auf dem Rücken, die Beine um ihn geschlungen, er stehend über ihr, vögelte ihr die Seele aus dem Leib, während seine Sekretärin jede Minute aus der Mittagspause zurückkehren konnte, sie waren so plötzlich übereinander hergefallen, dass er nicht einmal die Tür zum Vorzimmer abgeschlossen hatte. Auch bei mir gab es Zeiten, in denen mein Leben mir beinahe um die Ohren geflogen wäre! Aber ich habe mich zusammengerissen und im entscheidenden Augenblick die richtigen Prioritäten gesetzt. Es ist bloße Ich-Schwäche, wenn du das nicht hinkriegst. Niemand ist lächerlicher als ein Mann, der sich von seinem Schwanz an der Nase herumführen lässt. Komisches Bild. Der sich wie ein Tanzbär vorführen lässt. Hast du nie Alberto Moravias »Ich und Er« gelesen, du Ahnungsloser?

»Zum Teufel mit der empirischen Sexualwissenschaft!«, hatte Maurer an Sybille geschrieben. »Zum Teufel mit den Statistiken, wer es wie oft mit wem und auf welche Weise treibt! Ich will keiner von den voyeuristischen Langweilern sein, die über das forschen, was andere leben.« Auch wenn Maurer ihn, Wolters, in diesem Zusammenhang nicht ausdrücklich erwähnt hatte, lag ja wohl auf der Hand, wen er meinte.

Zum Teufel mit Maurer!

Rase nicht blind in den Abgrund, rief er seinem Sohn zu, tu nichts, was du später mit Sicherheit bereuen wirst! Sie ist keine Frau, mit der man irgendetwas aufbauen kann. Du weißt selber, welche Dinge aufs Ganze gesehen zählen. Eine Ehe lebt nicht von Sex und Leidenschaft, sondern von gemeinsamen Zielen und gelingendem Gespräch, von Loyalität und gegenseitiger Wertschätzung. Diese Frau ist zerstörerisch, schau dir doch ihr Leben an.

Seine Ruhe war dahin. An Arbeit nicht zu denken. Das Einzige, was ihm jetzt hätte helfen können, wäre Bewegung, sich abreagieren, ein zügiger Gang durch endlose Straßen, stundenlang, durch den Park, über den Stadtrand hinaus ins Weite. Zum Glück besaß er Vernunft genug sich zu bremsen, trotz des erregten Zustands, in dem er sich befand. Es wäre extrem fahrlässig gewesen, sich der Glut dieses Nachmittags auszusetzen. Also pflügte er rastlos durch die Wohnung, vom Studierzimmer ins Wohnzimmer, vom Wohnzimmer in die

Küche, durch die Diele ins Schlafzimmer und wieder zurück – nur Sybilles Zimmer ließ er aus.

Er schwitzte, er verausgabte sich, doch noch immer war er so aufgewühlt, dass er sich am liebsten mit Michael geprügelt hätte. Gleichzeitig fühlte er einen unbändigen Hass auf Thyra, die abermals dabei war, die Beziehung zu seinem Sohn zu zerstören. Sie gefiel sich in der Rolle der Femme fatale, machte sich ein Vergnügen daraus, mit Michael herumzutändeln, aus einer bloßen Laune heraus, sie meinte ihn ja gar nicht, er war ein weiteres Spielzeug für sie. Wolters wusste schließlich, im Gegensatz zu Michael, der es nicht wissen konnte oder wollte, wie wahllos sie sich die Männer ins Bett holte. Für so eine Frau willst du deine Ehe zerstören? Die Beziehung zu deinem Sohn aufs Spiel setzen? Das werde ich zu verhindern wissen, dachte er mit geballten Fäusten, ich werde ihr das Handwerk legen. Ich werde nicht nur Michael, sondern auch ihre anderen Liebhaber über sie aufklären!

Vielleicht wollte sich Thyra für damals rächen, doch schließlich hatte sie sich von Michael getrennt und nicht umgekehrt.

Es war später Nachmittag, als Wolters sich endlich in seiner Wohnung ein bisschen müde gelaufen und einigermaßen wieder beruhigt hatte. Er baute sich hinter dem Studierzimmerfenster auf und starrte finster auf das Haus gegenüber. Als wollte sie ihn verhöhnen, trat Thyra just in diesem Augenblick auf ihren Balkon. Sie beugte sich weit über das Geländer, halbnackt, in einem schwarzen Bikini, und rief auf die Straße hinunter, wo der Bilanzbuchhalter sich auf der Beifahrerseite seines silbergrauen Mercedes zu schaffen machte. Er sicherte den Säugling in der Babyschale auf dem Hintersitz. Dann richtete er sich auf, grüßte sie mit einer knappen Handbewegung, setzte sich ans Steuer und fuhr davon.

Hinterher vermochte Wolters nicht mehr genau zu rekonstruieren, was ihn eigentlich zu diesem Schritt veranlasst hatte. Was zum Teufel ihn geritten hatte. Vielleicht die Enttäuschung über den missglückten Familiensonntagsausflug, auf den er sich so gefreut hatte. In der Nacht zuvor kaum geschlafen. Die hässliche Auseinandersetzung mit Michael. Die infernalische Hitze. Eine peinlich empfundene Hilflosigkeit, ja, und dass er sich schmerzhaft wieder an Sybille und Maurer hatte erinnern müssen, an ihren Verrat, möglicherweise auch etwas wie Einsamkeit, obwohl er sich das nicht gern eingestand. Dieser ungute Gefühlsmix wurde noch dadurch intensiviert, dass er sich, nachdem sein Sohn so feindselig abgegangen war, einen steifen Whisky on the rocks eingegossen hatte, obwohl er zu Mittag kaum gegessen und an diesem Tag viel zu wenig Wasser getrunken hatte. Kein Wunder, dass ihm der Alkohol unter diesen Umständen geradewegs in den Kopf gestiegen war.

Als sie ihm die Tür öffnete, im Bikini, bezeichnend, dass sie sich nicht einmal die Mühe gemacht hatte, etwas überzuziehen, obwohl sie nicht wissen konnte, wer da klingelte, stand er erst einmal sprachlos da. Überwältigt von all dem, was er ihr gleichzeitig entgegenschleudern wollte. Er keuchte, er konnte sich nicht mehr erinnern, wie er über die Straße gekommen war, vermutlich laufend, denn er war atemlos.

»Sieh mal an, der Herr Professor«, sagte sie spöttisch, nicht im Geringsten erstaunt, fast als habe sie ihn erwartet. »Was verschafft mir die Ehre? Komm doch rein. Damals haben wir uns geduzt, wenn mich die Erinnerung nicht trügt. Oder möchten Sie lieber zum Sie zurückkehren?«

Wolters fühlte einen leichten Schwindel, als sie beiseitetrat, um ihn einzulassen. Ein kühler Blick, dieses ironische Lächeln, die rote gekrauste Mähne ... Sie erinnerte ihn an ... Sie sah aus wie ... So wie jetzt hatte er sie früher nicht erlebt. Machte sie sich über ihn lustig? Sein Blick flackerte an ihr herunter, sie lief barfuß, Fingernägel und Zehennägel schwarz bemalt, er schaute hinter ihr in die Wohnung, suchte nach einem Orientierungspunkt. Gern hätte er kurz die Hand an den Türrahmen gelegt, um sich seiner Balance zu versichern. In was hatte er sich da hineinmanövriert.

»Ehrlich gesagt habe ich dich schon länger erwartet. Du hast einen guten Abend erwischt, Jurek ist in den Ferien und Timo bei seinem Vater. Einer der seltenen Momente, in denen ich allein bin. Zufall – oder hast du das vorher sorgfältig ausgekundschaftet? Was willst du?«

Wolters folgte ihr wie hypnotisiert ins Wohnzimmer. Der Satz, der ihn über die Straße getrieben hatte – »Lassen Sie gefälligst meinen Sohn zufrieden!« –, war wie weggeblasen. Stattdessen fragte er verwirrt, lammfromm: »Wieso hast du mich erwartet?«

»Weißen? Oder Roten?«, fragte sie. »Du hast doch immer gern gepichelt. Oder lieber nur ein Wasser, in Anbetracht der Umstände?«

Das Wohnzimmer lag im Halbdunkel, die Jalousien waren zu zwei Dritteln hinuntergelassen, die Konturen des Mobiliars verschwammen, er war ohnehin außerstande, Details wahrzunehmen. Außer dem überdimensionierten Sofa, an dem sie lehnte, in ihrem knappen schwarzen Bikini, ihn unablässig fixierend unter dem wirren Lockenschopf. Ihren Gesichtausdruck konnte er nicht ausmachen, da sie mit dem Rücken zum Fenster stand. Durch die Jalousien drang nur ein schwacher Lichtschein, doch er spürte ihren herausfordernden Blick.

Er würde in eine Position der Schwäche geraten, wenn er etwas von ihr annähme, doch er hörte sich »Wasser«, sagen, mit einer heiseren Stimme, die nicht zu ihm zu gehören schien. Sie griff neben sich in ein offenes Bord, langte nach einem Glas, ohne ihn aus den Augen zu lassen, goss ihm leicht vorgebeugt aus der Karaffe ein, die sich auf dem Tisch befand, und schob das Glas über die Tischplatte in seine Richtung. »Sie will vermeiden, dass sich unsere Hände berühren«, schoss es ihm durch den Kopf, und plötzlich schob sich überdeutlich eine Szene von damals vor ihn: Er steht Thyra gegenüber, in seinem Wohnzimmer, kein Tisch dazwischen wie jetzt, gießt ihr ein Glas Wein ein, minutenlang mit ihr allein, während Sybille und Michael nebenan in der Küche wirtschaften, hinter der halb geöffneten Tür, die beiden holen etwas, präparieren vielleicht einen Imbiss, was auch immer, er reicht ihr das Glas, sie schaut ihm mit diesem provozierenden Blick direkt in die Augen, er berührt ihre Hand, während er das Glas übergibt und fährt, ohne ihren Blick loszulassen, mit dem Zeigefinger bis zu dem Ellbogen ihres nackten Arms hinauf. Die plötzliche Erinnerung traf ihn wie ein Schlag. Er hielt sich an der Sessellehne in Reichweite fest. Es war sonnenklar, dass Thyra in diesem Augenblick genau die gleiche Szene im Sinn hatte, womöglich hatte erst die Tatsache, dass sie daran dachte, die Erinnerung bei ihm ausgelöst. Eine Art Magie, eine Hypnose wider Willen. Wieso hatte er diese Begebenheit völlig vergessen?

Ihm war übel. Er wollte ihr Wasser nicht trinken, doch wenn er es nicht sofort nahm, würde er womöglich umkippen.

Sie sagte: »Warum hast du so getan, als ob du mich nicht kennst, vor Wochen, im Park?« »Ich war mir nicht sicher«, log er mit trockenem Mund. Ich kann mich keine Minute mehr aufrecht halten, wusste er und ließ sich uneingeladen in den Sessel fallen. Schrie dann leicht auf und sprang wieder hoch, denn er hatte sich in etwas Weiches, Feuchtes gesetzt. Schwarz vor Augen. Ein Schwächeanfall. Verfluchter Alkohol.

Sie lachte laut heraus: »Sorry«, sagte sie, »ich hatte Timos Windel vergessen.« Sie trat näher, nahm das Teil mit Daumen und Zeigefinger, es stank infam, sein Gesicht brannte vor Scham, sie wedelte ihm kurz damit vor der Nase herum, bevor sie im Nebenzimmer verschwand, immer noch lachend. Der Deckel eines Abfalleimers klappte auf, klappte zu. Wolters leerte das Wasserglas in einem Zug und sank auf dem noch immer etwas feuchten Sessel in sich zusammen.

Ich muss mich zusammenreißen. Diese Sekunden nutzen,

um die Kontrolle über die Situation zurückzugewinnen. Ihr souverän entgegentreten. Mich an das erinnern, was ich eigentlich hier wollte. Ihre zierliche Silhouette erschien in der Tür, die offenbar zur Küche führte.

»Ich bin wegen Michael hier«, erklärte er mit gefestigter Stimme.

»Ach ja?«

»Du weißt vielleicht nicht, dass er verheiratet ist und einen kleinen Sohn hat.«

»Stell dir vor, er hat es erwähnt.«

Wolters stemmte sich mit wiedergewonnener Kraft aus dem Sessel hoch. »Dann würde ich dich bitten, das auch zu respektieren«, sagte er steif und hölzern, wieder mit der zittrigen Greisenstimme, Welten entfernt von dem donnernden Ton, mit dem er sie in seiner Phantasie in den Senkel gestellt hatte, als er vorhin über die Straße lief wie ein Berserker. Jetzt den geordneten Rückzug antreten!, befahl er sich und bewegte sich langsam durchs Wohnzimmer in die Diele, in Richtung Ausgang, nur halb von ihr abgewandt, als befürchte er ein Geschoss im Rücken.

»Deswegen bist du hergekommen? Um mir das zu sagen?«

»Ja!«, erklärte er tapfer.

Sie brach wieder in Gelächter aus. »Da ist der Knabe – warte mal – einundvierzig, und Papa kommt vorbei, um mir zu verkünden, dass ich nicht mit ihm spielen darf. War das nicht früher die Rolle deiner Frau? Sie wachte über ihren Kleinen, versuchte, ihn mit Zähnen und Klauen vor dem verderblichen Einfluss der schlechten Frau zu bewahren.«

»Lass Sybille aus dem Spiel!«, rief er böse. »Sie ist tot.«

Er ging rückwärts. Sie folgte ihm Schritt für Schritt. Jetzt hörte sie zu lachen auf. »Armer Rüdiger!«

Das konnte nur Sarkasmus sein.

»Sie hat sich wacker geschlagen. Sie musste schließlich nicht nur Sohnemann, sondern auch den Gatten kontrollieren. Du hast dich nur ihretwegen nicht getraut, stimmt's? Michael war dir ganz egal.«

Wieder ein Anflug von Schwindel. Er hatte die Wohnungstür erreicht, drückte sich mit dem Rücken dagegen, blieb Thyra die Antwort schuldig.

»Du wolltest schon damals mit mir schlafen. Gib es zu.«

Sie streckte ihre Hand aus, ihr Zeigefinger schwebte näher, ein langer dünner Finger, wie von Grünewald gemalt, Hänsel im Käfig und die Hexe aus dem Märchen, sie bohrte den schwarzen Fingernagel flüchtig in seinen Bauch, genauer in das eierschalfarbene Leinen seiner Freizeithose, die locker über dem Bauch hing, berührte ihn auf halber Höhe zwischen Bauchnabel und Penis.

»Was fällt dir ein!«, wollte er rufen. Seine plötzliche Erektion verschlug ihm die Sprache. Blind stürzte er sich auf sie, wie er sich seit den Tagen der Emanze auf keine Frau mehr gestürzt hatte. Sie drehte das Gesicht weg, als er sie küssen wollte, überließ sich aber wider Erwarten seiner Umarmung.

»Na also«, sagte sie.

22.

Das ersehnte Gewitter, das die Hitzewelle beenden sollte, war für Anfang der Woche angekündigt.

Am Samstag und Sonntag kehrten Gundi und Biba aus dem Urlaub zurück, und Irene lauschte am Telefon begierig ihren Neuigkeiten. Gundi hatten die extremen Temperaturen der letzten Wochen kaum zu schaffen gemacht. Ihre Reha-Klinik im Schwarzwald lag auf 900 Meter Höhe, ihr Zimmer im Erdgeschoss, nach Norden hin, direkt vor dem Fenster ein bewaldeter Hang, der den ganzen Tag für Schatten sorgte. »Unter normalen Umständen hätte ich über so ein dunkles Zimmer gejammert.« So aber habe sie es die meiste Zeit angenehm kühl gefunden, außer beim Sport, der eine Quälerei gewesen sei, und wunderbar schlafen und sich erholen können. Nein, kein Kurschatten! Zurück im Bratofen der Stadt habe sie fast wieder der Schlag getroffen.

Biba nannte ihre Ferien in Tunesien »drei Wochen gepflegte Langeweile«. Ein pompöses Hotel im Palmenhain, das Meer zu weit entfernt, um zu Fuß hinlaufen zu können. Sohn und Schwiegertochter hätten es gut mit ihr gemeint, doch diese künstlichen Wohlfühlwelten seien nichts für sie. Gerade mal eine Woche habe sie das Faulenzen genießen können. Die jungen Leute hätten häufig Ausflüge in die Städte der Umgebung und in die Wüste gemacht, sie habe nur zwei-, dreimal an diesen Exkursionen teilgenommen, die beiden mussten ja auch mal für sich sein. Die Enkel wurden im Kinderclub tagsüber professionell bespielt. Sie selber hatte ohne Ende auf der Liege am Pool gedöst, gelesen, geschlafen, ab und an im Wasser gedümpelt, dann wieder gedöst, geschlafen – und natürlich gegessen, gegessen bis zum Anschlag! Sie schwärmte von den üppigen Buffets, lästerte über die anderen Senioren, so langweilig, so saturiert, und die spießigen Tanzveranstaltungen an jedem zweiten Abend. Offenbar hatte sich für sie beim »Ball der einsamen Herzen« nichts Passendes gefunden.

»Lasst uns Wiedersehen feiern, sobald es abgekühlt ist«, schlug Lore vor. Das große Gewitter sollte in der Nacht von Montag auf Dienstag durchziehen. Also verabredeten sie sich für Dienstagnachmittag. Irenes Wohnung bot sich als Treffpunkt an. Lores Appartement war winzig und ließ sich nur schwer lüften. Gundi fühlte sich in der Gastgeberinnenrolle noch überfordert. Biba wohnte im dritten Stock, die Treppen würde Gundi einstweilen nicht schaffen.

Montagmorgen braute sich das Gewitter zusammen. Nach schier endlosen Wochen, in denen der Himmel Tag für Tag blau gewesen war, färbte er sich nun grau, fast anthrazitfarben, und sackte zusehends tiefer auf die Dächer. Hier und da säumten unheimliche schmutzig gelbe Streifen die dickbauchigen schwarzen Wolken. Doch obwohl es gegen Abend unerträglich schwül wurde, wartete sie in der Nacht vergeblich auf die Entladung. Kurz vor der Tagesschau erhob sich zwar ein gewaltiger Sturm, und der Wind schien das Köstlichste, was Irene seit langem erlebt hatte. Sie riss sämtliche Fenster weit auf, fixierte sie mit schweren Blumentöpfen. Eine warme Böe nach der anderen fuhr durch die Wohnung, auf dem Boden trieben zerwühlte Zeitungen und von den Ablagen gefegte Papiere. Aber der Regen blieb aus, mit ihm die Abkühlung, und nach zwei Stunden legte der Sturm sich wieder. Wetterleuchten in der Ferne, als sie kurz nach Mitternacht enttäuscht wie ein Kind zu Bett ging. Sie schlief kaum.

Dienstagmorgen wartete sie noch immer auf das Gewitter. »Ich bringe einen Quinoa-Salat mit, würzig und frisch, selbst gemacht«, sagte Lore am Telefon. Biba würde Antipasti beim Italiener besorgen, in Öl eingelegte Auberginen und Zucchini, die würden gut zu Lores Salat schmecken. Gundi, noch Rekonvaleszentin, brauchte nichts vorzubereiten. Irene bot an, sich um das Dessert zu kümmern, sie dachte an ihre bequeme Joghurt-Quark-Speise, unter die sie ein Glas Himbeermarmelade ziehen würde.

Die Luft war schon frühmorgens feucht und schwer, zum Schneiden, schien kaum mehr Sauerstoff zu enthalten. Nicht nur die Dicken keuchten, stellte Irene fest, als sie die Straße entlangsah, auf der sich nur vereinzelte Passanten dahinschleppten. Ihr selber hatte anscheinend schon die Rückkehr der Freundinnen und die Aussicht auf Abkühlung neues Leben eingehaucht, denn sie hatte sich nicht gleich nach dem Frühstück wieder hinlegen müssen wie sonst, sondern hielt sich eine Weile auf dem Balkon auf und zupfte an ihren Blumen herum, obwohl die hohe Luftfeuchtigkeit fast noch unerträglicher war als die trockene Glut früherer Tage. An den Armen und im Ausschnitt entstand ein feuchter Film, sie sah dabei zu, wie er sich zu Rinnsalen verdichtete und in kleinen Bächen am Körper hinunterlief. Sie konnte sich nicht entschließen, die Rollläden zu schließen, sie wollte das herannahende Wetter hautnah miterleben. Stundenlang tat sich nichts, obwohl es an diesem Tag gar nicht richtig hell wurde und der Mittag daherkam, als wolle er die Nacht einläuten.

Von irgendwoher fielen plötzlich Myriaden von kleinen Gewittertierchen über sie her. Die Winzlinge waren allüberall. Saugten und juckten zu Hunderten an ihren Armen und Beinen, manchmal bissen oder stachen sie auch, unerwartet, dann schlug Irene zu, der schwarze Schwarm erhob sich träge, um sich Sekunden später wieder auf ihrer nackten Haut niederzulassen. Sie krabbelten zuhauf in ihren Ausschnitt, klebten am gelben Resopal der Küchenschränke, wimmelten im Schälchen mit den klebrigen Quarkresten. Sie wedelte mit den Armen, versuchte, die lästigen Insekten abzustreifen. Jetzt konnte es nicht mehr lange dauern. Der alte Mann gegenüber wartete wohl ebenfalls auf das erlösende Unwetter, gelegentlich ahnte sie sein Gesicht hinter geschlossenen Fenstern. Sie war versucht, ihm zuzuwinken, unterließ es aber.

»Wo bleibt denn das Gewitter?« Die Freundinnen telefonierten mehrmals an diesem Morgen. Mittags kamen sie überein, ihr Treffen um einen Tag zu verschieben. »Rufst du Biba an? Ich benachrichtige Gundi. Man muss ja nicht gerade im Hexenkessel unterwegs sein, wenn es losgeht.«

Kein Gedanke an einen Mittagsschlaf, doch sie musste sich wenigstens kurz hinlegen. Die ekligen Gewittertierchen waren längst auch im Wohnzimmer. Kaum hatte sie sich ausgestreckt, rief Markus an, der doch eigentlich wissen sollte, dass sie um diese Zeit ruhte. Er war ungewohnt gesprächig, erzählte von seinem Urlaub. »Übrigens haben wir uns gestern zum ersten Mal zu viert getroffen, in einem Bistro«, sagte er dann, »Rieke und ihr Lover, meine Freundin und ich. Ich kann dich beruhigen, es ist alles höchst zivil verlaufen. Niemand hat mit irgendetwas geworfen oder herumgeschrien, keine unnötige Bösartigkeit auf irgendeiner Seite. Ihr Thomas ist gar nicht so übel, wenn auch ziemlich langweilig, so ein Ernsthafter, ich verstehe nicht, was sie an ihm findet. Wir haben beschlossen, es Jessica nun doch zu sagen. Sobald wir mit ihr gesprochen haben, ziehe ich zu Amal. Wir richten Jessica bei uns ein Zimmer ein, sie kann mich besuchen, sooft sie will.«

Amal also, stellte Irene fest. Zu schön, um wahr zu sein. Wenn man seinen glatten Darstellungen nur glauben könnte, dachte sie und zuckte zusammen, als ein Blitz das Wohnzimmer sekundenlang grell beleuchtete. Der Donner klang wie eine Explosion.

»Alter Schwede!«, rief Markus. »Das war ziemlich nah! Ich hör mal auf. Muss die Fenster schließen.«

Irene rappelte sich vom Küchenstuhl hoch, um es ihm gleichzutun. Blitze standen wie eine leuchtende Landkarte am Himmel, und die Donnerschläge folgten so schnell, dass sie keine zweimal hintereinander einundzwanzig sagen konnte. Das Unwetter war unmittelbar über ihnen. Der Kater erschien in der Wohnzimmertür und verkroch sich mit steil aufgestelltem Schwanz hinter den Eckschrank. Es krachte markerschütternd. Ihr Wasserglas auf dem Tischchen wackelte. Ein Einschlag ganz in der Nähe. Sie fürchtete sich, den offenen Fenstern zu nahe zu kommen, alle Schauergeschichten über inmitten ihrer Wohnungen vom Blitz erschlagene Menschen waren ihr wieder präsent. Schließlich umwickelte sie die Hand mit einem Tuch, bevor sie die Fenstergriffe anfasste. Als ob das im Ernstfall irgendeinen Unterschied machen würde. Sie fand sich selber komisch. Wie gut, dass die Freundinnen nicht gerade jetzt unterwegs waren.

Sie hatte eben das letzte Fenster geschlossen, als erneut das Telefon läutete. »Andreas, wie schön, dich zu hören! Seit wann bist du wieder zu Hause? Geht es bei euch auch gerade los?«

»Hat Dora sich bei dir gemeldet?«, fragte er zurück. Er klang angespannt.

»Nein, wieso?«

»Ich warte seit Stunden auf die drei. Sie haben in Hamburg bei Doras Freundin Manu übernachtet, von dort hat sie mich gestern Abend angerufen. Sie wollten nach dem Frühstück zeitig los und mittags zu Hause sein. Sie geht nicht an ihr Handy.«

»Dann sitzen sie sicher im Auto.«

»Deswegen mache ich mir ja Sorgen. Sie müssen quer durch diese Schlechtwetterfront, Böen mit mehr als hundert Kilometern pro Stunde und sintflutartige Wolkenbrüche, heißt es. Wenn sie jetzt mittendrin auf der Autobahn sind.«

Irene atmete tief durch. »Es wird schon gut gehen, Andreas. Dora ist eine besonnene Fahrerin. Sie macht bestimmt eine Pause, wenn es zu schlimm kommt.«

»Wenn sie in einer Raststätte wäre oder auf dem Seitenstreifen stände, würde sie an ihr Handy gehen.«

Irene atmete noch einmal. Andreas hatte Recht. »Sie muss ja noch Jessica abliefern«, fiel ihr ein.

»Sie wollte sich melden, sobald sie bei Markus ist. Der hat auch nichts gehört.«

Und macht sich, anders als du, keine Sorgen, dachte Irene. Typisch. Markus hatte bei seinem Anruf eben nicht einmal erwähnt, dass sie Jessica heute schon erwarteten. »Gibst du mir Bescheid, wenn du was hörst, Andreas?«

Eine leichte Unruhe nagte an ihr, nachdem das Gespräch beendet war, und hinderte sie daran, das Spektakel da draußen so zu genießen, wie sie es getan hätte, wenn sie Dora und die Kinder unter einem sicheren Dach wüsste. Sie stand hinter dem Fenster und schaute zu, wie der Regen losprasselte. Wasserbreitseiten schwappten gegen die Scheiben, sie konnte keine drei Meter weit sehen, geschweige denn die andere Straßenseite erkennen. Während Wasserfälle am Fenster herunterströmten, fühlte sie sich wie in einem U-Boot. Wo nahm der Himmel das bloß alles her, nach der langen Trockenheit! Eine gute Viertelstunde ging es wie ein Trommelfeuer, Starkregen prügelte auf die Straße ein. O weh, sie hätte die Blumenkästen vor dem Unwetter abhängen müssen! Alle Pflanzen waren zusammengehauen, sämtliche Blüten abgeschlagen, die meisten Blätter zerfetzt.

Nach einer Weile schwächte sich der Regen etwas ab. Jetzt auf den Balkon hinaus, durchatmen! Da läutete erneut das Telefon.

»Alles okay bei dir?«, fragte Lore. »Bei Biba hat es Ziegel vom Dach gerissen. Gut, dass wir uns erst für morgen verabredet haben.«

Sie stand auf dem Balkon und sog begierig die Luft ein, richtig abgekühlt war sie noch nicht, aber fühlbar angenehmer. Es regnete jetzt stetig, feiner. Ab und zu zuckte ein Blitz über die Dächer, doch man hörte keinen Donner mehr. Es war vorbei. Sie streckte die Arme über das Balkongeländer, um sie nass regnen zu lassen. Der von drüben hatte ebenfalls seine Fenster weit aufgerissen, er stützte sich mit den Händen auf das Ziergitter davor und starrte herüber, natürlich zu Thyra und nicht zu ihr. Deren Balkontür war ebenfalls geöffnet, von unten drang laute Musik hinauf, stampfende Bässe, Techno, wie ihre Enkel diese Art von Lärm nannten. Irene beugte sich über die Brüstung, sah Thyra unten in einem kurzen Hängerchen herumhüpfen. »Ist es nicht herrlich, Irene?«, rief sie herauf.

»Himmlisch geradezu!«

Ein rotes Auto fuhr sehr langsam durch die Straße, Aquaplaning, die Fahrer hinter ihm hupten, als es sich vorsichtig in eine enge Parklücke am Bauzaun schob. Ein junger Mann sprang heraus und rannte durch den Regen auf ihr Haus zu. War das nicht dieser Michael? Sie hatte ihn nur einmal flüchtig gesehen, als Thyra bei ihr auf dem Balkon war. Sie wollte Thyra auf sein Kommen aufmerksam machen, als sie wieder ihr Telefon hörte. Hoffentlich Nachricht von Dora. Es war Markus: »Nicht erschrecken«, sagte er, seine Stimme klang verhalten, und Irene griff sich unwillkürlich ans Herz. »Jessica ist abgehauen. Dora hat sich gerade von einer Raststätte zwischen Osnabrück und Münster gemeldet.«

»Abgehauen? Was soll das heißen?« Sie verstand ihn nur

schwer, schob nervös mit dem Rücken die Balkontür zu. Draußen rauschte der Regen.

Markus' Geschichte klang wie ein schlechter Krimi: Dora war anfänglich trotz des Sturms gut vorangekommen, glaubte das Schlimmste hinter sich zu haben, als Jessica erklärte, sie müsse dringend zur Toilette. Sie war bei der nächsten Gelegenheit rausgefahren, selber im Auto geblieben, hatte aber Emma und Luise gleich prophylaktisch mitgeschickt. Wenig später kamen die jüngeren Mädchen ohne Jessica zurück. »Sie wollte sich noch was im Tankstellenshop kaufen.« Dora empfand das als ärgerliche Rücksichtslosigkeit, hatte aber weitere fünf oder zehn Minuten gewartet, ohne sich etwas zu denken. Dann war eine SMS auf ihrem Handy gewesen: »Fahrt ohne mich weiter. Melde mich später. J.« Unverschämterweise auch noch mit einem Smiley versehen! Dora war ausgerastet. Sie, Emma und Luise hatten Jessica überall auf dem Rastplatz gesucht, auf den Toiletten, im Restaurant, an der Tankstelle, auf der gesamten Parkplatzfläche, sogar im umliegenden Wäldchen. Sie hatte Markus und Andreas nicht verrückt machen wollen, solange sie nicht genau wusste, was los war. Eine halbe Stunde später hatte sie überlegt, ob sie die Polizei einschalten solle. Da kam die nächste SMS »Bin mit Sven und Popp nach Berlin.« Sven war der tätowierte Junge, mit dem sie in Dänemark am Strand rumgehangen hatte, Popp dessen Freund, die beiden, gerade mal achtzehn, waren mit einem geliehenen Auto im Urlaub gewesen. Dora vermutete nun, dass die Aktion von langer Hand geplant war; die Jungs waren wahrscheinlich seit Hamburg hinter ihnen gewesen und hatten mit Jessica, die während der ganzen Fahrt nur an ihrem Handy gefummelt hatte, per SMS abgesprochen, wo sie zu ihnen umsteigen könnte.

»Und nun?«, fragte Irene hilflos.

»Dora ist inzwischen weitergefahren. Inzwischen hat Jessica uns gesimst. Sie habe keine Lust mehr auf das Elterntheater, O-Ton Jessica, und werde bis zum Ende der Ferien bei ihrem Freund bleiben. Seine Adresse hat sie nicht verraten. Mit uns telefonieren will sie nicht. Wir könnten sie ja immer per SMS erreichen.«

»Ach du je«, sagte Irene.

»Rieke hat sich entsetzlich aufgeregt«, sagte Markus. »von wegen, sie ist erst siebzehn, wer weiß, was das für Typen sind und so weiter, und wir hatten den nächsten Krach. Aber so schlimm finde ich das gar nicht, nachdem wir wissen, wo sie ist. Soll sie doch den Rest der Ferien mit ihrem Freund verbringen. Sind ja nur noch zehn Tage. Ich werde ihr telegrafisch ein bisschen Geld überweisen. Wenn sie zurückkommt, machen wir reinen Tisch, und es gibt einen Neuanfang.«

Irene sagte nichts mehr. Markus, wie sie ihn kannte. Don't worry, be happy. Jedes Problem, jeder Konflikt schien sich in nichts aufzulösen, wenn er darüber sprach. Sie konnte verstehen, dass Rieke sich »einem Ernsthaften« zugewandt hatte. Während des Telefonats hatte sich der Himmel erneut verdunkelt, sie hörte es wieder donnern, weiter entfernt. Markus und Rieke hatten sich das Drama selbst zuzuschreiben. Aber die arme Dora musste es ausbaden. Sie trat auf den Balkon, um ihren Kopf zu lüften, die Luft war jetzt deutlich abgekühlt, und es fing wieder an zu schütten. Sie fröstelte. Zum ersten Mal seit Wochen kam ihr der Gedanke, dass sie sich etwas überziehen sollte.

Sie beugte sich weit über das Balkongeländer; es wäre nett, wenn sie jetzt kurz mit Thyra hätte reden können, die sich mit Mädchen in Jessicas Alter auskannte. Doch da war niemand. Man hörte auch keine Musik mehr. Stattdessen beobachtete sie, wie der Mann, den sie für Michael hielt, unten aus der Haustür trat. Über Jessicas Eskapaden war ihr völlig entfallen, dass Thyra Besuch bekommen hatte. Vorhin war er stürmisch angelaufen gekommen, jetzt schlich er mit gesenktem Kopf fort, wie ein geprügelter Hund. Oder wie jemand, der zu viel getrunken hat, mit leichter Schlagseite. Kurz vor seinem Auto hielt er inne, lehnte sich gegen den Bauzaun, drehte sich einmal um sich selbst, machte Anstalten, wieder umzukehren, verharrte aber auf der Stelle. Er stand unbeweglich im Regen. Was ist denn mit dem los?, dachte Irene.

In diesem Augenblick geschah etwas noch Sonderbareres. Aus der Tür des Hauses gegenüber kam der alte Sonderling geschossen, er überquerte die Straße laufend, im kurzärmeligen Hemd, ohne Schirm. Er rannte auf den jungen Mann zu, der soeben sein Auto aufschloss, packte ihn von hinten an der Schulter, schüttelte ihn. Der zuckte zusammen, fuhr herum, schlug den Arm des anderen weg. Es sah nach einem Handgemenge aus. War der alte Voyeur jetzt völlig verrückt geworden? Fiel er über den jungen Mann her, weil der bei Thyra gewesen war? Sollte sie etwas unternehmen, die Polizei rufen?

Sie musste sich seitlich weit über den Balkon beugen, um beide Männer zu sehen, die sich in Drohgebärde gegenüberstanden und offenbar aufeinander einschrien, ohne dass sie etwas verstehen konnte, im strömenden Regen. Da läutete schon wieder ihr Telefon – hoffentlich Dora!

Dora, die ihr mitteilen wollte, dass sie soeben sicher zu Hause gelandet seien, sie, Emma und Luise. »Du Armes!«, sagte Irene. »Was für ein Theater mit Jessica. Was für eine grauenhafte Fahrt!«

Dora klang erschöpft, aber glücklich. »Andreas ist wieder zurück«, sagte sie. »Er hat für uns Pizza auf dem Backblech gemacht, für jeden ein Viertel mit dem Lieblingsbelag.«

»Ich hoffe, du sagst ihm, was für ein Schatz er ist.«

»Hab ich ihm schon gesagt. Wir trinken jetzt noch einen Absacker, und dann gleich ins Bett.«

»Wir müssen uns bald sehen. Jetzt ruh dich erst einmal aus.«

Als sie wieder auf den Balkon trat, nieselte es nur noch sachte. Die streitenden Männer und der rote BMW waren verschwunden. Sie sah den Kerl von gegenüber während des Abends nicht mehr am Fenster.

23.

Wolters fasste seinen Sohn zaghaft an der Schulter: »Was ist los, Michael?«

Der fuhr herum und schlug ihm die Hand weg. »Hau ab!«

»Lass uns reden, bitte!«

Es goss in Strömen, doch das nahmen beide nicht zur Kenntnis, während sie einander gegenüberstanden. Wolters mit fragend hochgezogenen Schultern, ratlos, hilflos, Michael, aus seiner Lähmung erwacht, wutschnaubend, wie ein verwundeter Stier in der Arena. »Es gibt nichts zu reden. Sie hat Schluss gemacht. Weil du bei ihr warst. Dadurch sähe sie die Dinge jetzt anders. Du bist so ein Arsch!«

Wolters hörte kurz auf zu atmen. Thyra hatte seinetwegen Schluss gemacht? Offenbar hatte sie Michael nichts von den genauen Umständen seines Besuchs erzählt. Denn dann würde der ihm jetzt noch anderes an den Kopf werfen, ihm vielleicht wirklich an die Gurgel gehen. Michael schien nicht wahrzunehmen, in welch bejammernswertem Zustand sich sein Vater befand. Er stand mit vorgerecktem Kopf, die Fäuste geballt. »Du hast es wieder zerstört!«, schrie er. »Von jetzt an bist du tot für mich. Und deinen Enkel kannst du auch vergessen!« Er stieß seinem Vater mit beiden Armen vor die Brust, schubste ihn zurück, warf sich ins Auto und fuhr davon. Wolters blieb mit hängenden Armen im Regen zurück.

Würde sich das je wieder einrenken lassen? Er war auf die Straße gelaufen, um Michael um Verzeihung zu bitten, zu versuchen, ihm das Geschehene zu erklären, falls das möglich war. Komm einen Augenblick zu mir rein, bitte, hör mich wenigstens an, ich habe da etwas veranstaltet, was ich selbst nicht begreife, ich schäme mich vor mir selbst. Ich weiß nicht, was mich getrieben hat. Aber dann stand er nur stumm, sprachlos angesichts von Michaels Schmerz und Wut. Was sollte er sagen? Michael hasste ihn ja ohnehin schon. Vielleicht würde er ihm eines Tages die ganze Wahrheit erzählen können. Vielleicht nie. Nicht ausgeschlossen, dass sein Sohn ihm in ferner Zukunft einmal dankbar dafür sein würde, dass er ihn vor weiteren Dummheiten bewahrt hatte. Aber das, was zwischen ihm und Thyra geschehen war, würde nun immer zwischen ihm und Michael stehen, ob der nun davon erfuhr oder nicht.

Wolters kehrte gebeugt nach Hause zurück, völlig durchnässt, das kümmerte ihn nicht. Er nahm die feucht an der Haut klebenden Textilien kaum wahr. Was genau hatte Thyra Michael erzählt? Auf jeden Fall keine intimen Details. Dafür musste er wohl dankbar sein.

Seit gestern Abend, seit er bei ihr war, hatte er keinen klaren Gedanken fassen können. Anfangs hatte er sich nur benommen gefühlt, verwirrt, irgendwie auch ein winziges bisschen euphorisiert über das, was ihm geschehen war. Im Schock oder im Rausch. Wie aus einer Narkose erwacht.

Danach, in der Nacht, hatte die Welt um ihn herum sich gedreht wie ein Karussell. Die Erinnerungen hatten ihn überrollt. Seine spontane Erektion, ein Wunder, bestürzend. Ungläubiger Triumph. Beschämung erst später. Er erkannte sich nicht wieder. Alles schien unwirklich. Er war sich selber fremd. Was wäre, wenn die Begegnung nicht vorzeitig beendet worden wäre? De facto war es bei der stürmischen Umarmung geblieben. Er hatte sie fest im Arm gehalten. Sie hatte sich ihm zunächst überlassen. Doch er hatte sehr wohl gespürt, dass sie ihr Gesicht leicht abwandte, als er sie küssen wollte. Warum hatte sie sich ihm dann nicht ganz entzogen, warum ihn nicht zurückgeschubst? Er hatte sich gegen sie gedrängt, sie musste seine Erektion durch die lockere Hose gespürt haben. Sie war nicht überrumpelt, anders als er, sie hatte die Situation ja bewusst herbeigeführt. Erst Augenblicke später, als ihr Handy sich meldete, hatte sie sich von ihm gelöst, das hatte er genau registriert, entscheidende Sekunden später. Das war von Bedeutung. Oder hatte sie das johlende Handy zum Anlass genommen zu tun, was sie schon vorher tun wollte? Er zermarterte seinen Kopf, wollte sich an ihre Miene erinnern. Da war nichts. Blank. Er hatte die Augen doch höchstens in dem Moment geschlossen, in dem er sich auf sie stürzte. Was für ein Gesicht hatte sie gemacht? Er war blind, blind. Jetzt bildete er sich plötzlich ein, sie habe kryptisch gelächelt. Hätte sie ihn weitermachen lassen, wenn die Unterbrechung durch das Handy nicht gewesen wäre?

»Ich glaube, du gehst jetzt besser.«

Ihr Handy gab diese schreckliche kreischende Tonfolge von sich: »I feel good«. Sie hatte ihn beiseitegeschoben, fast beiläufig, sachlich. Den Anrufer mit Hallo begrüßt und nur Ja und Nein von sich gegeben, zuletzt: »Also dann, bis gleich.«

»Ich glaube, du gehst jetzt besser.« Sie hielt Wolters die Wohnungstür auf. Er war entlassen. Und er wandte sich brav um und zockelte wie ein aufgezogenes Blechspielzeug davon. Ohne noch etwas zu sagen. Die Erektion war dahin. Er trottete wie ein Schlafwandler über die Straße, die Treppe hoch, baute sich hinter dem Fenster auf. Starrte hinaus. Leer. Ohne irgendwas zu denken. Wenig später war der alte Mitsubishi vorgefahren, und der Italiener war herausgesprungen. Ob sie sich inzwischen etwas angezogen hatte? Jetzt plötzlich begann sein Puls zu rasen, jetzt erst realisierte er, was geschehen war.

Die ganze Nacht hindurch spielte er die Begegnung mit Thyra wieder und wieder im Kopf durch, versuchte, sich an jedes kleinste Detail zu erinnern. Was wollte sie? Was hatte er getan? Was würde folgen? Er wälzte sich. Zwischendurch drängten sich unerwünschte Bilder dazwischen, unangenehme Erinnerungen, während er in der unerträglichen Schwüle seines Schlafzimmers mit offenen Augen an die Decke starrte. Die Szene damals mit dem Weinglas, als er so planvoll ihren Arm berührt hatte. Sybille, die mit scharfer Stimme sagte: »Findest du es nicht peinlich, mit der Freundin deines Sohns zu flirten?« Damals hatte er unschuldig erwidert: »Aber ich flirte doch gar nicht!« Jetzt flüsterte er vor sich hin: »Aber ich habe doch gar nicht … Sie hat …« »Du lässt zu, dass sie mit dir flirtet«, entgegnete Sybille gereizt, »du ermunterst sie.«

Solche extremen Gefühlszustände hatten ihn seit Jahrzehnten nicht mehr gebeutelt. Zwischendurch erfasste ihn Schwindel, sein Bett schien vom Boden abzuheben, wenige Zentimeter darüber zu schweben. Ihm war übel. Er erinnerte sich, dass er nicht zu Abend gegessen, seitdem nichts mehr getrunken hatte. Steh auf, geh in die Küche, hol dir Wasser!, befahl er sich und konnte sich doch nicht vom Fleck rühren. Es war, als brauchte er all seine Kraft, um sich auf dem Boden der Realität zu halten. Nicht in einen alles vernichtenden Strudel gesogen zu werden.

Was wäre geschehen, wenn ihr Handy nicht dazwischengefunkt hätte? Hätte sie ihn gelassen? Aktiv mitgemacht? Hatte sie bis dahin überhaupt mitgemacht? Oder ihn nur irgendwie ins Leere laufen lassen? Was wollte sie eigentlich? Inzwischen war er sich sicher, dass sie böse gelächelt hatte, als er sich auf sie stürzte. Jetzt hab ich dich. Du bist mir in die Falle gegangen. Er begriff sie nicht. Hätte er gekonnt, wenn sie gewollt hätte? Er war ja nicht mehr der Jüngste, er war völlig aus der Übung, seit vier, nein, fünf Jahren, im letzten halben Jahr ihrer Krankheit hatte er sich Sybille nicht mehr genähert.

Lennart, wie er mit seiner jungen Geliebten turtelte. »Falls du dich fragst, wie ich das hinkriege, mit einer so viel jüngeren Frau ...« Damals war er von Lennarts Altmännervertraulichkeit nur unangenehm berührt gewesen. Hatte dennoch die Produktnamen behalten: Cialis, Levitra. »Einfach phantastisch! Ein paar Klicks im Internet, am nächsten Tag ist das Zeug in deinem Briefkasten, diskret verpackt. Musst allerdings daran denken, es mindestens eine Stunde vorher zu schlucken.«

Klebrige Wachträume suchten ihn heim. Er phantasierte davon, ihr zu beweisen, zu was er noch imstande war. Er klingelte an ihrer Wohnung, mit einem Blumenstrauß in der Hand. Sie stand in der geöffneten Tür, in diesem kurzen

Hemdchen, in dem sie öfter auf dem Balkon herumturnte, sie schaute ihn vielsagend an. »Komm herein!«, sagte sie, »ich habe schon auf dich gewartet!«, mit ihrer leicht angerauten Stimme. Vielleicht auch: »Im Augenblick ist es nicht so günstig«, geheimnisvoll lächelnd, »komm in zwei Stunden wieder, wenn der Kleine schläft. Morgen Vormittag, da ist er bei der Tagesmutter.« Der größere Sohn sei noch in den Ferien, hatte sie gesagt. Er würde im Internet Viagra und Co. bestellen, um ganz sicherzugehen. Gegen Abend würde er bei ihr klingeln, mit einem großen Blumenstrauß. Oder einer Flasche Champagner? Mit Blumen und Champagner? Nein, das war zu penetrant. Er wälzte sich auf dem Bett, er onanierte.

In fiebrigen Bildern malte er sich eine erneute Begegnung mit Thyra aus, in vielen Varianten und allen Einzelheiten. Sein Bett war zerwühlt, die Laken feucht, die Luft im Schlafzimmer entsetzlich schwül. Manchmal kam ihm auch eine Erinnerung an die Sandmann dazwischen, die tauschte er dann in seiner Phantasie gegen Thyra aus. Sie hatte es herzhaft gemocht, aggressiv und zotig, anders als seine damenhafte Ehefrau, deren Körper ihm in der Zeit ihrer Krankheit nach und nach entglitten war. Doch wer weiß, wie sie es mit Maurer getrieben hatte, es schien ja, als hätte auch in ihr eine andere gesteckt, die er nicht gekannt hatte. Er und die Sandmann. Sybille und Maurer. Die Luft zum Atmen wurde knapp, manchmal war ihm, als würde er von einer Schlammlawine begraben. Wo blieb das verfluchte Gewitter? Er wollte, dass es kam, er wollte am offenen Studierzimmer onanieren, während das Wetter tobte, egal, was Sybille sagte, während Thyra gegenüber nackt auf ihrem Balkon tanzte. Im Hintergrund hörte er die Sandmann kreischen: Du mieser, feiger Spießer!, eine der hysterischen Szenen, die sie ihm gemacht hatte, als er ihr Verhältnis beendete.

Doch das Gewitter ließ auf sich warten. Die Nacht brachte keine Erlösung, und als er sich am nächsten Morgen gerädert aus dem Bett quälte, spiegelten die schwarzen Wolken über den Dächern seine Stimmung. Ein Himmel wie eine Eiterbeule. Er fühlte sich grauenhaft. Was sollte jetzt bloß werden? Wie sollte es weitergehen? Ihm war übel. Er konnte nichts essen. Schon beim Versuch, etwas schwarzen Tee zu trinken, krampfte sein Magen. Er duschte nicht. Er zog die Hose vom Vortag an und hockte zusammengefallen hinter seinem Fenster, während sich draußen der Weltuntergang zusammenbraute. Er wartete auf das Gewitter. Thyra ließ sich den ganzen Vormittag nicht blicken.

Als es endlich losging, verschaffte ihm das Toben des Sturms eine gewisse Erleichterung. Zwei Stunden, in denen er nicht fühlen musste, nicht denken, nicht handeln. Als er Michael völlig unerwartet zu Thyra laufen sah, stieg Panik in ihm auf, gefolgt von Scham. Während der vergangenen Horrornacht hatte er den Gedanken an Michael einfach beiseitegeschoben. Jetzt starrte er elektrisiert auf das Haus gegenüber. Was würde sie Michael erzählen? Als der nach wenigen Minuten wieder aus der Haustür kam, warf er sich eilig ein Hemd über und lief hinter ihm her. Michael stand bewegungslos im Regen neben seinem Auto.

»Lass uns reden, bitte!«

»Es gibt nichts zu reden. Von jetzt an bist du tot für mich!«

24.

Der Morgen nach dem reinigenden Gewitter war für Irene wie ein Festtag. Sie hatte erst spät ins Bett gefunden, schlief aber gut, weit in den Vormittag hinein, und als sie erwachte, hatte sich die Luft im Schlafzimmer erneuert, war frisch und kühl. Zum ersten Mal seit Wochen fühlte sie sich unternehmungslustig genug zum Einkaufen; sie hatte sogar Lust, für den Nachmittagskaffee mit den Freundinnen einen Kuchen zu backen. Mit dem Trolli schon auf der Straße, stellte sie verwundert fest, dass sie noch einmal umkehren musste, um sich eine Jacke zu holen. Keine Frage: Bei diesen angenehmen Temperaturen war man ein anderer Mensch. War man überhaupt erst wieder ein Mensch!

Nach dem Einkauf werkelte sie heiter in der Küche vor sich hin. Sie würden draußen auf dem Balkon sitzen. Sie würde den Tisch schön decken und für Gundi den bequemsten Stuhl aus dem Wohnzimmer holen. Man könnte sich bei diesem Wetter sogar einen Sherry zum Kaffee gönnen. Zwar boten die erschlagenen Sommerblumen in den Kästen einen traurigen Anblick, geköpft, verstümmelt; sie würden sich möglicherweise nicht wieder erholen, sie sollte sie wohl durch eine frühe Herbstbepflanzung ersetzen. Aber das hatte Zeit und würde ihrer aller gute Laune heute bestimmt nicht trüben.

Sie hatte den Balkon gefegt, den Tisch abgewischt und breitete gerade die Decke mit dem Rosenmuster aus, als unten auf der Straße Autotüren knallten. Jureks durchdringendes Organ war zu vernehmen: »Ich will aber nicht hierbleiben! Ich will noch mit auf den Hof!«

Irene beugte sich kurz über die Balkonbrüstung. »Hallo, Jurek! Hallo Thyra!« Niemand beachtete sie. Der grüne VW-Bus parkte direkt vor dem Haus, auf dem Bürgersteig verhandelte Thyra mit Henning, der nach den Sommerferien noch bärtiger und verwilderter aussah als gewöhnlich, während Jurek um die beiden herumhampelte. Die Mädchen lehnten gelangweilt am Auto. Die eine kehrte ihrer Mutter demonstrativ den Rücken zu und spielte mit ihrem Handy. »Wann fahren wir endlich weiter? Ich will nach Hause!«, nörgelte die andere. Sylta und Sina, die pubertierenden Töchter, die sie bisher nur vom Hörensagen kannte. Es sah aus, als versuche Thyra, sie alle zu einem Zwischenstopp in ihrer Wohnung zu bewegen. Henning schien nicht abgeneigt. Doch die Mädchen, vor allem das ältere, weigerten sich rundheraus. Thyras Stimme klang angespannt und schrill.

Arme Thyra! Irene riss sich von der Szene los und ging in die Küche, um den Bienenstich aus dem Backofen zu holen. Er sah prächtig aus und duftete noch besser. Die Crèmeschicht war bereits fertig, die konnte sie aber erst auftragen, wenn er etwas abgekühlt war. Als sie auf den Balkon zurückkehrte, war der VW-Bus weitergefahren, anscheinend mit allen drei Kindern, sonst hätte man Jurek von unten gehört. Die Töchter zeigten Thyra also noch immer die kalte Schulter. Der Briefträger schellte, und auf dem Weg zum Briefkasten begegnete ihr Thyra im Treppenhaus. Ihre Augen waren rot, verweint. »Ich hatte gehofft, die Mädchen wären ein bisschen entspannter und freundlicher, nach drei wunderbaren Ferienwochen, aber nein, sie mussten heute ganz besonders biestig zu mir sein!« »Vielleicht weil sie dich besonders vermisst haben im gemeinsamen Urlaub.« Thyra wandte sich wortlos ab und verschwand in ihrer Wohnung. Irene seufzte und zuckte die Achseln. Sie nahm sich vor, Thyra heute Abend ein paar Stücke Kuchen zu bringen, zum Trost.

Um halb vier rückten die Freundinnen an, alle auf einmal, Biba hatte die anderen mit dem Auto abgeholt. Das Treppenhaus war erfüllt von Geschnatter und Gegacker, während sie sich gemächlich in den ersten Stock hievten. Sie lärmten wie eine ganze Schulklasse. Zum Glück waren die Parteien vom dritten und vierten Stock teils noch verreist, teils in der Arbeit.

»Wie herrlich, dass man wieder draußen sitzen kann!« Sie machten sich über Irenes Kuchen her, auch Gundi mit gewohntem Appetit, beinahe die Alte. »Dass man endlich wieder etwas unternehmen kann!« Alle redeten durcheinander. »Unglaubliche Buffets im Palm Beach Hotel.« »Die Kartoffeln in der Reha wie eingeschlafene Füße!« »Tag für Tag nur Quark oder Joghurt.« »Dann musst du ja vom Fleisch gefallen sein.« Dröhnendes Gelächter von Gundi. »Manche Leute im Hotel haben sich aufgeführt! Es gibt so grässliche Menschen!« »Mittags und abends eine ganze Flasche Wein …« »Na klar, all inclusive.« Wieder Gundis Lache. »Hattest du uns nicht einen Sherry versprochen, Irene?«

25.

Er fühlte sich am Morgen nach dem Gewitter kaum besser, im Gegenteil. Zwar war es abgekühlt. Endlich waren die hässliche Hitze, die klebrige Schwüle vorüber. Doch er hatte auch in dieser Nacht kaum geschlafen. Der Gedanke an Michael schmerzte. Ihn jetzt sofort anzurufen hätte keinen Sinn. Er musste diesen Zustand noch eine Weile aushalten. Mit der Rückkehr normaler Wetterbedingungen hatten sich die Nebel gelegt, die ihn seit seiner Begegnung mit Thyra umgeben hatten, Ernüchterung auf der ganzen Linie stellte sich ein. Er betrachtete sich mit einem fremden Blick von außen und wollte vergehen vor Scham. Was war bloß in ihn gefahren? Was hatte er da angerichtet? Wie sollte es weitergehen? Wie könnte er hier, in dieser Wohnung, weiterleben, immer in Gefahr, ihr zufällig auf der Straße zu begegnen? Er konnte ihr doch nicht dauerhaft aus dem Weg gehen, sich nicht für den Rest seines Lebens vor ihr verstecken.

Da half nur eins. Er musste sich bei ihr entschuldigen. Es war die einzige Möglichkeit, ein bisschen Selbstachtung zurückzugewinnen. Er sollte ihr schreiben. Aber was. Er hatte nicht die geringste Ahnung, was er zu Papier bringen, wie er formulieren sollte. »Es tut mir unendlich leid. Ich weiß nicht, was in mich gefahren ist?« Nein, Schreiben war zu pompös, das gab dem Geschehenen noch mehr Gewicht. Es half nichts, er musste ihr noch einmal gegenübertreten und es direkt aussprechen. Vielleicht würde er danach wieder etwas Ruhe finden.

Er fuhr in die Stadt und besorgte einen Blumenstrauß, entschied sich nach langem Zögern für Rosa-, Hellblau- und Weißtöne, Rosen, Levkojen, Gerbera. Dann stattete er seinem alten Institut einen Besuch ab. Er fragte im Sekretariat nach Post; die neue Sekretärin wunderte sich, dass er persönlich vorbeikam, es laufe doch alles per Mail, über die Internetseite der Gesellschaft. Gleichwohl händigte sie ihm einen Stapel Zeitschriften, Rundbriefe und das Protokoll der letzten Mitgliederversammlung aus. Er dankte ihr ernst. Die ganze Zeit fürchtete er sich davor, Maurer zu begegnen, obwohl er sich zu erinnern meinte, dass der sich vor kurzem in einer Rundmail in den Urlaub verabschiedet hatte. Was hätte er darum gegeben, noch ein eigenes Büro im Institut zu haben, sei es auch noch so klein; es hätte ihm jetzt Halt gegeben. Stattdessen steuerte er die Bibliothek an, wo er sich niedersetzte und die Zeitschriften durchsah. Er blätterte, ohne irgendetwas zur Kenntnis zu nehmen. Doch hier fand er wenigstens ein Stückchen von Professor Rüdiger A. Wolters wieder, Vorsitzender der Gesellschaft der Freunde und Förderer seines ehemaligen Instituts, und Autor eines vielleicht irgendwann erscheinenden Grundlagenwerks zur empirischen Sexualwissenschaft. Nach etwa zwei Stunden stand er auf, warf die Papiere, die ihm Frau Hahn gegeben hatte, sämtlich in einen Papierkorb und ging wieder.

Am Mittag konnte er immer noch nicht essen. Sein Magen revoltierte. Er fand eine uralte angebrochene Packung Zwieback und zwang sich, drei muffig schmeckende Stücke zu sich zu nehmen. Statt des üblichen Kaffees trank er sehr dünnen schwarzen Tee. Seine Hände zitterten, als liege eine Alkoholorgie hinter ihm. Vielleicht würde es besser, wenn er den schweren Gang hinter sich gebracht hatte.

Im Spiegel fand er sich verwahrlost und um zehn Jahre gealtert. Kein Wunder, dass Frau Hahn ihn im Institut vorhin so angestarrt hatte. Er rasierte die schmutzigen Stoppeln, seit zwei Tagen hatte er nicht geduscht, seine Wangen waren eingefallen, die Augen blickten aus tiefen Höhlen. Als er sich umzog, waren seine Bewegungen verlangsamt, mit den zittrigen Händen griff er nach einem sauberen weißen Hemd, wählte eine graue Hose mit Bügelfalte, überlegte kurz, ob er eine Krawatte umlegen solle, entschied sich dann aber für den graublauen Seidenschal, einen dunkelgrauen Blazer. Dann nahm er die Blumen, die er in einen mit Wasser gefüllten Plastikeimer gestellt hatte, und machte sich auf den Weg nach Canossa.

26.

Gundi erzählte von dem jungen iranischen Orthopäden, für den alle geschwärmt hätten, einen ungeheuer gut aussehenden Mann, braune Augen, schwarz gelocktes Haar, dunkler Bart – »Iihh, Bärte!«, warf Biba dazwischen –, mit einer sanften Kraft in den Händen, die geradezu berückend gewesen sei. Biba lief zu großer Form auf, als sie eine hysterische Frau am Swimmingpool imitierte, eine arrogante Schreckschraube, die das Personal herumscheuchte und die Leute auf den Liegestühlen in ihrer Umgebung das Fürchten lehrte. Je mehr der Nachmittag voranschritt, je besser der Sherry schmeckte, umso vergnügter wurden sie. Irene holte weit aus, um die Geschichte von der romantischen Flucht ihrer Enkelin Jessica mit dem tätowierten Jüngling aus Berlin zum Besten zu geben, als Biba, die auf dem hohen Küchenstuhl saß, dazwischenfragte: »Hast du etwa auch deinen Stalker von gegenüber eingeladen? Er kommt mit einem Blumenstrauß über die Straße.«

Sie rissen fast das Kaffeegeschirr zu Boden, als sie alle gleichzeitig, bis auf Gundi, die geistesgegenwärtig das Tischtuch festhielt, aufstanden und sich über das Balkongeländer beugten.

»Der will doch nicht etwa zu Thyra?«, sagte Irene ungläubig.

»Sieht fast aus, als wollte er ihr einen Heiratsantrag machen«, kicherte Biba.

Er hätte es so gern hinter sich gebracht. Doch er hatte kein Glück. Er stand vor verschlossener Haustür auf der Straße. Nachdem er einmal und nach längerem Warten noch ein zweites Mal geklingelt hatte, zaghaft, kehrte er in seine Wohnung zurück. Er fühlte die Blicke der alten Frau und ihrer Freundinnen im Rücken, die auf dem Balkon im ersten Stock Kaffee tranken, er konnte sie reden und lachen hören. Er stellte den Blumenstrauß zurück in den Wassereimer und bezog Position hinter dem Fenster. Die alten Frauen hockten da, als säßen sie über ihn zu Gericht: eine Dicke in unförmigen Klamotten, eine hagere Graue mit Brille, eine Überdrehte, schrill gekleidet, und natürlich seine spezielle Freundin. Sie schienen sich mächtig zu amüsieren.

Thyras alter Dacia parkte nur hundert Meter entfernt. Vielleicht war sie zu Fuß unterwegs, mit dem Baby im Kinderwagen. Vorhin hatte er gemeint einen Schatten hinter ihrer Balkontür zu sehen. Vermutlich hatte er sich getäuscht. Es blieb ihm nichts anderes übrig, als zu warten. Doch es musste sein, heute noch. Er wollte keine weitere Nacht wie die vergangenen beiden erleben. Gegen 19 Uhr erkannte er einen schwachen Lichtschimmer im Hintergrund ihrer Wohnung. Hatte sie ihn vorhin nicht gehört oder ihm nicht öffnen wollen? Egal. Es musste sein. Sein Puls ging schnell. Wenn nur die Kaffeetanten nicht immer noch auf dem Balkon im ersten Stock säßen. Es war wie Spießrutenlaufen.

Als er langsam die Straße überquerte, fuhr ein Taxi heran, das vor der Nr. 15 hielt, mitten auf der Fahrbahn. Der Fahrer schellte, und als die Tür aufgedrückt wurde, gelangte Wolters hinter ihm ins Treppenhaus.

Gundi hatte sich gleich nach dem Abendessen ein Taxi bestellt. Das stundenlange Reden und das Sitzen in ein und derselben Haltung habe sie doch sehr ermüdet. Sie wollte aber die anderen beiden noch nicht zum Aufbruch nötigen. »Einen Moment!«, rief Irene vom Balkon aus dem Taxifahrer zu. Sie ließ es sich nicht nehmen, die noch etwas unsichere Freundin die Stufen hinunterzubegleiten.

»Ich mach das schon«, sagte der Taxifahrer und hakte Gundi fürsorglich unter. An ihm vorbei huschte der Mann von gegenüber in den Hausflur, mit Blumen in der Hand, und klingelte an Thyras Wohnungstür. Er drehte ihnen ostentativ den Rücken zu. Der Taxifahrer führte Gundi zum Wagen und half ihr beim Einsteigen. Irene stand am Bordstein und winkte hinterher.

Als sie ins Haus zurückkehrte, stand der von gegenüber immer noch da. Er drehte sich zu Irene um. »Sie ist da, aber sie macht nicht auf«, sagte er hilflos.

»Dann will sie wohl nicht«, gab Irene misstrauisch zurück, mit leichter Schärfe in der Stimme. Was wollte der komische Kauz bei Thyra, überkorrekt gekleidet, bleich, hohlwangig. Er sah krank aus.

Sie hörte von drinnen das Baby jammern und Thyra schluchzen. War es immer noch wegen Sylta und Sina?

Der Mann streckte ihr den Blumenstrauß entgegen. Er sah sie bittend an. »Würden Sie vielleicht so nett sein, ihr den zu geben? Ihnen wird sie sicher öffnen.«

Irene schüttelte unwillig den Kopf. Was bildete der sich ein!

»Ich wollte mich bei ihr entschuldigen. Mein Name ist Wolters. Ich wohne gegenüber.«

Als ob sie nicht wüsste, wer er war. Als sie keine Anstalten machte, seine Blumen zu nehmen, legte er den Strauß auf die Fußmatte vor Thyras Tür und wandte sich zum Gehen, mit hochgezogenen Schultern.

»Sagen Sie ihr bitte, es täte mir sehr leid.«

Es geschah in jenem Sommer …

Seit ihrer Kindheit sind die drei Schwestern unzertrennlich, obwohl sie unterschiedlicher kaum sein könnten: Sylvia, Lektorin um die siebzig, ist lebenslustig und frisch verliebt. Judith, Bibliothekarin im Ruhestand, kämpft mit Symptomen der Vergesslichkeit. Elvira ist Lehrerin und ihre Gedanken kreisen ausschließlich um ihren erfolgreichen Mann – bis ihre heile Welt aus den Fugen gerät: Ihr Mann hat eine Affäre. Als dieser einen Schlaganfall erleidet, kommt ein Familiengeheimnis ans Licht, das die Schwestern in ihre turbulente Jugend zurückführt und ihre Beziehung auf eine harte Probe stellt …

Herrad Schenk, Für immer Schwestern. Roman. insel taschenbuch 4391. 219 Seiten.

NF 258/1/7.15

Eine Frau in ihren besten Jahren auf dem Weg in die Zukunft

Friederike Beaufort, eine Frau in ihren besten Jahren mit bewegter Vergangenheit, steht kurz davor, ihr Landhaus mit Garten gegen eine seniorengerechte Wohnung in der Stadt einzutauschen. Beim Räumen und Ausmisten des großen Hauses werden Erinnerungen wach: an die wilden Studienjahre mit feucht-fröhlichen Festen und wechselnden Liebhabern; an die Demos der Frauengruppen; aber auch an den Verlust von geliebten Menschen und den quälenden Kinderwunsch, der ihr Leben zunehmend beherrschte.
Doch es ist nicht die Zeit, irgendwelchen Gedanken nachzuhängen. Mit dem Umzug lässt Friederike die Vergangenheit endgültig hinter sich und startet selbstbewusst durch in ihre Zukunft, in ein komplett neues Leben …

Herrad Schenk, Alle meine Kinder. Roman. insel taschenbuch 4462. 187 Seiten

NF 360/1/11.16